雅苑聽風

郝大龄题

余喜华 著

陕西新華出版
太白文艺出版社

图书在版编目（CIP）数据

雅苑听风 / 余喜华著.-- 西安：太白文艺出版社，
2025.1.--ISBN 978-7-5513-2877-7

I. I267

中国国家版本馆 CIP 数据核字第 20240YR766 号

雅苑听风
YAYUAN TINGFENG

作　　者	余喜华
责任编辑	付　惠　杨钰婷
封面设计	玉娇龙　余梦颖
版式设计	玉娇龙　余梦颖
出版发行	太白文艺出版社
经　　销	新华书店
印　　刷	武汉怡皓佳印务有限公司
开　　本	880mm×1230mm　1/32
字　　数	230 千字
印　　张	7.5
版　　次	2025 年 1 月第 1 版
印　　次	2025 年 1 月第 1 次印刷
书　　号	ISBN 978-7-5513-2877-7
定　　价	78.00 元

家长里短意趣多

◎禾睦

我与余喜华相识相知，缘起 2018 年共同参加的省市联合科普诗词创作活动。

别看他寡言少语，肚子里却有说不完的故事，在经过脑袋迅速加工后，笔墨流出的文字起点颇高。许多人知道余喜华也往往通过他的文章。我认识他伊始，也是被他低调高能的文学才能、诚恳踏实的处事风格、乐于助人的仗义性格所深深吸引，以至于几次进出他的地盘都是搭乘他的"风火轮"。

1969 年生人的余喜华出身农家，1991 年毕业于重庆大学机械一系机械制造专业，回家乡工作。经历颇多，积累颇丰。四十六岁开始业余写作，并向报刊投稿。首篇散文《老屋琐记》见诸当年（2015 年）4 月 11 日《台州日报》，旗开得胜。

而后一发不可收，文思泉涌、作品迭出、硕果累累，在当地官媒开设《水浒谈》《野菜记》《儒林人物》三个专栏，每年发表几万字文章，至今已有近百万字产出。据说，除已经出版的《水浒谈》及现在这本《雅苑听风》，另有科普随笔集《野菜记》亦已结集。

2022 年，《水浒谈》出版后，他专门驱车二十公里送到临海交给我。作为一个 1985 年就是中国《水浒》学会浙江分会会员的我，既吃惊，又敬佩。记得我有一篇约六千字的小文《浔阳题诗露反意,酒后真言见心态——宋江浔阳楼题诗刍议》,发表在会刊《水浒研究与欣赏》1988年第一期,2015年收入《禾睦山房集》第三卷"学海泛舟"。现在看看,我那时的视觉思维和语言文字相比喜华兄的《水浒谈》,明显刻板,光顾逻辑性,死扣起承转合,缺少对读者心理的考虑;而喜华的文章则生动、形象、有趣,思想开放,文字可读性强。两者的年代烙印,思维方式差异较大。

收到书后第二天我赴外地旅游,不料,稍一疏忽,书没有放进行囊。不久,见网络上有数位名家评论,一片喝彩,众口一词赞誉他思想深邃,文字老辣。我原本想说的话自觉苍白无力,于是偃旗息鼓。

时隔两年,喜华发来《雅苑听风》电子稿,让我做第一读者。这次,我不敢有丝毫懈怠,陆陆续续看完,又抽奖似的温习多遍。

全书八十余篇作品,绝大多数在报刊公开发表过,有读书经历、家庭亲情、家乡风物、行旅感怀,都是亲历的家常、熟悉的琐事、身边的人物。趣事、情话、杂谈、物言、哲语跃然纸上;乡愁、乡恋,人文历史、闲情逸致、家长里短、寻常事物溢于言表。光看题目就有阅读欲望:《老屋琐记》《姨婆的小楼》《我的高一(4)班》《我在大学摆地摊》《给父母办金婚酒》《母亲的山粉糊》《爷爷的酒坊》《又到一年橘子红》《宁溪酒香》《秀岭湖晚霞》《梦里梦外的鉴洋湖》《东江河,在我的心中淌过》《山蛭是体操运动员》《长潭湖水不是天上来》《从"将军庙"到"水心草堂"》。

如,点将家族成员,或浓墨或浅色。爷爷、奶奶,父亲、母亲,姨婆、姑妈,妹妹、三弟,重点叙述父母亲的故事。

又如,他自己带点传奇色彩的故事:蓄谋已久的一场故意不考好的中考,然后得到上重点高中的机会继而考上了重点大学……

他的眼里:

故乡是永远的梦中情人!无论九峰山、鉴洋湖、布袋山、柔极溪、东江河、仰天湖、长潭湖,还是老家、老屋、母校、老师、朋友。

故土是最大的土地财神!无论橘子、杨梅、荸荠、春蚕、芥菜、芦苇、葫芦、野豌豆、白扁豆、宁溪酒、红花草,还是地理、风物、节气、风俗。

每篇各有事例、细节，篇幅有话则长，近五千字；无话则短，仅三百余字。每篇都像讲故事一样有板有眼、有声有色，汇集一起，就像以前茶馆里说大书。

喜华作文与为人一样。白描、逼真、有趣，不刻意、不作态，像老友于转角处邂逅。

文笔淡淡的，没见十分有力，但看得出已十二分用心；虽轻描淡写，却入骨三分。兹取几篇文章开头、中间、结尾的行文举例之：

《梅雨天》开头："才上午八点钟，天却突然黑得如同黑夜，黑压压的乌云遮天蔽日，宛如末日来临。一霎间，倾盆大雨兜头直下，疯狂地倾泻在地上，溅起连片的水花，不一会儿，地面已是汪洋一片。我赶紧逃回车里，豆大的雨点追着拍打玻璃，听得我的心一阵颤动。"

《绿满香溪》的中间："我终于看清了，这水中深浅不一的绿中，有远山的影子，有树的影子，有岩石的影子，有风的影子。它们和太阳光的影子，搅和在一起，便生出了各种不同的模样，生出了深浅、浓淡的绿的影子。""沐浴着这泓绿，双眼滋润了，这心也滋润了，我便欣欣然、松垮垮地一屁股坐在水坝上，环顾起四周来。"

《杨梅红了》结尾："又到一年梅雨季，杨梅红了，人情浓了，农人更忙碌了。"

这些从底层的、人性的视角取景的万花筒般的大千世界，内容写的是日常小事，但听风听雨、谈天说地、所思所想带来的画面，引发的思考却具有故事性、普遍性。人间烟火气，最抚凡人心。类似的生活经历、见闻、经验，容易产生同频共情，书中叙说的一些物事，读者会有一种相识、相知的亲切感。

因此，我给本书定义为社会生活百科式的杂谈，文化类随笔，怀旧散文。

喜华居所曰雅，书名嵌雅，文笔也雅。雅士、雅苑、雅风，这种雅，人人可以消遣。但真正拥有且享受乐趣者非热爱生活、追求真善美的不可。

如此雅境雅文，心情之雅趣油然而生。

文字朴素，语言平实，细节中发现亮点；语句不繁，但主见鲜明；时有幽默，雅趣而不花哨。思想、情感，香浓的烟火气里飘荡着书卷气，闪烁着哲理之光。

我们是两个年代的文学爱好者。喜华虽属大器晚成之新秀，但厚积薄发、后来居上，乃潜力无限之文学中年。我出道不迟，现已卸掉身上所有文学装饰品，平时只闲情偶寄、搬砖自娱。

今见喜华，颇感自己廉颇老矣，只能饭也。

故为喜华喜之、鼓之。

（禾睦，本名何林辉，文化学者，台州学院天台山文化研究院研究员，台州府城人，"禾睦山房"主人。）

风雅行吟

◎阿角

与余喜华相识，纯属偶然。我们年龄相仿、性情相近，屈指算来，彼此相知往来，已有七年之久。我们皆非文学科班出身，虽然我执笔较他早，但论成果，我自愧弗如。他于2015年才开始创作，平时公务繁忙，只闲暇之余，在他居住的雅士苑家中，见缝插针，笔耕不辍。短短十年间，便创作了五十多篇漫谈《水浒》的系列随笔，结集为《水浒谈》一书，于2022年初由上海文艺出版社正式出版，还在《台州日报》开设了《野菜记》《儒林人物》等专栏。这部厚重的《雅苑听风》，收集了他创作以来，发表在各类报刊上的八十余篇散文。累累硕果，如他家的空中花园里，那棵长得绿意盎然的香樟树，一开始并不知道种子是风儿吹来的，还是鸟儿衔来的，着实令人惊羡和赞叹。

时代的洪流滚滚而来，作为生命个体，无不显得弱小无助。在《老屋琐记》里，余喜华写他的老屋，破旧零落，拆不了，建不了，而横亘而过的高架桥，如巨大的猛兽骑压其上，使其无时不淹没在往返车流卷起的风尘中。好在高架桥几年前拆除了，终于了却了一桩缠烦他多年的忧心事。因此，一个人活在尘世的纷杂喧嚣中，除了要有坚韧、不屈的精神，还要有人与人之间相互扶携、鼓舞彼此的温情——一个"情"字，便贯穿了一个人的一生。余喜华的散文正是从"情"字入手：亲情、友情、乡情、师生情、同学情……用情抒写那些充盈在记忆深处至真至纯的真情实感。这又让我们看到了个体生命在时光的长河中，在清澈永恒的星光下，熠熠生辉，并非渺小无力。

余喜华无论是写人、叙事还是记景、状物，皆娓娓道来，行云流水，恬淡自然。这是一种不显山露水的文学技巧和境界。他写的荸荠，生于寒凉阴湿之地，其貌不扬，却温暖了贫瘠又富足的童年；写炊烟，成了"永远的乡愁"，氤氲在记忆的天空；写青橘的酸涩里，有那青涩而美好的青春萌动；写摆地摊，"卖的是生活百货，品的是人生百味"。他写的植物类篇什，有科普性，但不卖弄学识，而是有立足地域性的人文内核，给我们呈现独特而饱满的草木生命之身。他写广化寺的钟声、秀岭湖的晚霞、东江河的流水、九峰山的山泉、浑然天成的鉴洋湖……字里行间，让我们真切感受到了他对乡土的真情和挚爱。

庄子云："朴素而天下莫能与之争美。"余喜华的文字质朴，文笔清澈，少有匠气和修饰。他朴实的写作风格，让你能清晰看到岁月河床上沉甸甸的鹅卵石，而不是堆积的淤泥；让你切实体悟到时光的深邃，而不是浅陋。大地朴素，而生长万物土地的厚重、坚实，让万物的生长显得从容和淡定，无须依附大地而活着的人去刻意超拔和颂扬。余喜华朴素的叙述风格契合了这样的大"朴素"，俯身大地，仰望星辰，不高谈阔论，不无话处找话说。他笔下的人物，如爷爷、父亲、姨婆等，"用锄头和镰刀"，便可"诠释对人生、对生活的全部理解"。沉默少言，实则胜过千言万语。这种朴素的写作风格，贯穿了整部文稿始终。因此，读完《雅苑听风》文稿，我感觉虽然文稿容量大，但毫无杂糅和浅薄。

黄岩自古文风鼎盛，文杰辈出，素有"东南小邹鲁"之称。喜华兄生于斯、长于斯，我坚信，在这方厚土沃壤上，他凭着勤奋和悟性，定能在往后的创作中登上新高度，收获新成果。

（阿角，原名叶竹仁，诗人。闽东人，现居上海。）

6

雅苑聽風

甲辰春月
孫連忠

雅苑聽風

甲辰新正
陳衛書

雅苑聽風

雅苑听风

雅苑听风

目 录
CONTENTS

第四辑　行吟听风

第五辑　闲情与静思

第 一 辑 —

雅苑怀想

老屋琐记

老屋是我的老家。

爷爷生前讲过,老屋是他九岁时其父亲所建,据此推算,建于1925年,至今已有九十几个年头。几年前爷爷去世,老屋就空置了,但由于一些客观原因,老屋既不能拆,也不能翻建,于是孤零零的老屋日渐破败,风雨飘摇。几年前,老屋边架起了一座跨度三千五百米的高架桥,老屋的一角处于桥的下面,更显破旧矮小。每当车辆高速驶过,伴随着阵阵风尘狂卷,颤动不断,摇摇欲坠。

我家的老屋,虽没有周庄、乌镇的建筑那般雕梁画栋,但也是典型的江南民居建筑,是我实实在在的老家。回忆儿时,整个村落的建筑共由六个院落组成,主体三个院落呈品字形,每个院落由两到三个U形的多合院组成。其中有一方是敞开的,在南边或西边建成三间一排的横屋。每个U形的院落廊檐都是相通的,两个连接在一起的U形院子,连接处的房子就是廊房。遇到风霜雨雪天气,即使不带雨伞走遍院落里的左邻右舍,都不会淋湿。这一设计凝聚了江南民居建筑风格的人文关怀与智慧,展示了院落设计给宗亲们带来的生活便利与融洽人情,很是温馨。

老屋南面,有我家的两块空地。一块用来放水缸,早上从河里打上来的水要倒进大水缸里,用明矾沉淀后再做饮用水。雨天,用水缸接屋檐流下来的雨水,当地人称之为"天落水",是饮用的好水,可直接烧水做饭。另一块靠近河边的空地用于堆放稻秸秆,稻收后将秸秆垒成下部圆柱形、上部圆锥形的形状,称作"稻秆亭",稻秆亭的直径、高度,体现着农户的堆放水平,也显示不同家庭中壮劳力的差异。另外,在这块空地上还种有桐树、枇杷树、桃树等。奶奶在树的间隙,见缝插针地种了黄花菜,每当黄花盛开出小喇叭,就即时采收、晒干、做菜吃。

老屋西边便是我们这一带的母亲河——东江河。东江河向东流过几百米后,又向北与三水泾相通,往东南通浙东南的重要商埠——路桥,往西北就是黄岩县城。东江河经过的一个村庄,像个大水缸,故取名东缸,后渐渐演变成现在的东江村。当时我家老屋与东江河相隔不到三十米,由于村里没有自来水,河边的三个水埠头一天到晚都十分热闹。大清早,那些到河里挑水的人"嗒嗒嗒"的脚步声,洗衣服的妇女"啪嗒啪嗒"的捶衣声,打破村庄的宁静,也打扰了我的美梦。傍晚时分,那些陆陆续续从田垾回家的村人,在水埠头搅动着河水,洗手洗脚洗农具。夏天炎热,那些好水的村人就"扑通扑通"地跳进河里,游泳戏水,躲避酷暑,偶尔还会有意外收获——摸到鱼虾。水埠头不远处,爷爷和父亲在河边的自留地上种满胆竹、苦楝、杨柳树。农闲时,爷爷用这些胆竹编制竹篮、簸箕等用具。但可惜那些树在20世纪60年代特殊时期被村里砍掉没收了,那天领头砍树的是在我小学一年级时教过我几天书的村干部,至今我还记得他的名字。

20世纪80年代,随着分田到户,勤劳的村民们有了一些积累,加上人口的增加,人们建房的需求越来越多。于是按建新房必须拆老屋的硬性规定,几乎每家每户都陆续拆除了有着几十年甚至上百年历史的老屋。我家的老屋是在我读高一那年拆的,并在原址重建了两间砖木结构的新屋,而爷爷居住的那间老屋,成了孤品。爷爷生前也渴望居住新屋,但至死未能如愿,这成为爷爷终身唯一憾事,也是我们晚辈最痛心的记忆。

老屋是诸多元素的集合,有历史、有成长、有记忆、有亲情、有怀旧、有感恩。无论它存不存在,无论经历多少时光,无论我身在何处,在家也好,在他乡也罢,我的老家,永远屹立于心中。我家的老屋,便成了我乡愁的寄托。

端午琐记

在我的家乡,众多传统节日中,除春节以外,清明、七月半(中元节)、冬至等节日,也都是祭祖的节日,祭祀完毕,总要邀请亲朋好友欢聚一堂。唯独端午不是祭祖的节日,而是祛病防疫的节日。家家户户都在过节,因此免去了互相吃请的烦琐。没有客人,人们对于端午的饮食就没有特别的讲究。全国大部分地方,端午节是吃粽子的,这也赋予了端午这个节日更多的特色。据说,端午最初为古代百越地区(长江中下游及以南一带)崇拜龙图腾的部族举行祭祀的节日,后因战国时楚国屈原于端午这天投汨罗江自杀,人们遂将端午变成纪念屈原的节日。投粽子入江,成为一种虔诚的仪式。

家乡地处温黄平原,以稻作农业为主,种双季稻,仅在晚稻收割后零星种点大麦,以弥补春粮不足。端午节时,即便各家储粮已经不多,善于持家的主妇还是会储存一些糯米过节。但家乡人端午不吃粽子,吃一种叫"食饼筒"的有馅烙饼。

小时候,端午这天一大早,母亲和奶奶、婶婶们就开始忙碌起来。她们将事先磨好的糯米粉,和水揉成团,再搓成条状,揪成一段一段的,然后揉搓成球,如小孩拳头大小,用擀面杖擀成一张张薄饼后,放在烧热的铁锅里烙熟,备用。父亲从门前的小河边拔来一大把水菖蒲,剪菖蒲做成"菖蒲剑",插门上的活儿就交给我们小孩子了,这也是我们非常乐意干的事情。父亲、爷爷和叔叔们照例下地干活去了,时令已进入盛夏梅雨季节,早稻早已插种,稻禾在高温和每天午后雷雨的洗礼中,正分蘖拔节,长势蓬勃。但稻田里拔草的活儿也必须抓紧,不能让杂草与稻禾抢夺肥料。

时近中午,作为食饼筒馅料的菜蔬被奶奶一一炒好,种类很多,都是些当季的蔬菜，有洋芋、蒲瓜、萝卜、卷心菜、韭菜等，卤肉是唯一的荤菜，鸡蛋算作半荤半素，一桌子菜简单却又丰盛。父亲他们从田垟回来后，在河埠头洗去脚上的泥土，一家人围坐一起，包一筒吃一筒，享受夏日里难得的一餐盛宴。

端午既然是祛病辟邪的节日，自然要喝一口事先准备好的雄黄酒。喝雄黄酒与插菖蒲剑的目的是一样的，都是为了祛病辟邪。把从供销社里买的黄色粉末状的雄黄，倒入盛有白酒的碗里，搅拌几下，喝的时候雄黄粉已经沉淀在碗底，白酒依然是澄澈的。

小孩子不能喝酒，但奶奶会用手指蘸上雄黄酒点在我们的额头、鬓角，寓意驱虫害、避邪毒。这与汪曾祺先生在《端午的鸭蛋》一文中描述"喝雄黄酒，用酒和雄黄在孩子的额头画一个王字，这是很多地方都有的"大致相似。没喝完的雄黄酒，被奶奶拿去泼洒在房屋的各个角落。

大概雄黄可以灭杀蟑螂、臭虫、蛇蝎等各种有毒爬虫吧，所以传说中那个修炼千年成精的白娘子，在端午节那天被她的丈夫许仙诱灌下雄黄酒后，现出了原形。白蛇与许仙的故事，小时候听奶奶讲过，上学以后又在连环画里看过，仍是懵懂的，后来读了鲁迅先生的《论雷峰塔的倒掉》，似乎明白了些道理。

成家以后，有时自己过端午，有时回乡下与父母一起过端午，但无论如何，食饼筒是必须要吃的。只是，食饼筒的饼壳，已经不再在自己家里烙了，街上有专门摊饼壳。做饼壳的材料，不再是糯米粉，改为小麦精磨的面粉了，村里人把这种面粉糊摊成的饼壳叫作"麦油煎"。

插菖蒲剑的习俗依然延续着，但我们知道雄黄有毒后，就没有再喝雄黄酒了。

端午这天，许多地方盛行赛龙舟。老家尽管水网密布，河道汊港纵横，但河面通常只有三五米宽，最宽不过七八米，弯弯绕绕，龙舟是赛不成的。奶奶们通常在午后，摇着一条小船，从家门口出发，一路摇到东江桥。她们在船上烧着福寿纸，撒向河里……

如今老家门前的小河已经填平，修成国道公路。白发苍苍的母亲，继承奶奶的衣钵，端午这天，在公路边上烧些纸钱，打发那些成精成仙的蛇蝎精灵。

龘在记忆里的炊烟

"暖暖远人村,依依墟里烟。"这是一幅夕阳西下,远处村庄的炊烟袅袅升起,让劳作了一天和外出回来的人们看到后顿感温暖,急于回家。

陶渊明真不愧为描写乡村田园景致的作诗高手,小时候老家的村庄便是如诗中这般的景象。

儿时的村庄,家家户户都烧柴火灶,村里人俗称烧"镬灶"。镬灶由两个或三个灶眼相连,两眼的居多,一大一小,大锅煮饭,小锅炒菜。那时候,人们普遍贫穷,能炒的菜蔬很少,平时大多靠咸菜佐食。一般煮饭时,咸菜也一起放在饭锅上蒸,这样既节省柴火,又节约时间。于是另一口锅多用来煮猪食。

柴火灶烧的是稻草,燃后烟大,因此家家户户的镬灶尽头都有一根用青砖砌的烟囱直通屋顶,通到屋外。烧火做饭时,炊烟便从烟囱排出屋外,龘向天空。

龘,本义指龙腾飞的样子,在台州方言里却被乡人借用,将炊烟从烟囱中飘出来说成"龘"出来。炊烟真能像龙那样腾飞吗? 不是说炊烟袅袅吗? 还真没说错,台州虽多山地,鄙乡却处在丘陵间的小平地,山地少,木材少,村民烧火做饭以稻草为主。稻草燃烧时烟大,如果碰上稻草不够干燥,从烟囱冒出来的就是滚滚黑烟,拖得很长,真的像一条黑龙在空中飞舞。将滚滚黑烟说成"龘"出来,而不是"飘"出来,太形象了。这样解释,你应该佩服鄙乡人的智慧了吧!

儿时,每当中午或下午放学回家,或者陪父亲下地干活后,走在回家的路上,远远看到龘在村庄上空的炊烟,虽早已饥肠辘辘,却禁不住加快了脚步,走得虎虎生风。那时心里真如陶诗里描写的,一股暖流涌上心头,暖遍全身。炊烟里的村庄是温暖的,那千百条龘在天空的炊烟,也有我家的那一条;炊烟下的家是温暖的,家里有母亲忙碌的身影,和她早早为我们准备好的足以饱食的饭菜。

也许贪玩的孩子,放学后只顾与小伙伴们玩耍,忘了回家;也许在地里干活的村民们,为了多播种一粒种子,多收割一把谷穗,而忘记了时间,忘记了收工。这时候,村庄上空龘起的炊烟,就是闹钟,提醒着人们该收工了;也是召唤,招呼着人们早点回家。

炊烟笼罩在田野河流上,天天与村民相随,炊烟龘起,生活的希望也龘起;炊烟弥漫在日月星辰下,四季和村民相伴,晨曦微露,炊烟龘起,夜幕降临,炊烟消散,日复一日,年复一年。

炊烟下的村庄是祥和的,春种秋收,仓廪殷实,鸡鸣犬吠,羊咩牛哞,烟火相闻。炊烟,见证着一代代人成长、老去,生命轮回;见证着村庄的兴衰变迁;见证着日升日落、四季轮替。

在炊烟下,我度过了少年、青年时代,后来因为上学和工作,离开了村庄,离开了龘在村庄上空的炊烟。城市里做饭烧煤气,看不见炊烟,更看不到炊烟龘起的气势。要想看到龘起的炊烟,只能回到村庄,回到老家,回到儿时的柴火灶下。再后来,农村也兴起了煤气灶,拆除了老屋建新屋的人们,顺带也拆除了柴火灶,农村的炊烟渐渐地淡了,看不到一条条炊烟龘起的模样。只有零星的老屋的上空,偶尔龘起零星的炊烟。

进入新时代,整村改造项目蓬勃而起,新建的村庄有立地房和套房供村人选择。建起立地房的人们,怀念起老镬灶,怀念老镬灶煮饭的烟火味,怀念曾经龘在村庄上空的炊烟。虽有人有心在新建的洋楼中搭建老镬灶,却因为老镬灶龘出的炊烟有污染环境之虞,这个想法很快被否决了。

如今,我再回到老家,已看不到龘在村庄上空的炊烟,或许今后永远都看不到了。

炊烟是母亲劳作的身影,是村庄古老的韵律,是游子永远的乡愁。那不再龘在村庄上空的炊烟,将永远龘在我的记忆里。

兜杠吃

　　AA制消费模式，起源于荷兰，流行于欧洲。如今，这一模式已为年轻人广泛接受。而在物资匮乏的年代，大家都囊中羞涩，互相请吃更是非常稀罕的。那时候，老家农村的左邻右舍，或同一生产队、组，为了庆祝丰收，每年都要举行一两次叫"兜杠吃"的聚餐，这就是中国式的AA制。

　　兜杠吃就是凑份子聚餐，兜杠吃的"兜杠"两字，我没见过地方文献有关记载，这个写法是我根据方言读音自创的。查阅《现代汉语词典》中的词义解释，"兜"字，有做成兜形把东西拢住的意思，能够表达方言中"聚会""集合"这层含义；"杠"字，本义为较粗的棍子，也借指一定的标准，国粹麻将中，四张同花色的牌抓到一起叫"杠"，表示全部会集之意。因此，用"兜杠"两字表示方言中凑份子会聚，是能够解释通的。

　　左邻右舍或是同院落里的兜杠吃，菜蔬以各家自留地里种的和家里养的为主，需要买的鱼肉，由各家分摊出钱。这样凑份子聚餐，是按户计算的，各户虽人数有别，但大家不会算得很精细，乡下民风淳朴，不会斤斤计较。这类兜杠吃，通常选在传统节日期间，比如七月半、冬至等节日。

　　而生产队的兜杠吃，一年要搞两次，一次在夏收后，一次在秋收后。

　　夏季的"双抢"劳动期间，是农民们一年里最繁忙最辛苦的时候。待到早稻收割完毕，晚稻秧苗插播完毕，社员们交完公粮入库，队里分完口粮，农事可以稍微歇息时，队里便会举办这一年里的首次兜杠吃，犒劳辛苦了一季的社员们。

　　聚餐时主食是新鲜的粳米糕，现做现吃的。米糕耐饥，对于体力消耗巨大的农人来说，是最好的吃食。兜杠吃的菜量是严格控制的，一餐吃完,但米糕会多做一些,按劳力每人分一块带回家。有的人家男劳力多,分的米糕就多,够家里的老人、妇女、小孩吃。而我家就父亲一个劳力,只能分到一块米糕,我们兄妹加上母亲有五人,米糕往往不够吃,母亲就自己另做鲜米糕,以保证我们也能享受夏粮收割后的喜悦。母亲还会给我们加几个菜,尽管没有队里兜杠吃那么丰盛,也足以滋润我们平日里缺少油水的肠胃。

年幼的我,也曾禁不住饭菜的诱惑,站到大人们聚餐的生产队部不远处徘徊张望,闻着飘来的鱼肉香味,抽抽鼻子,舔舔嘴唇,咽咽口水。我没有邻居家狗那样的勇气,直接钻到桌子底下,等待人们扔骨头。那时我想,等再长大些,我也要去参加集体劳动,也就能享受兜杠吃的福利了。不承想,没过几年,还没等到我长大,分田到户了,集体大锅饭的兜杠吃也消失了。

兜杠吃这种聚餐形式,是贫穷时期的产物。常言道,贫穷限制了想象,但人们对于吃食的渴求,从来就不会受贫穷的限制。改革开放后,人们的生活渐渐富裕了,亲友邻里之间,互相请客已不再稀罕,兜杠吃这种聚餐形式在农村也渐渐消失,如今只存在于宗族的祭祀活动中。

卖　粮

上中学时，每年暑假，我都要陪父亲一起卖公粮。

农业集体化时期，交公粮是生产队的事，完不成公粮派购任务，小队长就得被抓去公社学习，思想改造好了再回来，继续抓革命、促生产工作。

分田到户后，交公粮就成为各家各户的事。我家当时六口人，分到五亩多水田，其中一半左右是按人头分的口粮田，其余部分叫责任田。责任田，顾名思义，就是负责交公粮的。

分田单干，一举打破了吃大锅饭的分配方式，农民的生产积极性得到极大的提升。刚分田那会儿，我们都还小，我上初中，两个弟弟上小学，主要劳动力就是父母两人，但我们全家男女老幼齐下田，人小力薄的，干些割稻、插秧的活儿，还是能胜任的。因此我家的田地都能按时下种，按时收割，绝对误不了农时。

我们通常种双季稻，分早稻、晚稻。早稻在阳历7月底8月初成熟，早稻收割后，晚稻就得插秧。此时正值高温三伏天，抢收抢种，此谓"双抢"大忙时节，是种田人一年当中最为辛苦的时候。父亲是家里主要劳力，大部分农活由父亲来干，我们跟着割稻打下手。

收割下来的稻谷，趁着大晴天及时暴晒两天，筛干净秕谷、稻草后，将余下的稻谷装入脚箩或麻袋，待天黑父亲收工回家后，装上手拉车运到乡粮管所交售。我们有时候吃过晚饭去，有时连饭都顾不上吃就出发了。

卖粮一般都是我和父亲两人去，父亲在前面拉车，我在后面推。粮管所大门在老街口北端，大门朝西。拉着载有几百斤粮食的手拉车，从家里到粮管所需要二十来分钟，比平时走要慢一倍。

晚上的粮管所里，满是卖粮的人，或挑担，或推车，也有用拖拉机运送的，真正人满粮挤。人们依次排队，有时队伍会排到大门外的大街上。粮管所内灯火通明，大院、仓库各处都挂满了大汽灯，亮如白昼。卖粮的队伍井然有序，熟悉的或不熟悉的农人，互相聊着各自的收成和道听途说的各种新闻旧事。

粮管所的工作人员有验等级的、过磅的、记账的、付款结算的。其中，要数验等级的验粮员权力最大。只见他手拿两指来宽、尖头带倒钩的竹签条，在卖粮队伍中穿梭，随手将竹签条插入谷箩或麻包，一插，一抽，竹签条上便带出谷粒，再将谷粒倒在手中，看看、捏捏，以便判断谷子的饱满度和干燥度，然后在小纸条上写下这堆稻谷的收购价，递给粮主。因此，对卖粮的农民来说，验粮员是决定他们收入高低的"菩萨"，一些头脑活络的人，少不了主动给验粮员敬烟打招呼之类，老实巴交的人，只能被动地等待验粮员定价。

验完一批人的粮，验粮员就到凉快些的房间里喝茶休息去了，而其他收粮人员则一直连续不断地工作。

轮到我们过磅时，我们要将自己麻袋或脚箩里的稻谷倒入粮站准备的大箩筐，该箩筐可装一百六十斤稻谷，甚至更多。过完磅，过磅员将数字报给记账员记录。这大箩筐里的粮食要两人抬上粮垛的最高处倾倒，我抬前头，父亲抬后头。开始几年，我力气小，重量大多压在父亲这头。我们脚踩松软的谷堆，摇摇晃晃往高处爬，有时实在抬不动了，就偷懒倒在半途。

正值三伏天，夜晚室外的温度仍有三十几摄氏度，粮仓里的温度就更高了。暴晒后的谷粒，吸收了充足的太阳热量，在仓房里尽情地释放，使仓房热得像蒸笼，来回几趟抬扛，我和父亲浑身汗流浃背，如遭水淋过似的。

过完磅，父亲拿过记账员给的账单，到付款处领取卖粮款，然后在另一个窗口交掉当年的农业税。按照我们家责任田的任务，要分三四次才能交足我家该交的公粮，如果早稻交不足，余下的等晚稻收成了补交。卖公粮换来的钞票，除了交足农业税，余下的是一家人的生活费用，下一年的农资费、我们几个的学费也有保证了。

回家时已是晚上九十点钟，旷野寂寂，一阵凉风吹过脸颊，吹快了我们的脚步。我看到，星星正向我们眨着眼睛。

姨婆的小楼

　　姨婆家在路桥镇上河西头，门口紧挨着一座古石桥，这是座单孔石拱桥。桥名"福星"，应该寓意"福星高照"，寄托了当地居民追求幸福生活的美好愿望。福星桥，连接十里长街最北端的邮亭街与河西街，建于明朝中期，至今已有六百多年的历史。

　　桥宽约三米，东西各十一级台阶，由青石板铺就。桥栏高约四十厘米，也是青石材质，上面有莲花图案，两侧各有六根立柱，桥中心对应的四根立柱上雕有石狮子，神态古朴，惟妙惟肖。历经数百年的风雨和踩踏，桥面每一块石板都被磨得非常光滑，磨出了光泽，这种光泽，折射出岁月的迁徙、行人的足迹和历史的苍凉。

　　桥栏外，爬满一丛丛藤蔓植物，枝叶繁茂。这是一种叫作"薜荔"的植物，它们有顽强的生命力，无孔不入地将根系扎入桥拱石缝中，石缝中几无泥土，它们仅靠采集空中飘过的雨丝，依然生机勃勃。

　　福星桥见证了月河两岸街市的繁华。福星桥西面，人们习惯称作"河西头"。桥南侧，介于福星桥与中桥间的河西街是临河的单面街，有码头，是各色商船停泊、上下货物的地方。桥北侧的河西街是双面街，紧挨着桥的是一排二层楼，一面临街，一面临河，姨婆家就在桥北侧的第一间。

　　七八岁时，父亲带着我坐"小火轮"，到十多里外的路桥镇上赶集，顺道去看望姨婆。

　　迈下福星桥的踏道，进门一楼是厨房，二楼有两间卧室，姨婆住西边临街的那间。从二楼的窗户望去，街对面是一座大院，叫"杨家里"，是部队的营房。东边临河的那间也住着一位老太太，姨婆称呼她为"宝宝娘"。

　　见我们到来，姨婆很是高兴，拉着我问长问短，拿出饼干、糖果给我吃。初次见到姨婆，我也仔细盯着她看，姨婆与我所见过的农村老太太明显不同。老人家六十多岁，梳着发髻，黑亮的头发中夹杂着一两根银丝，脸色白净，眼角处略有几条皱纹，穿着黑色斜襟的衣裳，衣裳整洁干净，看不到一点尘土污渍。她举止优雅，说话慢声细语，微笑的脸更显和蔼慈祥。

父亲和姨婆聊了会儿家常，时近中午，她非要留我们吃中午饭，拗不过姨婆盛情，我们只好留下来。

姨婆就在她窄小的卧室里，用煤油炉给我们烫米面，做午饭。煤油炉是一种四方形的铁制小炉子，炉头是圆形的，下部方形铁箱里盛煤油，一圈棉纱作炉芯，很精致。用火柴点燃炉芯，蓝蓝的火苗便会蹿起。这种炉子，在我们乡下从没见过。那时候，煤油凭票限量供应，很珍贵，我们仅用来点煤油灯，还得省着用，做饭都是用烧稻草的大镬灶。

后来我想，失去夫家依靠、孤身一人的姨婆，生活一定很拮据，用大镬灶做饭，需要消耗很多柴火，更加承受不起。平日里的夜晚，她一定是不点灯，或者少点灯，省下煤油炉的燃料。

姨婆给我们做的这碗汤面，加了虾干、金针（黄花菜）、豆腐皮等几样配料，这应该是姨婆家里全部的储备了，虽不丰盛，却饱含了姨婆对后辈的浓浓情意。

吃过午饭，由于要赶回乡下，不能误了唯一的班船，我们匆匆起身出门。下楼梯时，我一不小心一脚踩空，身子一歪，摔了下去，额头磕在墙角的一个菜油灯盏沿角，额头出了血。父亲扶起我，一边用手按住伤口，一边寻找房梁屋角有无蜘蛛网。用蜘蛛网敷伤口，是当时农村人常用的止血方法。

见我摔伤，姨婆急忙上楼，拿来一小块药棉，让父亲摁在我的伤口上止血，血止住了，她又拿来碘酒给我伤口消毒。一番处理以后，虽然额头仍然隐隐作疼，但我们还得赶路回家，只好再次向姨婆辞行。姨婆反复叮嘱我们路上小心，依依不舍地与我们挥手作别。

告别姨婆出门后，我们走在河岸青石板路上，我回头一瞥，见姨婆仍站在窗口向我们轻轻挥手。这一幕，是我脑海中关于姨婆最难以忘却的记忆。

回家的路上，我好奇地问父亲，姨婆为何孤身一人？于是父亲说起了姨婆的故事。

父亲说，姨婆是外婆最小的妹妹，上过学，识得字长得楚楚动人，温婉贤淑，年轻时是周围十里八乡有名的美女，因此被路桥豪门大户杨家看中，后嫁入杨家做了姨太太。对面的杨家里，原是她夫家老宅，中华人民共和国成立后被没收充公当作部队营房。

路桥河西杨家，祖上杨晨，是晚清进士，曾任翰林院庶吉士、国史馆编修，补山东道、江南道御史，任四川道御史，官至工科给事中、刑科掌印给事中。杨晨在朝中关心强国之事，正直敢言，甲午海战中国战败，杨晨十分气愤，遂辞官归乡，晚年在家乡兴办实业、发展教育、扶持农桑，曾疏浚在我老家附近的鉴洋湖，筑堤造湖，资助农民种桑养蚕，带领附近村民致富。他还编修了《路桥志略》，这是目前唯一一部路桥地方志，为路桥留下珍贵的历史、人文资料，杨晨功不可没。

姨婆嫁到杨家时，其夫已年近六旬，虽过了几年衣食无忧的生活，但作为姨太太，并未生下一儿半女。老夫少妻，可以想象，生活中应有许多的无奈与不幸。

后来，我也曾随母亲去看望过姨婆几次，每次见到我们，老人家总是十分高兴，和母亲说说家常。但我从未听到姨婆诉说她自己的陈年往事，也许岁月的风霜早已尘封了她内心的苦痛。

20 世纪 80 年代初，姨婆去世了。

母亲后来告诉我，中华人民共和国成立后，姨婆和丈夫一起在温州生活，计划着前往上海。还未成行，其夫因故离世，于是姨婆三十多岁开始守寡，被政府安置在福星桥边的这幢小楼。与她住在一起的宝宝娘，是她丈夫的大儿媳。

母亲还告诉我，宝宝娘比姨婆还大一两岁。那个叫"宝宝"的孩子，与母亲年龄相近，母亲小的时候去姨婆家，经常与宝宝一起玩，后来这个孩子因病夭折了。

宝宝娘的大儿子，一直在接受改造，20 世纪 70 年代末被释放回来，并带回来一个外地女人做老婆。后来，他又因为犯法被判刑十多年，再次出狱时已经老了。几年前，他去世了，没有留下子女。

如今，曾经辉煌的河西杨家，在路桥这方土地已经没有直系后人了。旧城改造中，杨家里大院已经被拆除，历史的一页就此被翻过福星桥边,姨婆住过的那间小楼,在十里长街统一修葺时也翻修过。小楼的那扇门、姨婆站着向我挥手的那扇窗,常年关闭着,只有每年春节,那个坐了一辈子牢的杨家孙子带回来的外地女人,才回来住上几日。

因姨父家就住在姨婆家小楼南边不足五十米的河西头,这些年每次去看望姨父姨妈时,我都要去福星桥头,独自待上一会儿。疲惫而苍老的福星桥,依旧静卧在月河上,看尽人间百态,阅遍世事沧桑。只是如今行人稀少,没有了往昔的喧嚣热闹。

我伫立桥头,思绪纷扰,仰头望天,白云苍狗,前尘往事,不堪回首;低头俯瞰桥下漂满浮萍的月河水,默默地向北流淌。

姨婆家门倚福星桥,背靠杨家里大宅,却未能给她带来福气,反而大半生孤苦凄凉。虽心似薜荔,在凄风苦雨中,孤身苦熬了三十多年,但她终抵不住岁月风雨的摧残,卑微的生命凋谢在乍暖还寒的季节里。

回首姨婆住过的小楼,门窗紧锁,斯人已逝,空余此楼。我多么希望,楼上的窗户忽然被推开,老人家慈祥的面容出现在窗口,招我上楼。可是,姨婆已然远去,随同远去的还有她与杨家的诸多故事和她心中绵绵不尽的痛。

路桥中学那三年

路桥中学，我高中时的母校。

入学忘带通知书

高一第一学期开学那天，按照录取通知书上规定的时间，我早早便赶去学校报名了。因为高中要住校，母亲头一天就将我的铺盖和一应生活用品都准备好了。报到那天我是自己骑自行车去的，从家里到学校有十多里路程，骑车需要大约十五分钟。阳历9月初，虽说立秋已经过去二十多天，但气温仍有三十几摄氏度，因此我赶在太阳还没上山前就出门了，到了学校，离报名时间尚早。

好不容易等到报名开始，轮到我时，我才发现忘了带录取通知书。那时还没有身份证，录取通知书是唯一的入学凭证。于是，我只好骑车赶回家。为了赶时间，我骑得飞快，原本单程需要十五分钟，我竟然只用十五分钟就骑完了往返的路程。一路上，只觉得呼呼的风声从我耳际掠过，而路旁的房屋、树木、田野都被我无视。

这次骑车，是我这辈子骑单车速度最快的一次，之后再也没有骑出这样的速度。当时，从家里到学校的路还是砂土路，好在路上车辆和行人稀少，一路畅通无阻。而我的这辆自行车，是我家的第一辆自行车，是暑期托三叔的朋友拼装的，整整花了一百元，这在当时算是很大一笔开销了。此后，这辆车子伴我一起走过了高中的三年时光。

开学后住进大礼堂

刚入学那年，高中学制从两年制变成三年制。这样在校学生变多，学生宿舍就不够用了。而暑期开始新建的宿舍尚未完工,于是我们高一新生和高二的一部分学生,总共大约五百名男生住进了学校大礼堂,这真是一个史无前例的大宿舍。

管理这样一个大宿舍,还真是个大课题。好在我们学校当时是省级重点中学,纪律、学习风气都很好。晚自习八点半结束,礼堂九点钟准时熄灯,熄灯后,大家都很遵守纪律。

我的床位是一个靠窗的下铺,窗外就是食堂。那时食堂就餐的地方,仅是一个四面通透的大棚,大棚底下有两盏灯彻夜亮着,刚好从窗户穿进一丝亮光。每当睡不着的时候,我就对着亮光看小说,省去了古人凿壁偷光的麻烦,倒也惬意。如果听到巡夜老师的脚步声,就赶紧将书塞进枕头底下,闭眼假寐。等老师走远,继续夜读。

在大礼堂住了一个多学期,到高一下半学期我们才搬进新宿舍。

语文老师张文荣

在我的印象中,张老师是严肃的,讲话慢条斯理,但他的课讲得不错,所以语文课我还是比较喜欢的。

对张老师的课,我记忆最深的是上逻辑关系课时,为了说明充分条件和必要条件的区别,张老师举的例子是:"SMZ"可以治感冒发炎,但感冒发炎,不一定要吃"SMZ",这是充分条件。

平时上课,我不大会举手发言,语文成绩也只是中等,估计也不会引起张老师的注意。有一次晚自习,是张老师坐班,我正在做作业,张老师转到我身边,俯下身对我说:"你的字不大好看,平时要多练练字。"我一阵紧张,感觉自己脸上微微发烫,连连"嗯"了几声。这应该是我唯一一次与张老师对话。

高二文理分班,张老师不再教我们语文。多年以后,张老师成了路中的校长,再后来又兼任了当地区人大的副主任,副处级干部,比县教育局局长的级别还高。

都说地球很大,其实也很小。若干年后,我女儿的娘妗是张老师的堂妹,依此推算,我与张老师竟沾了点亲戚关系。不过离开路中三十几年,我再也没见过张老师。

当了一学期班长

我的班长职务是由班主任徐同云老师指定的。徐老师当年刚刚师范毕业,就担任我们的班主任兼化学老师。因为当时高一刚开学,徐老师对大家也不太了解,就根据初中时的档案,指定我为班长,徐世军为体育委员,郑丹丹为团支部书记,李琦为学习委员。高一的第一个学期我就一直担任班长。高中时班上活动都靠学生自己组织,老师基本放手不管,因此要占用一些学习时间。而我本身并不具备很强的组织能力,所以自感不能胜任。再加上期中考试我的成绩没有进入年级前十名,我便把理由归咎于受班上事务影响,其实真正导致我期中考试成绩不理想的缘由是我当时热衷于课余看小说。

第二学期开学,我向徐老师申请辞去班长职务,虽然请求获得批准,我却没有全身而退,徐老师仍让我担任生活委员,这有违我的初衷。接替我当班长的是阿红同学。阿红就是叶毅仁,因草写的"仁"字与"红"字差不多,有老师经常喊叶毅仁为叶毅红,于是大家戏称其为阿红。阿红有领导天赋,他与我一起考入重庆大学,毕业后他先去了北京,后调回老家当了科级干部,也算叶落归根。

而我,尽管只当了短短一学期的班长,但如今,再碰到当年转入文科班的高一同学,他们还会称呼我为老班长。

五分钱咸菜吃一天

我上高中时,最小的妹妹也已上小学,这样我们兄妹四个都在读书。这对靠在土里刨食的父母来说,是个不小的负担。尽管父母每周给我五元生活费,已经不少了,但当时我很喜欢看书,想要买书就得花钱。我不可能再向父母要钱,于是只能从饭钱中省出来。当时蒸饭的大米是从家里带的,而菜蔬是在食堂买。早餐的咸菜是五分钱一份,要是大师傅好心,一大勺可以盛满一个大搪瓷碗。于是我就每天只买一碗咸菜,一碗咸菜吃一天,这样就省出了一笔买书钱。

五分钱一天的日子我经常过,但到了高二下半学期,我的胃出现了问题,经常感觉胀气,于是只好去看医生。医生诊治的结果是浅表性胃炎,让我多吃新鲜蔬菜,少吃腌制食品。我从此告别了咸菜、咸鱼、咸肉等腌制食品,直到十多年前,感觉自己已渐渐进入老年,又怀念起曾经吃过的既下饭又美味的腌制食品,才给自己解禁,从此一发不可收拾。

高考前最后一个月

我们当年高考的三天是在 7 月初,而不是现在的 6 月初。到高三下半学期,该上的功课早已上完,这最后一学期就是不断地背书、不断地做练习题、不断地模拟考试,大家都在争分夺秒,都在做最后的冲刺。

对我们大多数农村学生来说,考上大学是唯一一条改变人生命运的路。因此往届没有考上的,都要复读,复读两三年的很平常,复读五年八年的也不少。我的成绩在历次的模拟考试中均处于年级前二十到前十名之间,按照我们学校前两年的升学率,我考上本科学校是没有问题的,因此我自己也蛮有信心。

尽管如此,家里亲戚们还是为我费尽了心力。因为我的母亲是她兄弟姐妹中唯一的农民,因而我们兄弟姐妹也只有考上大学才能跳出"农门"。为此,舅舅为我办理了当年县里争取的委托代培名额,这样就等于上了道保险。而大姨和姨父为了让我能吃好,有足够的营养,常常做好鱼啊肉啊,送到学校里来,给我改善伙食。临近高考的最后一个月,也就是当年的 6 月,已进入盛夏,大姨和姨父让我住到他们家去,好让我有一个安静的复习和休息环境。

当时,姨父家在镇上的河西街,他家的住房并不宽敞。表妹与我同年高考,他们二老在离家五里多的马铺小学教书,每天下班都要急匆匆地赶回家为我们做饭,照顾我们生活。因此,那年我的高考,不仅寄托了父母三年来的期望,也寄托了所有家人亲戚的期待。我的压力无形中增大,所幸最后我以自己的努力和成绩,向家人、亲戚、老师交出了满意的答卷。

三十年前的高考

2017 年 6 月，又迎来一年的高考。

2017 年是国家恢复高考四十周年，也是我的高考三十周年。

我是 1984 年考入路桥中学，1987 年毕业的。从八五届开始，高中学制从两年制转为三年制，因此我们这届是第三届三年制高中毕业生。

那年的高考，是在 7 月。每年，7 月 7、8、9 三天的考期是固定的。而台州的梅雨期，通常从 6 月初到 7 月初，高考那几天正是行将出梅的日期。果然，等到我们高考的那几天，已经出梅，每天晴热，气温在 35 摄氏度上下。

所谓"台上一分钟，台下十年功"，高考三天，正是我们高中三年学习拼搏、知识积累成果的展现。

高一是初中升高中后的转换期和适应期，高二文理分班，各人根据自己的兴趣爱好和各科成绩，选择文科或理科。学校综合考虑了当年高校设置的专业和招收文理科的人数，将我们年级六个班级，分为一个文科班和五个理科班。一班是文科班，一至六班是理科班。当年我的各科成绩基本均衡，出于对往年高考录取率的分析和今后工作就业考虑，我选择了理科，留在了原先的班级。我们班的班号没有改变，仍是四班，一部分同学选择文科转了出去，人数空缺由原高一（3）班的同学补充进来。

高二开始，学习气氛变得空前紧张，学校和我们学生都奔着一个目标而去，即备战高考。为此，学校将我们各科任课老师全部换掉了。新换的老师一批阵容强大，他们的年龄都已五十出头，有的教完我们这届就退休了。他们大都是 20 世纪五六十年代"文革"前毕业的大学生，也有优秀高中毕业生留校任教的。他们都有渊博的学识、丰富的教学经验和良好的教学素养。可以说,他们是学校的宝贵财富,学校把全部家底都押上了。他们是:班主任兼语文老师柯善才,数学老师蒋昌明,物理老师姓王,英语老师王日新,化学老师李华余,政治老师邵雪珍,生物老师毛婉婵。

当年我们全班五十多人,男生略多,占三分之二,女生略少,占三分之一,这是由当年农村父母对子女的教育态度决定的。农村籍同学与城镇户籍同学的比例,与男女生的比例差不多。除了家在路桥镇上的同学走读,其他同学都住校,我们班上的男生占了两个寝室,每个寝室住十二人。

当年县里的中学,黄中与路中齐名,黄岩县城关以西的学生,一般报考黄中,城关以东以南的,通常报考路中。但也有例外,位于县城西约十里,作为初中的焦坑中学(现黄岩澄江中学),当时在县里十分有名,初中升高中的升学率非常高,因此初中毕业班每班常有一百多人。他们中有许多人报考路中,我们班来自焦坑中学的也最多。焦坑中学来的同学,能吃苦,学习勤奋,他们把良好的学习风气带到我们班上,影响了我们。记得每次晚自习结束,宿舍熄灯后,在寝室外借着昏暗的路灯夜读的,就有来自焦坑中学的杨梅庭、罗岩邦等同学。我有时候也会借路灯夜读,但不看教科书,看的是闲书。

周日至周五的晚自习,教室里灯火通明,座无虚席,无论住校生、走读生,都来参加晚自习。任课老师会轮流值班,为大家解答疑难问题。记得晚自习来得最多的是班主任柯老师、物理的王老师和数学的蒋老师。当年我们都是自觉学习,没有任何课外补习班,所有的学习任务都在课堂和晚自习中完成。这种学习的自觉性,来自各人的内心,来自考取大学、改变自身命运的追求。老实说,城镇的学生,还有招工就业这条路,而农村的学生,除了挤过高考这一独木桥考上大学,别无选择。考不上的,只能回家种田,修理"地球",因此大家都是很拼的,不拼的只是特例。

高中三年,同学们在校一起学习的日子有九百多天,但在紧张的学习中,时间很快就过去了。当年高考成绩出来后,我们班上有二十几人考取了大学本科及专科学校,占了全班人数近一半,而当年全国高考录取率不足报考人数的三分之一。第二年复读后,又有十几名同学考上，最后考取各类大专及以上院校的同学占全班的百分之七十左右。

三十年一晃就过去了，当年的少年，如今都已年近半百。历经三十年的风雨沧桑，让人欣喜的是，全班同学都健康。更让人欣喜的是，当年的所有任课老师也都健在，他们都已是八十多岁的耄耋老人了。

在这个毕业季，在今年高考前夕，我们在玉环市一个叫"裸心海"的海滨度假村，组织了毕业三十周年同学会。全班五十几个同学，到会的有四十几人，这是一个令人欣喜的数字。出于安全考虑，我们没有邀请当年的任课老师参加，但在同学聚会的欢声笑语中，我们默默地祝愿老师们健康长寿。

我的高一(4)班

暑期渐尽,开学在即,思绪再次回到三十多年前的高中时代。

我从乡下初中考入路桥中学高中部,分在高一(4)班,班主任是徐同云老师。徐老师那年刚从台州师范专科学校(简称"台州师专")毕业,就担任我们的班主任兼化学老师,这是校领导对年轻教师的培养和重视。初见徐老师,他还只是个比我们大几岁的帅小伙,有点腼腆,讲课时,脸会略微发红,说话亦带点颤音。

除徐老师外,高一其他任课老师也大多是年轻教师,只有历史和地理老师是老教师。高二文理分班,徐老师等高一任课老师全部不再教我们,任课老师换成了刚刚带出毕业班的那拨老师。

徐老师毕业的台州师专,当年是台州的最高学府,现在已升格为台州学院,是台州唯一一所本科高校。这些年,因为各种机缘,我认识了许多当年从台州师专毕业的和在台州师专任过教的朋友,他们的年龄与徐老师差不多,估计都是同时期在台师求学的。

高中后两年,在校园里常能碰到徐老师,但毕业后我再也没有见过徐老师。自己大半生的碌碌无为,过去的三十几年里,也不曾与徐老师联系过,但不等于我忘记了徐老师,在我的记忆里,一直保存着徐老师的年轻面容。四年前,我在《路中那三年》一文中也提到过徐老师,很抱歉把他教化学错记成物理了。这不是我的错,是岁月淡去了记忆。

文理分科后,一部分同学去了文科班,用徐老师不久前在同学群里的话说,优秀的学生跑掉了。跑去文科班的有团支书郑丹丹、我的下铺牟锡荣以及张邦清等。正是这些跑到文科班的同学,现在仍称呼我为"老班长",因为时间短暂,记忆才倍加深刻。

读文科的牟锡荣紧跟徐老师的步伐,考入台州师专,成为那一届文科班中的佼佼者,他大学毕业后教了一段时间书,之后转行当起了律师。

我和锡荣同学是有故事的。高一那年暑假,他邀请我去他家玩,为了旅途有伴,我在班里发动同学同去,竟有十几个响应的。我们从学校出发,骑着自行车,一路向西,凡经过同去同学家所在的村庄,都歇过脚,喝过水。途经方山下、杏林、民建村,第一夜宿锡荣家,他家在革命老区茅畲乡的一个小山村。第二天至长潭水库,折回,沿永宁江至拱东、王林洋,夜宿永宁江边橘林深处杨梅庭家。第三天沿黄海路至上辈、椒江后许,夜宿许小华家。许小华也是台州师专高才生,如今是椒江区第二中学校长。第四天,剩下最后一行数人返回路桥三角马路,散伙后各自回家。这次旅行,全程两百余公里,是我人生中最长距离的一次骑行。

工作后,我与锡荣一直保持着联系,碰上法律问题,向其请教,均得到其热心指导。所谓"无巧不成书",我这个业余代理人,与锡荣这位"正规军"有过一次正面交锋。那次我代理亲戚的行政官司,在法庭门口碰上锡荣夹着公文包走来,打招呼一聊,他竟是被告方的代理人。

"百年修得同船渡,千年修得共枕眠。"人们常用这句话形容夫妻关系的珍贵,而师生关系、同学关系,何尝不是这样?如果要问我:什么感情最珍贵?那就是师生情;什么感情最纯真?一定是同学情。

一场"不想考好"的中考

十年寒窗苦读日,一朝金榜题名时。

7月,又是一年毕业季,中考、高考,一场场决定莘莘学子人生命运的考试陆续开始。每当这个时节,就会想起三十多年前我的那场中考。

初中时,我的成绩一直在年级里名列前茅,因此我被父母寄予厚望。初中毕业那年,二弟读初一,三弟读小学四年级,下半年,妹妹也要读小学了。这对于一个靠打草席等副业谋生的农民家庭,将是很沉重的负担。因此,读完初中的我能直接考中专,早日参加工作,是父母心中最大的愿望。只是,不善表达的父母,将这愿望默默地埋在心底,而我的亲戚们替父母说出来了。

中考填报志愿前,当教师的姨妈特地来到我家,让我第一志愿一定填报中专学校。当年,中专院校是优先于普通高中录取的,我便遵从了长辈们的意愿。

中考成绩出来,我被预选进入中专入围名单,但要进行第二次复考,以决定中专最终录取名额。也就是说,我们这一年的中专录取办法是,在第一轮中考中,预选入围比例超过实际录取比例,在第二轮复考后按成绩从高到低录取。而上一届和下一届的中专录取,都是根据志愿,按中考成绩择优录取的。

正是这一届例外,给我创造了上大学的机会。

说实话,当时我是一心想上大学的,只是由于家庭的经济压力,和父母亲戚对我早日参加工作的期待,才勉强填报了中专志愿。如果当年也像上一届那样,中专院校通过中考成绩直接录取,我是一定会被录取上的。据后来小姨妈说,他们托人在教育局查过我的中考成绩,排在全县八十名以内,远远超出中专实际录取线。

　　那年的中专复考在中考一个月后，尽管父母给我充足的时间复习备考，但因为私心，我出工不出力，表面在看书，实际磨洋工，几乎没有用心复习。一个月后，我走进了位于县城的黄岩中学考场，两天的考试，心平气和，不急不躁，几乎每场都提前交卷。成绩出来后，我终于如愿以偿，名落孙山。当所有亲戚都在为我惋惜时，我心中却暗暗地高兴。因为我知道，凭我第一次中考的成绩，进入县属重点中学——路桥中学，是稳稳当当的。

　　为了实现自己的大学梦，我利用了那年中专二次考试的机会，考了一次"不想考好"的试，让父母为我付出了更多的艰辛。

　　正因如此，高中三年，我加倍努力，终于以超出重点线的分数，考入重点大学，为自己的人生理想交了第一份满意答卷，也让父母的辛勤付出得到了回报。

童年的荸荠

宋人陈宓在《凫茈饷王丞》诗中写道："仙溪剩得紫琅玕，风味仍同荔子看。何以清漳霜后橘，野人还敢荐君盘。"其中"凫茈"就是荸荠，诗中赞美荸荠甜如蜜橘。

荸荠，家乡方言叫"pó qí"。有人识字不多，又不求甚解，用普通话读荸荠二字下部的音，则会读作"bó qí"，令人捧腹。

荸荠原产印度，在我国长江流域及其以南地区广泛种植。家乡鉴洋湖一带的水土很适合荸荠生长，种出的荸荠渣少、汁多、味甜，个大扁圆，皮色红润。家乡有句俗语"黄岩蜜橘红彤彤，店头荸荠三根葱"，就是赞美鉴洋湖荸荠的，长江流域内店头、车头、枧头所产荸荠，皆为上品。

作为一种水生植物，荸荠春耕时育苗，初夏时移植大田。荸荠分蘖繁殖能力很强，初栽时每株间距五六十厘米，望上去稀稀拉拉。但到盛夏时节，满丘田里就会长满绿油油的茎叶，不给土地留下一点空隙。其旺盛的生命力，简直就是"雄起"。荸荠茎细长，圆形中空，可长至一米多高，大片叶如给大地铺上一层厚厚的地毯，迎风摇曳，婀娜多姿，与打草席用的蔺草十分相似。

经过半年多的日晒雨淋、风霜锤炼，荸荠在冬至后成熟。

荸荠成熟时期正值隆冬腊月时节，因此采收荸荠是辛苦活。荸荠果实是母株短缩茎向地下四周抽生匍匐茎，尖端膨大为新的球茎而成，所以果实生在泥土里，采收荸荠就得翻开泥土，逐一挖掘出来，我们称之为"耢"。这时田水已干，土质半硬，可以穿鞋踩上去而脚不会沦陷。

耢荸荠时，先用扁平宽齿的钉耙将一排的土一起翻过来，钉耙如猪八戒的九齿钉耙，但我们用的钉耙通常是五齿。然后赤手将露在外面的荸荠捡起,再将土块捏碎,把躲着藏着的荸荠一个个揪出来。下层土较硬,得用铧锹(一种方口的铁锹)再挖、再抠,力求一个都不能放过。但无论多么仔细,总有"漏网"的。第二年在这片地里青菜苗、土豆苗的间隙,会长出几棵绿色的荸荠葱,孩童们又会顺藤摸瓜,把它们挖出来。记得有一年,我在别人的土豆地里按葱索荸荠,受到主人投诉,被母亲竹条伺候。

耥荸荠时,大人们在前面挖,我们小孩子就跟着在后面捡,也会自己拿把锄头在翻过的土里刨漏网的荸荠,偶尔会有意外收获。累了,就躺在已经发黄倒伏的荸荠秆上打滚,跷起腿享受收获的战利品。那时,完好的荸荠舍不得吃,只能先吃划伤的残次品。在地里,既不用刀削,也不用水洗,拿衣服袖口或下摆擦掉表皮的泥土,连皮都吃下去了。

耥荸荠是辛苦活,手长时间在泥土里抠,手上沾满泥巴,再一受冻,西北风一吹,手就会皲裂出血,很是疼痛。旧时耥荸荠因为使用钉耙、铧锹等工具,可以减少双手与泥土的接触,但划伤的果实较多。划伤的荸荠只能留给自己吃,且荸荠划伤后容易腐烂,其伤口先由白变黄,再长出绿长毛。现在种荸荠的农民,为了减少破损,不用工具,全用双手在土里挖,其辛苦程度可想而知。

荸荠别名"马蹄",因其形状如马蹄,荸荠肉做的罐头,俗称"清水马蹄"。20世纪80年代,国营黄岩罐头厂出口业务好,村子里家家削荸荠卖白肉。那时每天放学后和寒假期间,我就帮父母一起削荸荠,竟也练就了一手"小李飞刀"的本领。快削荸荠只要三刀,上下各一刀,绕着中间转一刀,如今这手艺还在。若两人对坐,我负责削荸荠,另一人专门负责吃,吃得不一定比我削得快。

《本草纲目》上说,荸荠有止渴、消食、解热的功效。荸荠营养丰富,既可生吃,又可煮熟吃。生吃脆嫩爽口、汁甜味美,是冬春时节不错的水果;煮熟后甜味更足,一些细菌被杀死后,更适宜老人小孩食用。同时又可用作做菜时的配料,如鳗鲞炒芹菜,加几片荸荠肉,色香味更佳。正月十五熘甜糟羹时,加入荸荠肉,别有一番风味在里头。如今家乡的饭店里,都有一道甜羹,叫酒酿荸荠丸,既营养又美味,适合女士们美容养颜。

生于寒凉阴湿之地,土生土长的荸荠,温暖了我童年的记忆。

中秋记忆

各地的中秋都在农历八月十五,独台州人的中秋在八月十六。

古往今来,许多文人墨客创作的有关中秋的诗词歌赋,都是描写别离之情,寄托相思之意的。苏东坡的《水调歌头·明月几时有》,就是在被贬密州后,与弟弟子由分别七年,为诉相思之苦而作的。

中秋节是相思节。旧时,大多是那些有人在外做官、经商的官宦之家和商贾之家,才有离愁别绪需要寄托。贫穷的农民,既无离人,也无时间,更无经济条件,来吃月饼、赏月、吟诗诵情。

记得小时候的家乡,每逢七月半、冬至节,家家户户都要做好"八碗"来祭祀天地祖先,并邀请亲朋好友大吃一顿。七月半在早稻收割以后,上半年的农事已经结束;冬至在晚稻收割以后,全年的农事基本忙完。因此,这两个节日对农民来说,是庆祝丰收、祭祀祖先、祭祀天地的节日,保佑来年继续丰收。中秋节,恰处于晚稻播种后的田间管理期,农事依然很忙,农民一门心思扑在土地上,一家人日出而作、日落而息,天天结伴干活,没有分别,也没有离愁别绪可以"挖掘",因此大多数的人家是不兴过中秋节的。至于月饼,对农民来说就是稀罕物、奢侈品,很少有人舍得花钱买。

虽然那时候的我没进过城,但我知道城里的居民,不是工厂工人,就是教师或者政府工作人员。他们领工资,享受单位福利,每到节日就有食物福利发放,如端午粽子、中秋月饼。因此,那时的我认为,中秋节是城里人的节日。我的娘舅、娘姨因为是工人和教师,每个中秋都有月饼福利。他们也总会想到乡下的姊妹。我的母亲没有这样的福利,我们四个小孩也渴望吃月饼,他们每人都会给我家送来一筒。每年中秋,母亲不必去集市买月饼,我们就能享受到月饼的香甜美味,其中饱含着母亲的兄弟姊妹间的情谊……

我参加工作后，也享受到了中秋月饼福利。每年我都会把月饼拿回去给父母，后来弟弟妹妹也陆续参加工作了，他们也有月饼福利了，我们每人都拿回家给父母，父母家成了月饼的集散地。当城里人渐渐将月饼当作送礼之物，自己吃得越来越少时，干体力活的农村人依然视月饼为宝贝。勤劳一生的父母，会把我们拿回去的月饼分些给邻居，留些给自己当早餐、当晚餐，慢慢地享用，从不浪费。

但我对于中秋的感受，依然仅止于吃月饼，还是没有离愁别绪。即使是上大学的那四年，每个中秋都在学校里过，与父母家人相隔千里，我也没有相思可以寄托。不是我不想家，而是交通、通信的不便，对于父母的感情，对于家的思念，天天都很浓烈。到了中秋节那天，反而没有特别的感受。我知道，顺利完成学业，早日参加工作，减轻家里的经济负担，就是对父母最大的报答，最好的情感寄托。我把思家之情埋在了心底。

如今条件好了，想家了可以随时回家看看父母。平时工作忙不能回家，打个电话问候，听听父母声音，也很温暖、很幸福。

只要人间真情在，相思何必在中秋。

我在大学摆地摊

曾经有一阵子,朋友圈里最火的话题便是摆地摊,不禁让我想起了上大学时摆地摊的经历。

大三时,班里退学了两位同学,随后又补充进两位新同学。其中一个聂姓同学,家就在学校附近,其父是当地一家百货商场的副经理。

聂同学不住校,一天他到宿舍来寻找合作伙伴,计划在大一新生报到的那几天,摆地摊卖生活用品和学习用品。他的这个摆摊方案,不需要本钱投资,凭他父亲的面子,从他父亲的商场里提货,卖不完的全额退货,货款卖后结算,只需两个出力的合伙人。尽管当时我与聂同学还不熟络,但这样无本钱的买卖,还是值得一试,于是我与同寝室的张同学一起响应。我们三人,像刘关张一样,临时拼凑起了一个"三无"的地摊公司。

新生入学时间比老生开学要晚十多天,我们在新生开学前一天去百货商场仓库提货。凭着聂父的关系,聂同学借来大板车,按照事先罗列的清单提足货,一箱箱打包运回学校。

新生入学第一天,我们在位于学生宿舍集中区、邻近新生报到处的一块空地上,摆起了地摊。我们从学生会借来两张桌子,掏出牙缸、搪瓷碗、勺子、脸盆、牙刷、牙膏、毛巾、扫把、肥皂、床单、凉席等生活用品,铅笔、圆珠笔、墨水、纸夹、练习本等学习用品,将小件的一字儿摆在桌子上,稍大件的如脸盆、凉席等就放在桌子前面的地上。三个合伙掌柜站在桌子后面,守株待兔,静等顾客上门。

尽管我们学校当时在校学生有一万余人,每年入学的新生也有两千多人,但我们的地摊生意并没有出现火爆的场面。我们看着来报到的同学被一车车地拉进校门,然后一堆堆地拥到新生接待报到处前填写各种表格,再一个个拖着大包小包分散消失在各栋宿舍楼。路过我们摊前,停下来问价或购买的,却一直零零星星的。

第一天收摊盘点后,总营业额一百多元。第二天继续摆摊,收入已大不如头一天。第三天我们早已没了信心,摆了半天便草草收摊了,剩余货物装箱运回百货商场。退货要比提货麻烦许多,每一个品种都得清点仔细,领来多少,退回多少。最后刨去成本,我们拿到的净利润是八十多元,三人平分,每人得到二十几元。

这也难怪,我们上大学那个年代,人们生活尚不富裕,节约是最基本的生活准则。新生入学,基本的生活用品都从家里带了,这从每个学生带的大包小包就可见一斑。像我入学时就带了五个包,两手各提一个,两肩各背一个,还有一个套在脖子上,连被子草席都带上了,到学校需要买的东西,自然少之又少。

这次摆地摊的时间,虽然只有短短的三天,但让我体会到了摆摊的不易。工作以后,单位门口的天长路就有夜市,专门供下岗失业人员摆地摊。每当傍晚时,大街的中间就陆陆续续搭起篷子、支起摊子,像一字长蛇一样摆开。摆摊者,从傍晚起开工,一直摆到深夜收摊,风雨无阻。

刚工作那会儿,我曾动过到夜市摆摊的念头,但见到摆摊者的艰辛,怕自己意志力不够,终究未能付诸行动。大学那次摆摊,成为我目前为止唯一的摆摊经历。

摆地摊,卖的是生活百货,品的是人生百味。

青橘

这是流传在高中同学圈中的一个故事。

那年 8 月,骄阳似火。他收到了大学录取通知书后,从下塘港坐县域公交车,辗转到了位于县城西郊的她家。见到他来,他们四目相对,欲言又止。

下午四五点钟,西斜的日头,已经挂在南面"石大人"的头顶,她要和爸爸一起去射橘。射橘,就是给橘树喷洒农药,预防橘树生病和落果。她爸爸不识字,看不懂药瓶上的说明书,不知道如何配比,她得帮爸爸一起配农药。他也跟着去了,想借此仔细看看橘树,毕竟一个人坐在家里,是很闷的。

她家的橘园离家一百多米,在橘园的田埂上穿行,要当心橘枝碰到头。橘园离江堤只有十几米远,他的视力很好,稍稍抬抬眼,就能看到清凌凌的江面和江面上起伏的波澜。如同他看她,只要她嘴角微微一动,他就能看出她心中的涟漪。

他爸在供销社上班,家里分的地都转包给别人种了。他没有种过地,也不会喷农药,但橘林里的秀色,让他满是好奇。他们帮她爸爸按照药瓶标签上标注的配比,在肥桶里先倒入少量的水和一定剂量的原药,用肥勺搅拌均匀,再加注一定量的水,搅拌,然后倒入喷雾器。

爸爸背上喷雾器,去前面射橘了。他们仍旧站在橘树下,保持着一定的距离。

他说:"我考上了。"

她"嗯"了一声。

他说:"你呢?"

她说:"没有,我填报的学校,录取的时间已过,怕是没希望了。"

他说:"再等等吧,你的成绩比我好,会考上的。"

她没再说话。他看到她的眼角已经发红,胸脯剧烈地起伏着。

大学开学一周后,他收到了她的信,她在信中告诉他,她已经在读高复班,准备明年再考。

他马上给她回信,在信中,他说了许多鼓励的话语。不久,他又收到她的第二封信,她感谢他的支持和鼓励,表示自己现在的学习状态很好。

冬去春来,油菜花开了,柴爿花(台州人对杜鹃花的俗称)开了,桃花谢了,橘花也谢了。一晃十个月过去了,又一年的高考结束了,他和她一起在等待。又熬过了最难熬的 7 月,他收到了她的信,她在信中告诉他,她已被一所本科院校录取。看完信,他马上坐车去了她家,他们又去了江边那片橘园,那棵橘树下。

农谚说:"七月七,橘分荚。"这说的是农历七月七,也就是牛郎织女鹊桥相会的日子,橘子已经分橘瓣了。

看着枝头一个个青翠欲滴的橘子,闻着随风飘过来的淡淡幽香,尽管他知道,刚分荚的青橘还是酸涩的,但他充满期待,期待青橘成熟的那一天……

天外飞来香樟树

　　不知道是风吹来的,还是鸟儿啄来落下的,一粒种子在我家的空中花园里生根发芽了。

　　仅隔一年,窗外那棵树已经郁郁葱葱,枝干有大拇指粗细,刚好在我家落地窗前,既能遮挡正午的太阳,又给人满眼葱茏的享受,常引来各色鸟儿歇在枝头叽叽喳喳。可是我家的花园土层太薄了,如果给予足够的土壤、水分和光照,假以时日,一棵参天大树将矗立在苍穹下。

　　我识得这树,它就是我们这个城市的市树——香樟树,满街的行道树基本都是它的身影。香樟树,别名樟树、香樟、瑶人柴、栳樟,樟科樟属常绿大乔木,高可达三十米,树径可达三米,树冠为广卵形。树冠广展,枝叶茂密,是优良的绿化树、行道树及庭荫树。枝、叶及木材均有樟脑香气,可提制樟脑和樟油。木材坚硬,材质上乘,是制造家具的好材料,宜制家具、箱子。香樟树对氯气、二氧化硫、臭氧及氟气等有害气体具有抗性,能驱蚊蝇,能耐短期水淹,是生产樟脑的主要原料。

　　小时候,家里装衣服的木箱子就是香樟木做的,很金贵,能防虫蛀,比合成的樟脑丸环保多了。如今,香樟木依然是昂贵的木材。十多年前我家装修时做固定式的衣柜,只在隔板处用上一小块香樟木,就满屋子飘香了。据说,从前民间有个习俗,生女儿的人家,会在房屋边种下一株樟树苗,树与人一起成长,等女孩长大了,树也成材了,当女孩出嫁时,砍掉樟树做成箱子作为嫁妆。如今,结婚已无需箱子陪嫁,樟树更多作为行道树、庭院绿化或者防护林,为城市和乡村增添绿色,阻挡沙尘。

　　从前,每个村落都会有一两棵几百至上千年的大樟树。那是村庄的守护神,一般都是一个家族定居此地的始祖种下的,几百年延续,枝繁叶茂的大树庇护着家族的荣耀,保佑着子孙的繁盛。记得儿时,我们村口也有这样一棵大樟树,树冠直插云天,气势磅礴,令人只能仰视,树干粗大,需四个大人才能合抱住。我们常在树上掏鸟窝,在树下打弹珠、捉迷藏,留下许多童年的欢声笑语。

我家老屋西边的河岸上也有一棵樟树,二十多年前直径四五十厘米时,被锯掉卖给木材商人,由于树根还在,后来边上又长出一棵小树,小樟树是老樟树的生命延续,展现出樟树坚韧的品格和旺盛的生命力。到了大前年,已经长成一棵大树,坚挺笔直,高出三层楼的房顶,如伞的树冠正好挡住强烈的阳光。这次因为老屋边上修公路,樟树被连根挖掉了,老屋失去了大树的庇荫,也失掉了祥和与宁静。

姑妈家所在的双庙村,有两座古庙,一名"双福庙",一名"汇头堂",村名由此而来,这让双庙村人感到自豪。更让双庙村人感到自豪的是,庙前两棵栽于北宋年间,有着九百多年历史的古樟树。与古庙、古樟对应的,是一座古戏台。逢年过节,村里都要请县里的越剧团来唱戏,我常有机会跟着大伯公去看戏,并与古樟亲密接触。古樟至今仍郁郁葱葱,充满着蓬勃生机,见证着双庙村人九百多年的生活变迁。前些年双庙村全村改造后,一个绿树成荫、绿水环绕,集自然景观、生态美观、经济实用的"香樟湖畔人家"小区展现在人们的面前,成为一道亮丽的风景线。两棵古樟也因此焕发着新的生机,成了新农村的文化名片。

每年的四五月份,是香樟树开花的时节,淡淡的清香总是弥漫在空气里,这种清香,沁人心脾,让人神清气爽,在我看来,可以跟兰花和玉兰花的芳香媲美。秋天,香樟树结出的乌黑发亮的果子,是提取樟脑香精的天然原料。

有意思的是,樟树的樟,是文章的"章"加个"木"偏旁,盖因樟木上有许多纵向龟裂的纹路,像是大有文章的意思,彰显了造字者的智慧。的确,香樟树大有文章可做,它承载的文明烙印、历史记忆、家族传承等诸多元素,饱含厚重的文化积淀,人文品格是人与自然和谐共存的精神符号。

我会精心呵护家中这棵天外飞来的香樟树,但求一片绿色。

魔芋，大学时代的舌尖记忆

　　每一种食物，无论是好吃还是难以下咽，都会给人留下深刻记忆。在物资匮乏的年代，享受美食，是富贵人家的专利，而对于大多数的贫寒者，有食物果腹，便是最大的幸福，即使是糟糠，也能在生命的严冬里，给人以生存下去的能量。

　　有一种食物，在我国的西南地区很流行，东传到了日本，被日本人奉为健康美食。三十年前的我就与它结缘，我并不喜欢它，却也忘不了它。在我看来，它既不是糟糠，也不是美食，这便是魔芋。

　　那年，我有幸考上大学，怀揣着梦想，从东海之滨的农村，来到山城重庆。我一踏上重庆的土地，便感受到一股火辣辣的气息扑面而来，这气息完全有别于家乡的海腥味。很快，我便感受到地处西南的重庆与家乡之间，在饮食上的巨大差异。

　　麻辣味是川菜的主流口味，为了照顾外省学生的饮食习惯，学校食堂有许多非麻辣的菜品供选择。入乡随俗，我还是比较能适应各地饮食风味的，很快我便喜欢上了重庆的川菜和麻辣小吃，不像同寝室一位湖南同学，很能吃辣，却嫌弃麻味。

　　炒魔芋是食堂的常备菜，几乎每晚餐都有。起先，我见到这道灰褐色、豆腐样的菜，不知其为何物，又见川籍同学经常吃，吃得津津有味。我向他们询问得知叫炒魔芋，这对我来说是很陌生也很奇怪的菜名。

　　我很长时间没有尝试吃炒魔芋，大概在第二个学期开学后，才鼓足勇气买来一份。这份炒魔芋，除了用辣椒酱、花椒粉作调味，就只有"魔芋炒魔芋"。麻辣味我是喜欢的，而魔芋本身吃起来则是软塌塌、滑溜溜的，既不腻也不爽，没有刺激到我的味蕾。此后的四年里，我很少吃魔芋，吃过的次数，一只手的手指就扳得过来，这也由此让我与这种富有营养的健康食品失之交臂多年。但魔芋寡淡的味道，和它自以为"魔"的名字，却深深刻在我的记忆中，挥之不去。

后来才知道，食用的"豆腐状"魔芋是由魔芋精粉制作的，而魔芋精粉的原料魔芋块根本身是有毒的。魔芋块根有毒，误食会使人口腔、舌头、咽喉有灼烧感，严重者会引起水肿甚至窒息，这与误食观赏植物海芋（别名"滴水观音"）的症状相似。魔芋还有"磨芋""鬼芋""妖芋"的别名。

国人食用魔芋已有一千七百多年的历史，据说最早是由彝族先民发现了魔芋的食用方法。唐代人在注《文选》中提到："蒟，草也，其根名蒻，头大者如斗，其肌正白，可以灰汁，煮则凝成。"蒻就是魔芋，灰汁就是草木灰水，用草木灰水可以中和魔芋中的生物碱，去除其毒素，魔芋从此被"驯服"，成为西南地区民众餐桌上的一道家常菜。

魔芋中含有丰富的植物多糖——葡甘聚糖，这是一种可溶性膳食纤维，不易被人体吸收，是典型的低热量食品。魔芋东传日本后，被更加发扬光大。

去年的一天，我因工作关系来到南城的十里铺菜场，意外地发现一菜摊有淡黄色的米豆腐和灰褐色的魔芋豆腐在卖。这让我十分惊喜，尘封多年的记忆瞬间被激活，便毫不犹豫地买下一大块。

将魔芋拿回家后，我凭着记忆精心制作，以干辣椒和花椒粒代替辣椒酱和花椒粉，又加入肉末和蒜泥。自己烹制的魔芋，味道还是那个味道，软软的，滑滑的。细细品味，又品出了一种味道，那是岁月的味道，是渐渐远去的青春的味道。

两个蘑菇凳

我家露台上有一红一蓝两个蘑菇凳，是老邻居老杨送给我女儿的。昨日碰到老邻居筱梅，聊起那些老邻居时，得知老杨于两三年前走了，心中不禁生出些许感慨。

老杨是我的老同事，他是我原单位的会计。老杨个子高大，方面阔耳，挺着个大肚子，喝啤酒六瓶打底，没有上限，这跟他肚子的容量有关。当然他除了啤酒，红酒、白酒、黄酒都能喝，用他自己的话说，四种全会，来者不拒。与老杨一起吃饭，我喝不完的酒，都由老杨代喝。

老杨为人和善，不会斤斤计较，与大多数人都合得来，用我们的土话讲，肚（度）量大，这跟他的大肚子应该无关。有些人肚子不大，度量却很大；有些人肚子很大，度量反而很小。在单位里，老杨是少数几个不轻视我这个乡下进城来的人之一。

我参加工作两三年后，单位搞了次集资建房，我和老杨都拿到了名额。三年后房屋建成，我们成了邻居，同幢不同单元，每天进出都能碰见。老杨只有一个儿子，和老杨一起住，慢慢地，他们一家与我们一家都相熟了，我老婆时常与老杨夫人在楼下碰见，两人一见面便聊得热火朝天。

老杨的儿子做玩具生意，某天，老杨送我女儿两个蘑菇凳，玻璃钢材质，一个大红色、一个天蓝色，很是可爱，让我女儿兴奋了很长一段时日，天天抱着蘑菇凳搬家家，排排坐。由于我们经济拮据，与同龄人相比，女儿小时候拥有的玩具是非常有限的，这两个蘑菇凳成为她珍爱的玩具之一。

与老杨做了五年邻居后，我家从那里搬了出去。我家是同单位邻居里第一个搬走的，搬走不是因为我们有什么钱，而是分配房屋时，我抓阄抓到一楼,冬天日照少,衣被晒不干。天长日久,房子的墙壁因潮湿多处发霉,特别阴湿。我无奈狠狠心,贷款买了一处顶楼的房子。搬之前,我老婆提早告诉了老杨夫人,她是同单位邻居里唯一提前知晓的。老杨从他夫人口中知道后,说我们信任他们才提前告知,特意嘱咐夫人,暂不要告诉别人。其他邻居,都是在我们正式搬家时才知晓的。

不做邻居后,我和老杨还是同事,还能天天见面。2002年,老杨退休,我也离开了原单位,我们就很少见面了。偶尔,我在大街上碰到红光满面、健步如飞的老杨,会停下来聊几句,但这样的机会越来越少。

老杨送我女儿的蘑菇凳,我们带到了新屋,又带到了如今的房子,放在露台上供女儿玩玩、坐坐。随着女儿长大,她坐蘑菇凳的次数越来越少,这两个蘑菇凳渐渐地被冷落,被随意弃置在露台角落,有时当作花盆的架子。长年的日晒雨淋,蘑菇凳褪色了,出现了裂缝,样子不再可爱。前几年,老婆几次让我丢掉,而我总有点不舍,这凳子多少牵连着我和老杨的那些情谊。

早上,我重新翻出这两个蘑菇凳,看着凳子色彩斑驳、裂痕交错的样子,想着老杨,想着往日的种种,感慨岁月流转,如刻刀,在我们脸上刻下沧桑的痕迹,又似流水,涤荡走过的人与事……

难忘当年绿皮车

2009年9月28日，甬台温铁路通车，台州人欢天喜地。台州从此告别没有火车的日子，台州人从此可以在家门口坐上动车走四方。从台州到杭州最快两小时，到上海最快三小时，比自驾都要快，轻松又便捷。那年，我坐了几趟动车去上海逛商场、看外滩夜景。据说，有人特意从台州站坐到临海站，只为过过动车瘾。

如今，每每坐上动车，就想起当年上大学时坐火车往返的情景。

考上大学那年暑假，我去向外公报喜，外公说有两条道可去重庆，一是从上海坐江轮，二是坐火车。我最终坐了火车，因为凭录取通知书买火车票可以半价。

去大学报到，是我第一次出远门。我是和禹舜一起走的，禹舜比我早一年考到重庆的一所军校。我们先坐汽车到宁波，在宁波逗留了一天，然后坐火车到杭州。在杭州又逗留了一天，再坐上从上海始发，途经杭州的51/54次列车，此行，我们在火车上旅行四十九个小时才到达重庆。

从杭州站上车后，我们没有找到座位，只能站着。当年的火车，只有从始发站上车才有座位，中途上车的都没有座位，只能看上车时的运气。禹舜是老客了，他有经验，上车后马上问那些座位上的人在哪里下车。杭州站下一站是义乌，接着是金华，如果他们说这些站下车，我们就站在他们旁边不走了，后来终于在到达金华站后找到了座位。

寒假返家，车站会到学校来售票，方便学生买票。重庆是始发站，回程的车次是53/52次，都有位置，不必为占座而操心。回家的旅程，需要四十六个小时，我选择在金华下车，再坐汽车回家，中途不住店。回程途中，通常有几个同学结伴，湖南的龙利民在邵阳下，黄公平在株洲下；江西的姜志炜在向塘西下，夏永明在上饶下。最后剩下我和方平在金华下,下车后各奔东西,方平回淳安,我回台州。

当年的火车车厢外表都是绿色的,如今这种车还有,被称作"绿皮车",大概是有别于银白色的动车组,但当年无须特别称呼,因为那时的火车都是绿的。那时的火车,分特快、普快和慢车,车次数字 100 以内的为特快,只停靠地级市以上车站和人流量很大的县级车站,比如义乌站;车次数字 101—200 的为普快车,县级站基本都要停靠;车次数字 201 以上的是慢车,就像公交车,沿途的大小车站都要停,一个人的站也停,上车的农民伯伯可能背着锄头、畚箕,提着几只鸡和鸭。我坐的火车是特快,为什么车次数字是两个呢?因为火车车次编排是有规律的,以北京为中心,背向北京而行的车次为单数,向着北京而行的为双数。有两个数字的,其中一段背着北京行驶,到了某个站后,又向着北京而行。如今虽然车次的数字已到四位数了,仍按这个规律编排。这些知识,都是姜志炜同学给我们科普的,他是铁路子弟,从小耳濡目染,比我们懂得多。

我坐的特快火车,每小时五十公里,比起现在的动车,动辄每小时两百公里,真的太慢了。不仅慢,车里还拥挤。拥挤是当年火车里的奇观。从上海到重庆这趟车,最拥挤的是义乌到株洲段:义乌是小商品集散地,客多;株洲是湘赣线与京广线的交会点,中转的多。过了株洲,进入湘西、贵州境内,人流渐渐变少。返回亦如此,一到株洲,车厢便被挤得水泄不通。有一年暑假返家,到株洲后,湖南的同学都下了,空出的座位被几个从广州返回的温州商人占领。他们上车后,拿出购来的鸡腿、猪蹄、啤酒大吃大喝起来。见此情景,我们只有咽咽口水、舔舔嘴唇的份。每次坐车,我都是泡一毛钱一包的方便面,火车上的盒饭是四块钱一份儿,卖到最后打完折两块钱,我仍舍不得买,那时我的伙食费每月只有三十块左右。

俗话说:吃多拉多。温州人大吃大喝,喝多了要小便,此时过道尽是人,厕所也被人占领了。一个温州人灵机一动,准备将小便拉在空啤酒瓶里,看到周围都是人,又不好意思,便面向座椅靠背,把啤酒瓶塞入裤裆,暗箱操作撒尿。暗箱操作事故多,大概瓶口没对牢,有些洒在了裤裆里。当他感觉裤裆湿漉漉、热乎乎,赶紧意念控制暂停。消息自他口中而出,引得哄堂大笑。

亲情满怀

给父母办金婚酒

过了年，我就虚岁五十了。年前我就在想，今年应该是父母结婚五十周年的日子，只是不知道哪月哪日。吃年夜饭那天，我们兄弟姐妹都到齐了，我借机问父母他们俩是哪一天结婚的，他们都说忘记了具体日子，但一定是农历二月份。

日子忘了不要紧，我们兄弟姐妹决定在农历二月（最后选定二月初八，这是一个周六），给父母办一场金婚酒宴。

今年春节在阳历2月中旬，一进入农历二月，已是公历三月下旬，春暖花开正当时。我们便以到乡下看桃花、油菜花的名义，提前一周通知亲戚们赴宴。黄岩西乡宁溪有二月二灯会，但老家路桥一带并无此习俗，这不年不节的，估计受到邀请的亲戚心里都在猜测，这摆的是啥宴？

那天，娘舅、娘姈和小娘姨最先来了。当他们得知我们是为父母办金婚酒时，恍然大悟，一下子打开了尘封已久的记忆，父辈们的爱情故事被娓娓道来。

小娘姨说，二月初八恰恰是大娘姨和姨丈的结婚纪念日，他们的结婚日子是五十二年前的这一天。原来，当年在车头村小学当民办教师的大娘姨与在上山桐当教师的姨丈，因共同的职业走到一起，至今相濡以沫走过了五十二个年头。

不仅我父母和大娘姨、姨丈的结婚日期是在二月，小娘姨还说，娘舅、娘姈，她和小姨丈的结婚日子也在二月里。当年外公外婆为啥如此钟情于这二月天，为啥给几个子女的结婚日子都选在二月里？

20世纪六七十年代，家乡仍然处于深度的传统农耕社会，村人完全按照二十四节气的变换安排农事劳作，调整生产、生活节奏。农历二月，大地回暖，万物复苏，春回人间，生命在孕育，呈现一片生机盎然的景象。结婚生子，实现人类自身的再生产，也正符合自然规律。且此时春耕春播尚未全面开始，农人们在享受明媚春光的时候，尚有较多的闲暇时光。此时结婚办喜酒，亲戚朋友举家来住上两三天，帮忙有人手，更添喜庆和热闹气氛。

这就不难明白，外公外婆选择在农历二月给几个子女举办婚礼，显然出于农村生产生活的传统习惯考虑。

娘妗说，当年母亲有一副好嗓子，能歌善唱。父母结婚那天，迎亲队伍一路过来，要走四五里路，中间要经过三四个村庄，母亲一路唱着歌从娘家走到公婆家。原来，母亲在邻村一起绣花的女伴，嫁给了螺洋街的颜叔，颜叔是个木匠，天性能说会道，喜欢开玩笑，是他一路想出各种花样闹新娘，让母亲一路唱歌才放行。

可惜在我的记忆里，根本没有听母亲唱过歌的印象，也不知道母亲会唱歌。或许，在我幼年的时候，母亲曾为我唱过《摇篮曲》，而我早已忘记。我们兄弟姐妹陆续出世后，繁重的劳动和生活的重担，使得善歌的母亲，再也没有空闲一展她的歌喉了。

宴席上，三弟亲自掌勺，露天大锅里飘出菜蔬的香味，客人们陆陆续续地到来。姑丈姑姑来了，表哥堂弟们也来了。看着这热闹的场面，小姑丈也有故事要讲。

小姑丈说，当年我父母结婚办酒席，他和大姑丈徒步六七十里，下温岭松门买海鲜，买了一担黄鱼和一担蛏子。他俩准备各自挑着黄鱼和蛏子返回，这时，当地的渔民告诉他俩，要将黄鱼和蛏子分开挑，每人各挑一头黄鱼和一头蛏子，如果整担黄鱼或整担蛏子挑着走，路上被查到了，会被当作私下贩卖予以没收的。他们听从了渔民的意见。果然，走到半路上，被拦住检查，问他们买这么多黄鱼蛏子干什么用，他们回答是家里结婚办酒席用。检查人员见是每人一头黄鱼一头蛏子，就放行了。

听完小姑丈的叙说，对比当下，由此引发大家一阵感慨。

五十年的风雨岁月，世事变迁，人生百味，说不尽的酸甜苦辣，唯一不变的是人们对幸福生活的追求。

菖蒲花

　　小时候，男孩子天性十足的我，免不了怕生、羞涩，但又很淘气。于是，爷爷、奶奶常常摸着我的头，笑呵呵地戏谑我说："你这孩子，菖蒲花，难见面。"

　　不知何时起，菖蒲与端午有了千丝万缕的联系。南方人家端午节用菖蒲根泡白酒，菖蒲茎叶剪成菖蒲剑，插在门上或挂在床头，菖蒲酒则涂抹孩子额头、手足等，据说能驱疫辟邪。而端午节，原是纪念楚国诗人屈原的节日。唐人文秀在《端午》中写道："节分端午自谁言，万古传闻为屈原。堪笑楚江空渺渺，不能洗得直臣冤。"

　　端午那天，江南大部分地方都吃粽子，可我们却习惯吃食饼筒。由于家乡是水稻产区，不盛产小麦，食饼筒的皮都是糯米粉做的。奶奶会亲自动手和米粉，将米粉揉成团，用擀面杖擀成一张张圆饼状，在铁锅里烙熟。再将卤肉、炒米线、土豆丝、豆芽、豆腐干、洋葱炒黄鳝等馅料备好，包一筒吃一筒。等到丰盛可口的食饼筒上桌，奶奶往往汗流浃背了，但看着我们吃得津津有味，她的脸上总会漾起幸福的笑容。

　　当时，我家老屋边的小河里，长满了菖蒲，一米多高的茎叶随风摇曳。菖蒲，生长于阴冷寒湿之地的水生植物，先百草于寒冬刚尽时觉醒。菖蒲品性高洁，不假日色、不资寸土，耐苦寒、安淡泊，正是奶奶品格的真实写照。回顾奶奶一生，她生于农家，长于农家，嫁于农家，中国农民所具有的勤劳、善良、朴素、诚实的品格，在奶奶身上都能得到客观的体现。虽然，奶奶没有文化，目不识丁，但聪慧识大体；家境清贫，却安贫乐道。在家相夫教子、任劳任怨、勤俭持家，始终是爷爷的贤内助；在外乐善好施、乐于助人，无论是院子里的邻居，还是同村的乡亲，哪家有困难，她老人家都会尽力出手相助。

记得有年端午节，一家人吃过食饼筒后，奶奶带着我，和村里一帮老太太们一起摇着小船，从家门口的水埠头动身，沿着村里的河道，一路烧纸钱撒向水里。据说屈原因悲叹国破山河碎，投汨罗江而死，后人为了祭奠他，都要在端午这天向河里投放粽子，烧纸钱，祭河神，以便保佑屈原，传承屈原精神。

从小船经过的河道，一路烧白的纸灰，宛如满天飞舞的梨花，在水面上漂漂荡荡，然后一片片沉入河底。那时懵懂的我，并不明白其中寄托的含义。回想起来，她们将纸钱烧后抛向河流时，或许并不知道端午与屈原的联系，或许曾经听她们的奶奶讲述过屈原与端午的故事。不过，她们不仅仅是祈求保佑逝者安息，更多的是祈愿生于斯、长于斯的村人和子孙后代们平安幸福，祈愿这条千百年来哺育过无数先人的不竭河流，永远给人们带来源源不断的物质享受和精神动力，带来平安、福运，驱走邪气、灾祸。

其实，菖蒲与端午的联系也好，端午与屈原的联系也罢，这些都无关我们个人的前途荣耀与生死命运。在整个中华民族走过的不屈的历史长河中，曾经涌现过许多像屈原这样的英雄人物，而更多的则是像我奶奶这样，一生朴实、默默无闻如"菖蒲花"般的群众人物，他们轻轻地来，又轻轻地走，平凡而伟大。

至于"菖蒲花"，这象征着端午节的花，我至今只听过而没有亲眼见过。如今，奶奶离世已经多年，每当端午节，看着家家户户门上插着的菖蒲剑，我就会想起奶奶口中的"菖蒲花"，感觉是那样清秀淡雅，又是那样的可爱可亲。

"菖蒲花"，是我对奶奶最珍藏的记忆和永久的缅怀。

过年的禁忌

俗话说:"小人(小孩)盼过年,老人盼寿年。"春节,俗称过年,是中国人最隆重的节日。小时候过年,意味着有新衣服穿,有压岁钱花,有大餐和零食吃。但是,过年也有禁忌。大年初二这天,人们是不能随便走亲访友去拜年的,也不能乱进左邻右舍的家门,只能到公共场所活动。因为家乡台州习俗,头一年家里有老人过世,且已满七七四十九天的人家,正月初二这一天,要祭奠逝去的亲人,亲朋好友携带香、蜡烛、福寿纸和挽联,上门祭拜,俗称"接纸"。祭奠过后,下午撤去灵堂,俗称"倒助"。

大一那年寒假,当我从千里之外的山城,坐了两天两夜的火车,再从金华转汽车回到家里时,已经是腊月二十几了。卸下行装,我准备去看望外公外婆,母亲却告诉我,外公已经不在了。

母亲说,外公是当年十月份去世的,为了不影响我学习,就没有写信告诉我。虽然外公缠绵病榻已经多年,听了母亲的叙说,我仍禁不住悲从中来,泪水夺眶而出。与外公在暑假见面的情景,又浮现在我的眼前。

那年暑期,我收到大学录取通知书后,第一时间去了外公家,一来将这一喜讯告诉外公外婆,二来向两位老人辞行。记得那天天气格外闷热,外公打着赤膊,坐在一楼屋檐下与我谈论我的大学,谈着我去重庆的旅程路线,以及我今后的人生前景。或许是因为我是外公膝下孙辈中第一个考上大学的,那天,外公显得很兴奋,十分健谈。

那时,我注视着面前的外公,面容清瘦,身上瘦骨嶙峋、青筋突起,几乎没有一点肌肉,如枯树皮似的皮肤包裹下的血管清晰可见。外公告诉我,去重庆除了坐火车,还可以从上海坐长江轮船,溯江而上到达重庆,坐船旅行可以减少旅途劳顿。这是我第一次也是最后一次与外公面对面正式交谈,同时也是我与外公见的最后一面。临别时,外公让外婆塞给我两百块钱, 那时外公落实政策后每月的退休金才十五元。而我那一年的重庆往返,终究还是坐了火车,因为火车票可以买学生半价票,坐轮船没有学生票。

　　过年前,我还是独自去了趟外公家,在外公的灵堂前默默地站了半个多小时。大年初二,我们随父母早早地到了外公家,陆陆续续来了很多亲戚朋友,大家神情肃穆,依次在外公的遗像前跪拜……

父亲的"年假"

年关临近,学校、厂矿均已放假,返乡的游子已经踏上归程,店家备足了琳琅满目的商品,大街上人群川流不息,都是出来置办年货的。过年的脚步声越来越近,急促地敲击着我的心房,我想到了父亲。

父亲的少年时期,正好碰上国家经济困难,为了早日参加工作、支援国家建设,也为了替爷爷奶奶分忧,学习成绩不错的他,初中只读了一学期就辍学回乡务农,尚未成年就扛起了生活的重担。从此,父亲坚定地成为地地道道的农民,再也没有离开过他耕作一辈子的土地。

父母结婚以后,陆陆续续有了我们兄妹四个孩子,为了抚育我们成长,并供我们读书升学,无论是在集体经济时期还是分田到户后,父亲都是村里最辛苦、最忙碌的人之一。一年三百六十五天,无论刮风下雨,还是酷暑严寒,除了大年初一到初三这三天,田间地头都能见到父亲劳作的身影。父亲的"年假",只有三天,这三天是父亲一年中全部的闲暇时光。在过年的这三天里,父亲从不会与人打牌娱乐,也不会出门逛街、赶庙会,而是会捧起我们读过的旧书。我想,此时父亲的阅读,也许是为了增长知识,也许是为了弥补少年时未能继续读书的遗憾,也许就是纯粹的阅读。

一年之计在于春。过了大年初三,当大多数人还沉浸在过年的欢庆中时,如果没有亲戚朋友来拜年,父亲就会扛起锄头下地,开始为新一年的农事忙活。其实,父亲理解的过年,并不单单是年节里那些举家欢庆、享受丰收的日子,而是一年里对土地的耕种过程和风调雨顺中农事的收获,丰收年才能过最好的年。

春天,常淫雨霏霏,雨幕中的江南农村,青山隐隐,阡陌纵横,小河弯弯,垂柳依依,像是一幅优美的水墨风景画。父亲没有时间欣赏这样的风景,他在田里躬身劳作的身影,也成了风景。夏天,烈日似火,大地被烤得炙热,树叶被烤焦了,稻田里的水似乎也要沸腾了,知了渴得失去了叫声。父亲头戴斗笠,依然在田头挥汗如雨,抢收抢种,因为必须赶在台风暴雨来临前完成双抢劳动。秋天,是收获的季节,大地披上了金色的盛装,试看稻菽千重浪,父亲怀着喜悦的心情,收获一年的劳动成果。冬天,无论是暖阳高照,还是千里冰封、百里霜冻,父亲还是每日荷锄下地,翻土、除草、修葺田埂,为下一年的农事忙碌着。

每天,父亲下地干活,不到天黑不会收工,因此每年的年夜饭,母亲做好饭菜,祭祀过天地祖宗以后,一家人都要坐等父亲回来吃年夜饭。正是因为父亲长年累月的辛勤劳动,才使得我们兄妹的童年基本衣食无忧,才使得我们兄妹四人有三人上到大学。而每逢过年,父母也从不缺我们的新衣新鞋、年货零食、压岁红包。

记得有一年,在种足了全家一年的口粮,上交完国家的公粮后,父亲在承包地里种了一亩多的荸荠。荸荠是水生的经济作物,过年前的寒冬腊月里成熟收获。父亲会将荸荠拿到集市上去卖,以筹集下一年我们的学费和家里的生活开支。大年三十那天,我跟着父亲挑了一担荸荠到邻县的泽国镇上去卖。到了集市上,等到一担荸荠卖完,已是午后时分,街上的人们大多已回家准备过年。父亲置办了一些年货后,带我来到位于老马路汽车站边上的一家餐馆,给我买了一个肉包子,我一口咬开热腾腾的包子,油汩汩冒出,肉香四溢,而父亲却舍不得给自己买一个。这是我第一次吃到肉包子,饱含着父爱浓浓的馨香,难以忘怀,这也是我吃到过的最好吃的肉包子。

如今父亲老了,身体已不如从前强壮,这两年又动过两次手术,但年近古稀的他依然种些瓜果蔬菜,自耕自足。父亲已经不再需要为子女操心劳碌,也不再为生计奔波担忧,而多了一份怡情悠然。

一生勤劳朴实的父亲,是千千万万勤劳的劳动大众中的一员。虽然一辈子没有辉煌的业绩,但他一生用锄头和镰刀,诠释着对人生、对生活的全部理解。他坚强、吃苦耐劳的品格,默默地影响着我们,潜移默化地镌刻进了我们的性格里,塑造着我们的品性与意志,成为我们兄妹四人立足社会、奋斗人生、创造生活的源源不断的精神动力。

父亲的主见

父亲一辈子拾掇土地，他像土地一样，沉默少言，但不善言辞的父亲，也有自己的主见。

周末回了趟老家，父亲告诉我，原来同一个院子里的一位邻居去世了。还没等我发问，父亲就说起了邻居去世的详情。

原来这位邻居之前查出自己肺部边上有一个囊肿，良性的，于是在我们当地一家医院动了手术。手术是微创的，我们俗称"打洞"。结果，手术时出了意外，邻居不能自主呼吸，竟至不治，于日前去世，医院为此赔偿邻居家属十万元。我听了不禁唏嘘，邻居年纪刚六十出头，平日身体强壮，人已去，赔的这点钱有何意义？

父亲也为邻居感到惋惜。父亲说，邻居这病，如果去上海治疗，也许不会出此危险。

父亲说得没错。七年前，父亲在一次 B 超检查中查出腹部离肾脏很近的地方有阴影，可能是肿瘤。当时我们一家人都很难过，兄弟姐妹商量到上海还是杭州的医院给父亲治疗时，平时很少表达自己意见的父亲说，他想去上海治疗。于是，我们立马决定带父亲去上海，父亲为我们操劳了一辈子，他的这点愿望我们必须满足。

我们先把片子发给在上海的妹夫，让他联系医院，第三天我就陪父亲去了上海。在上海肿瘤医院，医生重新给父亲做了 CT 检查，医院说肿瘤有十二厘米大，恶性的概率很高，这让我们的心情很低落。手术那天，我们等在外面，心一直提在嗓子眼。两个小时后，里面传来消息，父亲长的是良性囊肿，我们转悲为喜，几天来笼罩在全家人头顶的愁云一扫而散。

七天后，父亲出院，至今身体康健，每见下地劳作，从不间歇。

邻居动手术的这家医院，在人们眼里是我们当地较好的医院之一，从选择微创手术来看，也是个小手术，不承想却是这样一个悲伤的结果。

对比邻居今日的遭遇，我们为父亲当年的主见感到欣慰。

父亲这样果决、有主见还有一次，那是父亲生病动手术的前两年。那年国庆后，我们当地一家建筑施工队在上海承包了一项工程，因为招工难，回到我们当地招用农民工，年龄放宽到六十岁以外，父亲也去报了名。听到这个消息，我连忙赶回老家劝阻。

那年父亲已经六十多岁了，而我们兄妹几人已经成家多年，经济上虽不富有，但也足以让父母安享晚年。如果父亲继续耕种自家的一亩三分地，动动筋骨，对身体健康有益，我们不会反对，只会举双手赞成。去上海的建筑工地干活，劳动强度那么大，不是六十几岁的老人可以承受的。即使父亲身体吃得消，但在村里人看来，会以为我们做子女的不赡养老人，才致父亲以高龄之躯出去打工。

对于我们的反对，父亲说出了他的主见。父亲说，他这次之所以要去上海打工，不是为了挣多少钱，而是为了完成一个心愿。年轻时，他也一直想出去打工，只因为不愿放弃家里的田地，更不想让母亲一个人在家照顾我们的读书生活，才放弃了外出打工的想法。现在我们都已经独立，他没有什么牵挂了，所以要借这次机会，一是见见上海的世面，二是体会一次在建筑工地打工的滋味。再说，他也了解过，现在的建筑工地劳动强度并不大，主要是机械运输，工人只是负责看管。这次打工者中，他不是年纪最大的，村里还有一位比他大两岁的。

听了父亲这番话，我找不出任何反对的理由了。

父亲去上海的工地干到过年前，妹妹把母亲也接去上海，他们在妹妹上海的家过了一个春节。过年后，父亲继续在上海干了半年左右就不再干了。

父亲终于完成了积压心底多年的愿望，见识了大上海的热闹与繁华，也为大上海的建设添过砖、加过瓦，做过了贡献。这段美好的记忆，从此刻在父亲生命的年轮里。

阿丽

10月28日是个好日子。这天，听说阿丽生了个儿子，我非常高兴，我们一家人都非常高兴。

阿丽是我的亲妹妹，是我唯一的妹妹，也是我们兄妹四人中最小的。

阿丽出生于全面实行计划生育的前夕，当时父母已经有了我们三兄弟，非常渴望再有个女儿。尽管这将增加父母的经济负担，但父母认为以他们的双手能够保证所有子女不会饿肚子，于是父母终于如愿以偿，阿丽非常及时地来到了父母身边，成为我们的妹妹。

多一张嘴，就要多准备一口饭，于是父母就更加辛勤地劳作，除了挣够生产队里的工分，还得拼命地做家庭副业。农村的孩子，都是大的带着小的玩，家里不会走路的幼儿，睡着了就躺在摇篮里，醒着时就坐在椅车里，摇篮和椅车就放在大人身边。

记得阿丽还未满周岁时，有一天是螺洋街集市日，父亲下地干活去了，爷爷奶奶也不在家，母亲要去街上落市，就把阿丽放在椅车里，让我照看。母亲临走时给阿丽喂了奶，大概是吃饱了的缘故，阿丽刚开始坐在椅车里，虽然嘴里咿咿呀呀，但小脸上还漾着笑。过了大约半个钟头，阿丽突然变脸，开始哭闹，在椅车里挺直身子，双脚使劲地蹬地，哇哇大哭。我一看这情形，只好把她抱起来，抱着她就不哭了。但当时我才八九岁，哪里抱得长久，渐渐地我就抱不动了，只好抱着她坐在楼梯的踏道阶上。我一坐下，阿丽又开始哭，这时我已没有力气抱着她站起来，只好任凭她哭。结果她越哭越起劲，越哭越厉害，还拼命在我身上挣扎。我再也抱不动了，只好把她放在地上。躺在地上的阿丽，继续手抓脚踢，眯着眼睛号啕大哭，还不停地翻滚身子，眼泪和着地上的灰尘，成了小花脸。看着哭得一塌糊涂的阿丽，我的眼泪也下来了，又努力地将她抱起来,心里盼望着母亲快点回来。

我与阿丽年龄相差较大,因此小时候我带她玩的日子较少,都是两个弟弟带她的。我上高中后,阿丽也读小学了,之后读高中、大学,我前后七年离家住校,与阿丽在一起的日子很少。

大概在我参加工作后的第三年,阿丽初中毕业了。早在我上大学那年,为了减轻家里的经济压力,三弟仙明已经辍学去镇上的私营企业打工了。这时阿丽也为了早点就业,选择放弃读高中,直接读师范学校。当时我的一位同事兼邻居,主动帮我们联系临海师范学校,争取到了一个名额,这也是我作为兄长为阿丽做的唯一一件事情。开学后,我送阿丽到临海的学校,那时阿丽才十五岁,就要独自在外生活,而且比我上高中住校时离家还要远。此后三年,我只去过阿丽学校一次,一来当时交通不便,二来年轻的我,缺乏对年少妹妹的关心,至今想来,深感愧疚。

阿丽从师范学校毕业后,回到家乡小学教书,离家倒是很近。阿丽对待教学工作很认真,也做出了一些成绩,工作没几年,担任了学校的教务主任,现在又因工作需要,调到离家较远的一所小学工作。据说那里离海边很近。阿丽从教二十年来,可以说桃李满天下了。

阿丽结婚后先有一个女儿,妹夫阿辉长年在上海工作,夫妻俩聚少离多。生活对阿丽来说,非常不容易,女儿几乎是她一个人带大的,今年已经上初中。

这不,"全面两孩政策"落地,给阿丽夫妇带来了生二孩的机会。是啊,一切都是机缘巧合,阿丽出生时,计划生育政策即将实施,阿丽生二胎时,计划生育政策调整了,前后相隔四十年。四十年,弹指一挥间,阿丽四十岁生子,算是高龄产妇,是冒着极大风险的,如今,生产后的喜悦,让担忧烟消云散。

我也在想,时代总是在进步,人类在改造自然、创造物质财富的同时,也在不断地改造自身。在人类社会发展的历史长河中,生产力不断地发展,而人是生产力中的第一要素,人类自身也需要不断地再生产。计划生育政策也好,"全面两孩政策"也罢,审时度势,顺应时代发展的潮流,社会才能更好地进步。

新的生命,就是新的力量。

两朵"军号花"

雨后的清晨,我习惯去屋顶露台上的"开心农场"转转。在枝枝蔓蔓爬满绿意的瓜架上,在绿色丛中笑开的花朵里,有两朵小喇叭形状的大黄花,沐浴着晨光,在雨露滋润下,娇嫩欲滴。其中一朵的花瓣下端,还连着个球形的小青果,原是南瓜开花,正好雌雄一对。于是,我就自作主张做"送子观音",免了小蜜蜂前来采花的辛劳,迫不及待地摘下雄花,凑近鼻尖轻轻闻了闻,一股淡淡的清香钻入鼻息,沁入心脾。然后,我"残忍"地将花瓣全部扯去,留下光秃秃的花蕊,倒扣在雌花的花蕊中。

南瓜,作为葫芦科一年生蔓生草本植物,原产亚洲南部和中南美洲,很早就传入中国,并因自南而来而得名"南瓜"。南瓜品格坚强,耐贫瘠,对土壤无要求,无论田间、山地、墙角,甚至瓦砾之间,只要有一丁点泥土,就能生长茂盛。假如不小心掐断其一个枝头,照样会迅速长出三五个枝头甚至更多,展现出顽强的生命力。生长期间无须施肥,无须喷洒农药,真正纯天然绿色无污染。在那物资匮乏、粮食短缺的年代,南瓜既当菜又当粮,且耐储存,大灾之年往往成为"救命粮"。

有一次,单位组织了一次井冈山革命圣地红色之旅,一路游览"大井""小井"、黄洋界景区,参观井冈山革命博物馆,听革命传统故事,感受革命先辈的英雄业绩。那几天每顿就餐时,必有一碗红米饭和南瓜汤。据导游介绍,当年红军在井冈山地区闹革命,遭到国民党军队的残酷封锁、围剿,物资极其匮乏,英勇的红军战士就是靠红米饭和南瓜汤维持生命、坚持战斗,终于战胜了敌人。

星星之火,可以燎原。红军队伍犹如南瓜般坚韧不屈,在井冈山这块贫瘠的土地上,在凶残的敌人疯狂围剿中,顽强地生存下来,并且发展壮大。中国的红色革命以此为起点,从井冈山走向瑞金,再走向延安,最后走向全中国。正如那些看起来土里土气的南瓜,经过土生土长,成熟时的瓜瓤是红色的,其品格也是"红色"的。

平平常常的南瓜,不仅给当年的红军战士充作军粮,鼓舞了战士们战胜敌人的顽强勇气和信心,而且与我的家族亲人结下了不解之缘。据我爱人讲,岳父是个老军人,幼年丧父,家贫,过着吃上顿愁下顿的日子,南瓜就成为他儿时充饥果腹的常备粮。无论他年少上学、青年参军,还是转业到地方工作、退休,都没有改变过栽种南瓜、储藏南瓜、食用南瓜的生活习惯。每当周末一家人聚餐,老岳父总是亲自动手做一桌"南瓜宴",有炒南瓜、蒸南瓜、南瓜汤、南瓜饼等,常常令我的女儿边尝边称赞,鼓励我好好学学外公的手艺。这时,老人家脸上荡漾着满意的笑容。

南瓜花开了。虽然只不过是两朵不起眼的黄花,但在我看来却是两朵"军号花",仿佛当年红军战士冲锋陷阵的号角,向我们发出了延续红色血脉的新时代强音。

母亲的山粉糊

晚上,我用黑米和着红枣、莲子等煮了一锅粥,盛入碗中,一股浓浓的香气扑鼻而来,我不禁想起母亲熘的山粉糊,顿时眼睛湿润,连忙拿出手机,拍照发给母亲,并附上即兴写下的打油诗:"红枣莲子黑米粥,浓香扑鼻很醇厚。回忆儿时山粉糊,母爱沉沉曾记否。"

每年的元宵节,按照家乡习俗,家家户户都要熘山粉糊,俗称熘糟羹。记得儿时,母亲会把过年吃剩的红枣、荸荠、蚕豆、汤圆、葡萄干等放在一锅煮,煮开后加入红糖,将拌好的红薯淀粉水倒入锅中,边倒边搅拌,直至变成红褐色的黏稠糊状物,就可以出锅了。那混合着浓浓的红枣香、红糖香、红薯粉煮熟的芳香和母爱的味道,令我想起许多往事,至今难以忘却。

"烈日炎炎似火烧,野田禾稻半枯焦。"我儿时的盛夏,夏收夏种、抢收抢种、割稻插秧的劳动气氛很浓,田间地头到处是忙碌的身影,这个季节也是农民早出晚归,生活最苦、劳动最累的季节。加上夏季天气多变,台风暴雨说来就来,早稻成熟了必须抢收,颗粒归仓,而且还必须及时完成抢种晚稻秧苗,从此种下秋收的希望,期待有个好收成。当时,父亲每天天刚蒙蒙亮就下地干活,到上午九十点钟肚子就饿了,为了保证有力气干活,母亲就像"及时雨",给我们送"接力"。农村乡下人把点心叫作"接力",真是非常形象、充满智慧的地方语言,吃了"接力"就有力气接着干活了。而母亲给我们送的"接力",往往就是山粉糊。山粉糊里搭配有蚕豆瓣和麻糍块,麻糍能耐饿,蚕豆是当年收获的,足见那时家里的经济困难。

记得我年幼时,我家只有父亲一个壮劳力,每逢青黄不接之际,家里总有几天少粮缺吃,全靠父母起早贪黑织草席和母亲给城里的绣衣厂绣花来贴补家用、维持生计。而当时我们兄妹四人都在上学，这种情况在那时农村也是很少见的，许多人家的男孩子上完小学就不让读书了，而女孩没有上过一天学的就更平常。母亲和父亲都读到了小学毕业，因为时逢家庭窘迫时期，才中断了学业，因此无论自己多么辛苦都要保证我们有学上。

直到分田到户后，家里的经济虽有所好转，但父母却更加辛苦了。为了供养我们兄妹四人读书，拼凑上学费用，父母的肩上依然压力很大。母亲给我们送的这碗“接力”——山粉糊，凝结了那些日子父辈们的辛勤汗水，母亲勤俭持家、精打细算的智慧和品格。

母亲的山粉糊，不仅仅给我们补充了食物的能量，更带来了无穷的精神动力。正因为有了父母无私无尽的关爱，才让我们兄妹四人中有三个念完大学。当我考上大学，临走前的那天晚上，母亲特地给我做了最喜欢吃的山粉糊，配料可比元宵节的还要丰盛。第二天早上，母亲提前帮我打理好行装，父亲送我去车站，走在路上，我偷偷回头一瞥，见母亲仍倚在家门口一动也不动，双目痴痴地看着我。那依依不舍的目光，正是“儿行千里母担忧”，伟大而无私。后来，我从念大学到进城工作，走过许多地方，尝遍各地美食和风味小吃，总觉得没有母亲做的山粉糊香甜好吃。

又是一年元宵节。母亲又老了一岁，我也很久未能尝到母亲熘的山粉糊了，但那种特有的浓浓香甜和母爱的味道，那温馨、幸福、快乐的感觉，永远留在我的心中。

母亲的手

　　几年前，一座高架桥（104 国道改线）从我家老屋的一角跨过，桥下的路也从我家老屋门前呼啸而去，直接连起了我城里的家和老家，我回老家的距离大大缩短。于是我便隔三岔五回老家看看。

　　如果不提前告知母亲我要回去，当我推开老屋的门，屋里大多时候是没人的。我知道，闲不住的父亲一定去了田里，摆弄他的菜园。而母亲，要么在后门的秀英家聊天，要么与秀英一起拜佛去了。这些年，忙碌了大半辈子的母亲终于歇下来，不再为生计忙碌了。有了空余时间的农村妇女，烧香拜佛是她们主要的社会活动，既健身，又修心。她们前半辈子用辛苦和汗水支撑家庭，为子女换来幸福生活；后半辈子用虔诚和修行，为子女祈求平安。

　　前些天，我又突然回去了一趟，老屋的门却开着。走到门前，只见母亲坐在昏暗的屋里织草帽。见我走进，母亲抬起头，织帽的手略作停顿，说了句："回来啦。"我"嗯"了一声。母亲继续她手里的动作，我坐下问："一天能织几顶草帽？"母亲说："最多一顶。"我又问："每顶能挣多少钱？"母亲说："五块一顶，不过这活不用赶，啥时候完成都可以。"

　　我没有再说话，默默地注视着母亲的手和她手中尚未完工的草帽。准确地说，这不是真正的草帽，织草帽的材料并不是小时候那种土里生长的席草或蒲草，而是人工生产的塑料丝。母亲这双织帽的手，皱皮打褶，清瘦形枯，手中丝绳左缠右绕，缓慢，但不失熟练。

　　记忆中，母亲编织草帽已是三四十年前的往事了。那时母亲的手，纤巧有力。母亲的手，不仅会织草帽、麻包、毛衣等，还会打草席、绣花。据我所知，因外公在镇上工厂里工作，外婆家不以打草席为业，母亲打草席的手艺，是嫁给父亲以后学会的。母亲的其他手艺都是在娘家就会的。

20世纪70年代末80年代初,海门绣衣厂出口业务繁忙,手工绣花的活,都分派到乡村。从事这些刺绣工作的大多是年轻妇女,我们村里也只有母亲和秀英等两三人会绣花,她们常在一起绣花,算是闺蜜。那时,路桥草编厂的麻包、草帽等出口业务也十分红火,这些活计都可以分发到乡村女工手中,女工在家作业,然后集中上交。相比较而言,编织手艺比刺绣手艺要简单些,年龄大些的,甚至老年妇女,架起老花镜也能胜任。所以母亲常常白天绣花,晚上打草席或者织帽编包,绝不放过任何挣钱的机会。母亲的手工活,都是一个人做的,不耽误父亲下地干活。

我们村的主要副业是打草席,农闲时,几乎家家户户都以此为业。母亲入乡随俗,很快学会了纺线、打席的基本技艺。20世纪80年代中后期,绣衣、编织品出口业务逐渐衰落时,父母就以打草席为主要副业。打草席,通常需要两人合作,男人力气大持席扣,女人力气小持席添添草。父母起早摸黑打草席,一天能打成两三条草席。有时候父亲打零工去了,母亲就一个人打草席,年少的我坐在席床的另一端,帮母亲找席边。

母亲除了农闲时在家从事家庭副业,农忙时也和父亲一起下地干农活。割稻、打稻、晒谷子、晒稻草、插秧等,母亲样样能干。夏收夏种、秋收冬种的繁忙季节,母亲趁干农活的间隙,还要跑回家去给父亲准备"接力",因为这两个时节父亲的劳动时间长,劳动强度大,正常的一日三餐,不能支持连续劳动的体力消耗。可以说,母亲的辛苦,不比任何男人少。

不仅如此,在物资贫乏的年代,母亲在尽量让全家人吃饱外,还想尽办法改善伙食,让我们吃上各种她亲手做的小吃美食。逢年过节,母亲都要动手做些年糕、粽子、汤圆、硬擂圆。青黄不接的春夏之际,家里的粮食即将耗尽,而精心省下的水浸年糕这时已经发酸,自留地里的冬季蔬菜也已落令,母亲就用红糖给我们炒糕。红糖遇热即烊,年糕却不易炒软,不知道母亲是如何炒出来的,母亲的红糖炒糕红里透黄,甜中带酸,十分可口。

当春麦一收割,母亲就给我们做麦鼓头、麦糊块吃。当年家乡一般种的是大麦,大麦韧性差,口感糙,做成麦鼓头、麦糊块就不觉得难吃了。我们的麦鼓头实际等同北方人吃的窝窝头,而不是现在宁溪人吃的那种里面嵌了猪肉霉干菜的麦鼓头,临海人将麦糊块美其名曰"麦虾面",其实里面根本没有虾。夏天,母亲就用发馊的冷饭当酵母,自做洋糕饼(现在高级饭店也有卖)。冬天,母亲用红薯粉做老鼠尾巴(形状像老鼠尾巴而得名)、山粉糊、番薯庆糕等。

为了让父亲能安心干农活,经年累月里,家里的洗衣做饭等家务活,都是母亲承包的,父亲只是偶尔做做火头军。

20世纪90年代,我们兄妹四人陆续参加了工作,家里的田地减少了许多,父母无须再没日没夜地劳作了。这时期,改革开放已进入深水区,家乡市场经济迅速繁荣,原先农村打草席、织草帽等家庭副业的收入,已远远落后于进厂打工的收入,这些传统手工副业渐趋没落。尽管我们有了工作以后,家里的经济条件已经改善,不再需要父母太过辛苦,但母亲为了不增加我们小家庭的负担,仍然随着打工大军,到附近集市上的饭馆、学校,干洗菜、洗碗的活。此后几年,无论严寒酷暑,母亲的手,时常浸泡在水里,浸得发白、浸得酸胀、浸得红肿,以致后来冬天里母亲满手冻疮,一开裂,血肉模糊。母亲这双曾经绣花织衣的灵巧的手、曾经白嫩饱满的手,变得苍白、变得粗糙、变得枯槁、变得迟钝。

前些年,母亲终于接受我们的劝说,不再从事打工挣钱的活。但母亲的手,如同她的容颜,历经几十年的艰苦劳动、风霜的侵蚀、岁月的浸泡,已经早早地衰老了。

三年前,闲不住的母亲,站在凳子上高处取物,不慎人仰凳翻,摔断了右手腕骨,绑了三个多月的夹板。脆弱的骨头经此伤痛,虽经治愈,也留下了后患。去年,母亲左肩的肩周炎发作,疼痛得抬手都很困难,不得已住院半个多月,虽然有所缓解,左手的灵敏程度已大不如前。

母亲用她的手,撑起了我们家的大半边天,让小时候的我们温饱无忧,上学不误,使得这个普通的农家走出了三个大学毕业生。如今,母亲双手抚摸过的屋檐下、门框里,始终能唤起我们温暖的记忆,指引我们不时回家看看。

陪父亲上普陀山

十一月的最后一个周末,我陪父亲一起来到普陀山。

天气预报是阴有阵雨,我们刚走下渡船,上到普陀山的码头时,天空飘起了毛毛雨。我们徒步向景区走去,还没等我们张开雨伞,雨竟悄悄地停了。我对父亲说,观音大士也被你的诚心感动啦,父亲脸上漾着微微的笑意,没有说话,继续健步向前。

记得大概年初的时候,我对母亲说我要陪他们去杭州玩一次,母亲说杭州他们已去过,父亲没有去过普陀山,很想去一次。于是我就把陪父亲上普陀山,以了父亲的心愿作为我这一年的目标。

父亲七十岁了,但他的脚步一点也不比我慢。我心里计划陪父亲尽量多走些景点,因此我们全程迈开步子快步走。第一个到的景点是南天门,然后穿过金沙海滩,到南海观音像前,再返回过紫竹林,参观不肯去观音院,再到普济寺景区,过心字石,到西天门、磐陀石。

每到一处寺院或佛像前,父亲都要焚香礼拜。在南天门时,因我们事先没有准备香火,寺前也没有卖的,看到别人点香,父亲有些遗憾。我对父亲说,你就拜上三拜吧,菩萨不会怪你的。在观音洞,我拍下了父亲虔诚礼拜的一个侧影。

一辈子劳碌的父亲,他人生的绝大部分时间,都花费在田间劳作和外出打工上,以养育我们兄妹四人成人,并供我们上学,使一个普通的农家走出三个大学毕业生。父亲一生很少有时间去寺庙烧香拜佛,即使是老家附近的寺庙也很少去,但这不表示父亲不敬仰佛。父亲一辈子没有与别人争吵过,连跟别人高声说话都没有过。父亲不吃鸡鸭,也不会宰杀鸡鸭。小时候我们如果要吃鸡、鸭,宰杀的活,都是三叔代劳的。

我知道,佛教是教人为善的。普陀山是观世音的道场,观世音又被称为大慈大悲观世音菩萨。父亲的善良,应该是通佛性的。因此我想,这也是为何父亲将上普陀山作为他此生最大的心愿吧。

我已是第三次上普陀山了。因此父亲进寺参观,或烧香礼佛,我就坐在寺外的石阶上,看海天佛国的景色,看寺院飘出的袅袅香烟,看进进出出的善男信女。

大海依旧是无边无际,白茫茫一片。初冬的百步金沙海滩,海浪平缓,浪声柔和,海水虽不是很冰凉,但海边也没有了赤足踏沙的游人。普济寺前池塘里的荷叶早已枯萎,唯留下一枝枝干枯的茎秆,稀疏地插在水中,透露出曾经的生命灵光。

过心字石时,已是中午时分,我们在路边买了两个茶叶蛋、一串豆腐干,简单地补充了体能。游完磐陀石一带景点,下山到一处渔家饭店集中的地方用过中饭,已是下午两点。此处离轮渡码头很近,如果此时结束普陀山之行,返回沈家门酒店,显得太早。我问父亲累不累,要不要继续走,父亲说一点也不累。于是我们走到码头公交站,坐车直接赶往法雨寺。

就这样,我们游完法雨寺,又继续徒步爬上佛顶山。到佛顶山时,天色已越来越阴沉,越来越昏暗。为了赶上最后一班渡船,我们要尽早原路下山返回。

普济寺、法雨寺、慧济寺,被称为普陀山三大寺。普济寺称为前寺,法雨寺称为后寺,都在山脚下,而慧济寺位于海拔二百九十余米的佛顶山上。我与父亲这次普陀山之行,从进普陀山码头到出码头,全程大约七个小时,到了普济、法雨两大寺,最后爬上佛顶山,因时间关系最终没有到达慧济寺。

我虽是第三次上普陀山,前两次都只走了这次上午与父亲一起走过的路线,也就是说只到过普济寺,却从没有到过法雨寺和慧济寺,也没有登上过佛顶山。这次与其说是我带父亲上普陀山,其实是父亲的耐力和坚韧,带我登上了佛顶山。如同我的这一生,我只带了父亲进行这一次旅行,而父亲却始终用他善良、吃苦耐劳的品格,影响指引着我的每一次人生旅行。

在刻有"佛顶山"三字的石碑前,我给父亲照了一张相。山顶的雾气在渐渐升腾,背景已渐渐模糊,而父亲的形象却格外清晰地被定格在镜头里。

父亲仿佛就是一尊佛,他一直定格在我心里。

爷爷的酒坊

　　记得小时候,家里有许多大大小小的空酒坛,奶奶就利用这些酒坛储存大米、面粉、干煸菜、萝卜丝干等农产品。酒坛密封性好,防潮、防虫蛀,是非常好的储物器具。每年夏天,荸荠秧都已经下种了,奶奶还能从酒坛里摸出保存完好、果皮饱满、水分充足的荸荠给我们吃,让我们十分惊喜。而逢年过节,左邻右舍们常来我家借用饭甑、筛子、蒸笼等用具,用以炊饭蒸糕,盖因这些用具我家一应俱全。

　　家里这些酒坛、蒸笼、饭甑、团箕等器具,是爷爷和他大哥办酿酒作坊留存下来的。爷爷年轻时,和他大哥在农事之余,都是闯江湖做生意的,在村里也算得上是精明能干之人,因此积累了一些资金,购买了几十亩田地。后来他们办了一个酿酒的作坊,生意兴旺时作坊里有三千多只酒坛。可以想象,在绿水环绕的东江河畔,青山依偎的莲花山下,一处占地面积二三亩的酿酒作坊的醒目程度。远远望去,方方正正的围墙上,贴着一个个如同孕妇肚皮的空酒坛招牌,无须再做广告。

　　酒厂根据酿酒的工序被分割成不同的车间,各车间有序排列,很是幽深。回归恬静的手工酿造,无不透露着原始、野性、粗拙、古朴之风。那里有用于拌曲散发着曲香的团箕;那里有用于发酵透着淡淡酒香的七尺土陶缸;那里有用于煮饭冒着热气的饭甑;那里有用于封口的箬叶和黄泥,榨酒的酒袋……酒香、饭香、曲香四溢,回绕在车间的每个角落。制曲、蒸饭、发酵、压榨、过滤、煮酒、储存、勾兑、灌装,是酿制黄酒的传统工艺。

　　“啄黍黄鸡没骨肥,绕篱绿橘缀枝垂。新酿酒,旋裁衣”的气象,让爷爷对生活充满期待。但酿酒行业在那个年代,是个税负很重的行业。利润十分有限,甚至会亏损。家乡临解放时,爷爷的酿酒作坊亏本了。

为了还债，兄弟俩卖了一些田产，作坊也关闭了。但也因祸得福，土改时，爷爷没有被划为地主成分，在以后风云激荡的岁月里，因此而少吃了一些苦头。

城镇实行手工合作社时期，因为有酿酒的手艺，曾经有镇上的国营酒厂要爷爷去酒厂工作，爷爷因为留恋家里的三十多亩土地，放弃了进城工作的机会，也因此将我父亲以及我两个叔叔的命运彻底定格在土地里，而我们这些孙辈，只有在改革开放后，靠自己努力读书，考上大学才跳出了农门。书没读好的则继续做农民，或者进城打工，或者学爷爷做些小本生意。爷爷在世时见证了孙辈们的努力，因此到了晚年，爷爷的心情是喜悦而自豪的。

爷爷是附近七里八村酿酒的好手。每年冬至前后晚稻成熟收割，附近的乡亲都来请爷爷去为他们做老酒。爷爷都是为乡亲们义务服务的，回来时总会带几个炊饭团分发给我们，那兴奋劲不亚于过年得到压岁钱。忙完了别人家的，爷爷也给自家做酒，有一年贪吃的我偷偷地从酒缸里舀了一大碗喝，结果醉得睡了一天，从此我晓得这米饭泡在水里经历岁月发酵而成的黄色液体的滋味了。

爷爷善酿酒，也好喝酒。据爷爷自己讲，他年轻时能喝一壶高度白酒，爷爷此话并无夸张成分。我们小时候，家乡尚不富裕，过年前自家酿的这点老酒，只够喝到开春时节，而老酒、酱油、米醋等需要凭票购买，限量供应，那时爷爷只是偶尔喝点酒，谈不上畅饮。后来改革开放了，物资丰富了，爷爷也能时时买酒喝了。我刚参加工作那会儿，爷爷已近八十岁，我们给爷爷敬酒，老人家一餐喝下四五两白酒，略事休息几分钟就下地干活去了，而我喝个二三两，却要昏昏然睡上一下午。晚年爷爷一天两顿酒，后来一天三顿酒，只是量逐年减少，酒后吃饭才能下咽。爷爷说他一辈子从没有喝醉过，无论是到别人家做客，还是在家招待客人，不是因为爷爷有不醉之量，而是爷爷能恰当把握分寸，一斤酒量喝七分。确实，我从小到大没见爷爷喝醉过。

爷爷做人如同喝酒，有度有节。

茶豆里的父爱

"锦带千条结,银刀一寸齐。贫家随饭熟,饷客借糕题。"这首《豇豆》诗,有说是明末清初诗人吴伟业所作,有说是大诗人苏轼所作。作者是谁无关紧要,也无需我去考证,要紧的是诗句所描写的,恰是小时候我家种豇豆、吃豇豆的情景。

豇豆,是豆科豇豆属草本藤蔓状植物,原产印度和缅甸,家乡人读作"缸豆",但更习惯读作"茶豆"。"豇豆"这个名号,乡人把它给予了另一种叫"黑豆"的豆子。

每年,父亲都要种一畦茶豆。

茶豆于农历二三月移栽,也就是仲春至晚春季节。此时一场春雨一场暖,气温节节升高,豆秧长势很快,在豆秧长得快要倒伏前,父亲就要给茶豆搭豆棚。搭棚通常用自家屋后的小苦竹竿,两根对搭成人字形,下端插入豆秧旁的土中,上端顶成人字形处用绳子扎紧。每隔五十厘米左右放置一个人字架,直至人字架布满整个豆畦,然后顶部加一竿杆,将各个人字架连成一体,左右两侧形成的坡面,或用横竿,或用稻草绳连接,这样豆棚就搭成了。

有了豆棚,豆秧就顺竿爬,越爬越高,枝枝蔓蔓越长越旺,直至将豆棚铺得满满的。不同株的豆藤互相缠绕在一起,你中有我,我中有你,分不清彼此。茶豆藤蔓可以长到好几米,加上其分枝蔓延,搭的一两米高的棚架也不够其攀爬,有些翻过了顶竿,又倒垂下来,形成绿色帘幕。

茶豆在盛夏季节开花结荚,花淡紫色、蝴蝶形,应该是很漂亮的,但那时我们只当它是会结果的豆花,从没有以欣赏的角度去看它。茶豆荚长圆形、青绿色,成熟时有小孩手指粗细,有些大的接近成人手指粗细,长度有一二尺长,一根根从藤蔓上倒挂下来,恰似"锦带千条结",蔚为壮观。茶豆产量较高,一畦十几棵茶豆,每天都能采摘一大把,保证自家一日三餐佐餐外,有时吃不完,还能拿到集市卖。在夏天其他蔬菜都难以成活的时节,茶豆和丝瓜、蒲瓜一起,成为我家餐桌不可或缺的主角。

正如《豇豆》诗中所言,那时物资匮乏,为了省油、省柴火,我家做菜,偶尔吃的鱼肉会煎炒,茶豆、丝瓜等素菜都是在饭锅上蒸的,贫家随饭熟啊!蒸熟的茶豆,刀切一寸齐,蘸蘸酱油,便是美味。

也有茶豆来不及吃,长老了,茶豆肉鼓起来,豆荚变得胖胖乎乎、松松垮垮的,这样的茶豆不好吃。母亲也会蒸熟,我们将豆肉挤出来吃。

父亲是家里的主要劳力,夏季又是"双抢"大忙季节,父亲的体力消耗很大。为了改善家里伙食,母亲也会尽量添些鱼肉荤腥。但是每顿饭,父亲仍然偏爱他自己种的茶豆、丝瓜,上顿吃茶豆,下顿吃丝瓜,天天如此。那时我们只知道,父亲不吃鸡鸭、不吃肥肉,偶尔吃点瘦肉,不吃猪下水、不吃咸鱼、不吃河鱼。我们都以为父亲挑食,而且我认为父亲的挑食跟他的童年有关,因为父亲的童年时期,恰逢三年自然灾害时期,连吃饱都难,野菜当粮,更别提吃鸡鸭鱼肉。而饮食的嗜好是有记忆的,童年是饮食习惯养成的关键期。

这些年,我们兄弟姐妹都有了工作,家里的生活条件日渐好起来。我们注意到,父亲除了鸡鸭不吃,其他荤腥都能吃,往往汤汤水水的剩菜,都由父亲兜底消灭。我们也已明白,父亲那些年偏爱他自己种的茶豆、丝瓜,是不得已为之,他的挑食,是有选择性的。

虽然现在父亲很少种茶豆了,但到了夏天,我们也会买些茶豆吃。我们不再蒸着吃,而是精心烹炒,加肉末、蒜泥炒,加菜煸炒,加榨菜炒,花样多滋味浓,却终归没有儿时那个味道。不是父亲种的,没有父爱的味道啊!

大阿娘

家乡习惯称姑妈为"阿娘"，大阿娘即是我的大姑妈，是父亲的堂姐。爷爷有三个兄弟，大阿娘是大伯公的女儿，我还有个从未谋面的二阿娘，是我二伯公的女儿，父亲的亲姐姐、我的亲姑妈应是三阿娘。

据父亲讲，大伯公与大伯婆曾经生过三个儿子，都因各种原因夭折了，因此大阿娘是大伯公唯一的孩子。大阿娘生于抗战前夕，如果在世，今年刚好八十岁。大阿娘夫家在双庙村，离我家只有三四里地，那里有两棵千年老樟树，相依相偎，风雨与共，看尽世间百态，阅过千年风云。

小时候，逢年过节，大伯公常带我去大阿娘家走亲戚。大阿娘家的老屋在那条由金清港入海而去的山水泾的北岸，依河而建，是典型的江南畚斗楼，与两棵大樟树隔河相望。因此去大阿娘家，必先经过大樟树边的路廊，再过一座小石桥（后来该桥边上加造了一座水泥桥），右拐约一百米即到。大阿娘对我总是很客气，每次去，她都要拿出许多零食招待我，而吃饭总要摆上八碗。家乡习俗，农历七月半、冬至时节，都要祭奠天地祖宗，祭祀时都要摆上荤素八碗，祭祀完一家人再享用。只可惜，我在大阿娘家没有玩伴，因为大阿娘没有自己的孩子。

在家乡，嫁出去的女儿，只跟自己的父母、兄弟、姐妹才有走动来往，而跟堂、表兄弟姐妹一般不再来往。我家却是特例，不仅大伯公常带我去大阿娘家，大阿娘与我家及我父亲的兄弟姐妹也是常有走动的，盖因大伯公没有儿子。在农村，没有儿子也被视作无后。大伯公因为喜欢我，很想让爷爷将我父亲过继给他做儿子。而父亲是爷爷的长子，爷爷是有些不情愿的，如果是将我的两个叔叔之一过继给大伯公，爷爷也就一百个愿意了。

正是这个缘故，大伯公暗地里是将我当作孙子看待的，每逢乡里集市日，总要给我带些糖果零食，平时也很乐意我去他家蹭饭吃，而我的两个弟弟就没有我这样的福利了。因此，大阿娘在我眼里也是亲阿娘。大伯公在世时，大阿娘家的每次节日庆典，从没落下过我，甚至有一次大阿娘还带我去了温岭的蒋洋村喝喜酒。

蒋洋村是大伯婆的娘家，那次是大伯婆的侄儿结婚办喜酒。温岭是我们南边的一个县，明朝成化以前也属黄岩县，后自成太平县，因此家乡人习惯称温岭人为"太平人"，太平人也讲黄岩话，只是语调略有不同。蒋洋村离我老家有十几里地，近二十里，据说现在的温岭动车站就在蒋洋村这个地方，至于蒋洋村属于泽国镇还是大溪镇，我就不大清楚了。

那天，大伯公与大伯婆带着一应礼物，还有头年自家酿的两坛老酒来了我家，每坛重五十斤，这是最贵重的礼物了。因此父亲用手拉车将我们送到黄岩与温岭交界的山坑岭下的湖头村地界，才回去。然后，大伯公在前面拉车，我跟在后面推，沿着泽大公路走了一段，后向南折入一乡村机耕路，又走了很久，几乎走了整整一个下午，才到蒋洋村。大概由于有喜酒吃的盼头，尽管走了那么多的路，我竟不觉得累。到了蒋洋的舅公家，我自然受到了长辈们的一致夸赞。而大阿娘、姑丈、自己一路已先期到达。这次去喝喜酒，连喝了三天，在那边住了两个晚上。住宿是在另一个村庄，大伯婆的妹妹家，我称之为姨婆的家里。由于宾客很多，我们是打的地铺，尽管如此，大家济济一堂，仍是欢天喜地。

这是我第一次去蒋洋村，两年后，大伯公去世，家里让我去蒋洋村舅公家报丧，我骑着自行车，凭着两年前的记忆，竟没有走错路，完成了大人交给我的任务。这是我最后一次去蒋洋村，三十几年过去了，不知那里的亲戚都咋样了。

由于大伯公与爷爷哥儿俩的感情太好，爷爷后来竟同意父亲过继，于是请来大阿娘夫妇以及老舅公和族中老人做证，立了文书，我们家也搬了家，搬到大伯公所属房子居住。但再后来不知什么原因，我二叔要求过继，而这事竟得到大阿娘竭力支持，大伯公拗不过大阿娘的坚持，也只好同意，于是又重新订立文书，重新调整我们的住房。这样过了几个月，大阿娘与二叔家可能产生了一些矛盾，彼此之间失去了信任，这是中国式姑嫂不和的典型事例，其实也很正常。此后，大阿娘要求我父亲与二叔共同赡养大伯公大伯婆两老，当然过继一事就此作罢，爷爷也绝不会同意两个儿子同时过继的。这样前后闹腾了将近两年，直到大伯公去世这件事都没有最后定局。其间，大阿娘是我们家的常客，老舅公常来我家调解此事，我也常见大伯公独自默默地叹息，而我的父母因不善言语，只能在无人时默默流泪。俗话说"清官难断家务事"，老舅公跑断腿也未能如愿。

大伯公去世后不久，大阿娘一纸诉状将我父亲和二叔告上了法庭，要求解除先前大伯公与我父亲两兄弟的赡养继承关系，大伯公的房屋财产由大阿娘自己继承，大伯婆今后的养老一应事宜由她自己承担。当然，法院的判决不言自明，大阿娘作为大伯公的第一顺序法定继承人，其享有优先权，而大伯公与我父亲所订立赡养协议，没有经过公证机关公证，没有法律效力。于是法院一纸判书，判决赡养协议无效，也判没了大阿娘与我们家的亲情。这样的结果，对我父母来说，也并不难接受，难以接受的是亲戚之间的纠纷以诉讼的方式才能解决。这一件事，彻底激怒了我爷爷，从此我们一家断绝了与大阿娘的亲戚关系。半年以后，大阿娘拆掉了大伯公的两间半老屋，将拆下的建筑材料，和大伯婆一起带回了双庙村。这一拆，拆掉了大阿娘回娘家的路；这一拆，拆掉了大阿娘本应留在东江河畔的根。

事后平心而论，大阿娘是欠考虑的，这是大阿娘强势又略偏激的性子所决定的。这事不仅违背了大伯公的遗愿，同时也深深地伤害了我爷爷的感情。爷爷对此事是绝不原谅的，因为爷爷此前受到过一次亲情的伤害。爷爷第一次受伤害来自我那个至今未曾谋面的二阿娘，她是我二伯公的女儿，二伯公去世时，她只有两岁。此后二伯婆改嫁，每年都是爷爷种好粮食，送去给二阿娘，使其免受饥饿，得以长大成人。据我父亲讲，二阿娘出嫁时，父亲还去吃了喜酒，此后也有来往，但二阿娘第一次婚姻没有维持多久，第二次嫁给路桥城里一个工人，从此就断绝了与我们家的来往。爷爷在世时每每与我谈及此事，总是一声感叹。

我大学毕业后回到黄岩工作，想起大伯公曾经对我的宠爱，经请示父母，我去看望过几次大阿娘和大伯婆。我第一次去的时候，已经找不到大阿娘的老屋了,老屋已经拆了。我环顾四周,在离老屋不远的地方,两间新建不久的二层砖木结构的新屋前,看到一个熟悉的身影坐在门口,那是我的大伯婆。我快步跑上前去,大声喊着:"阿婆,我是喜华!"然而,老人家看着我却没有任何反应。听到外面有说话声,大阿娘立即从屋里走出来,看见是我,十分惊喜,拉着我进了屋,一边让座,一边问这问那的,我一时竟来不及回答。大阿娘告诉我,大伯婆患了阿尔兹海默病,过去的事都忘记了,过去认识的人也都不记得了。我心里默想,大伯婆啊,你忘记了一切,等于忘记了烦恼,忘记得好啊。

时光又过去十多年,大阿娘夫妻俩已年过七旬,他们所在的双庙村全村被改造,成了"香樟湖畔人家"。老两口住上了面积一百二十几平方米、装修一新的大洋楼,土地征用后还积蓄了一些余钱,又有养老保险,日子过得很舒心。我的大伯婆也已作古多年。虽然姑丈一方外甥、侄子众多,不缺亲情,但对大阿娘来说,仍有遗憾,缺了来自娘家的亲情。终于有一天,大阿娘夫妇俩来到我家,因我爷爷刚刚偶感风寒,他们借此机会探望我爷爷。俗话说:相见一笑泯恩仇。何况亲人之间并无深仇大恨,爷爷仍以他博大的胸怀,接受了这一中断二十几年的亲情回归。不久以后,爷爷九十岁生日,我们举办了一场家庭寿宴,邀请大阿娘夫妇也来参加,过去的所有恩恩怨怨,在这场欢乐的亲情盛会上,从此成为浮云。而血浓于水的亲情,永远根植于我们心中,必将在后辈子孙中绵延下去。

蔡老师

女儿小学毕业后，没有考上本地人心仪的初级中学——实验中学，我们只能退而求其次，选择了城关中学。于是这个暑期，我们需要操心的事是给女儿选班级，但心急吃不了热豆腐，择班只能等到开学时。唯一使我们感到安慰的是，女儿舅舅的同学在城关中学当校长。

但开学前，城关中学换了新校长，给女儿择班的事，又得另想办法。功夫不负有心人，开学的第二天，我带着女儿找到了女儿的班主任——蔡玲玲老师。

在一间五十多人的教室里，除了蔡老师清脆悦耳的讲课声，同学们翻书的"唰唰"声，再也没有别的声音了。教室的门半开着，我轻轻地敲了敲门，同学们和蔡老师都扭头向我看过来，蔡老师随即放下课本，转身朝我走来。"你有事吗？"走出教室门外的蔡老师轻声地问我。"您好！蔡老师，我叫余喜华，是您任教过的螺洋中学毕业的学生，这是我的女儿，想到您的班级就读。"我赶紧拉过女儿，做了一番自我介绍。蔡老师先是一愣，随即微笑着"哦"了一声，我顺势将校长的条子递过去，蔡老师接过条子简单看了一眼，对我说："马上就要下课了，你们稍等一下，潇雨同学下节课再进去吧。"下课后，我把女儿交给蔡老师，告辞出来，在校门口长长地舒了口气。

就这样，我们一家又与蔡老师有了交集。时光回到三十多年前，青春靓丽、热情奔放的蔡玲玲老师，一参加工作就分配在我曾经就读过的中学，她教的第一届学生高我一届。1983年，蔡老师教的第一届学生毕业了，有十几个学生考上了路桥中学，一举洗刷了螺洋中学连续三年初升高"剃光头"的历史，为螺洋中学赢得了荣誉。

教完了一届学生，蔡老师又从初一开始再教一届。蔡老师教的第二届学生中,有我的二弟显华,这是我家与蔡老师的第二次交集。我曾经为自己没有成为蔡老师直接教授的学生而遗憾过,也为二弟成为蔡老师的学生而羡慕过。其实蔡老师还是教过我一节课的,那是初三的下半学期,我们的语文老师听课去了,那节语文课就由蔡老师代课,短短四十五分钟的课堂,我为蔡老师生动活泼的讲课艺术深深地着迷。后来我大学毕业后,被分配在黄岩城里工作,没有再回过母校,也就与蔡老师失联了。

秀飞表姐的女儿与我的女儿是同年小学毕业的,当我们都为女儿的学业困惑,碰到一起闲聊时,才从秀飞表姐口中得知蔡老师就在我单位附近的城关中学任教,且是这所中学人气最旺的班主任,在蔡老师教的城关中学历届毕业生中,升学率都是全校最高的。于是我暗中打定主意,要想尽一切办法让女儿进蔡老师的班级就读。女儿终于成了蔡老师当班主任教的最后一届学生,算是关门弟子。

开学一周后,就是教师节了。我借着教师节,和妻子一起带着女儿去拜访蔡老师。曾经的师生之间,有一种"他乡遇故知"的感觉,蔡老师对我说,那天如果不是我自己去找她,即使有校长的"手令",她也不会接纳我女儿进她班的,因为她回绝了自己许多要好朋友的托付。蔡老师还说,那天当我说自己是螺洋中学毕业的,她顿感特别亲切,竟一下子记起我来。原来蔡老师对我这个只教过一堂课的三十年前的学生还留有印象,这让我非常感动。我不知道自己为什么给蔡老师留下记忆,但我知道,有一种叫"师生情"的情感,已经在不经意间播撒在了双方的心底。

此后三年,我与蔡老师的联系自然多了起来。尽管女儿初中三年的成绩总是波动很大,但经过蔡老师三年的辛勤努力,女儿总算考入普通高中,我又如三年前那样长舒一口气。那年女儿所在的班级有十八名学生考入黄岩中学,也是全校最多的,而当初这班学生入学时的平均成绩在全校是中游水平。当下,有各式各样的名校和名师之说,我认为,只有将愚钝顽劣的学生培养教育成聪慧之人,才是真正的名师,蔡老师就是这样的名师。

而我家与蔡老师的第一次交集,是在我父亲与蔡老师的父亲老蔡老师之间。六十多年前老蔡老师是我父亲的小学老师,我父亲在老蔡老师的精心教育下,学习成绩也不错,小学毕业后,我父亲考上了路桥中学。但由于遇上三年自然灾害时期,父亲初中只上了一学期就辍学了,老蔡老师曾经到我家劝父亲不要辍学,最终我父亲也未能返回学校读书。这成为我父亲一生的憾事,也成为老蔡老师的憾事。但老蔡老师关心我父亲学业的往事,已深深镌刻在我家长辈的记忆里,小时候我常听爷爷和父亲提及此事,他们的言辞中充满对老蔡老师的感激之情。

两代蔡老师,耕耘一甲子。如今,蔡老师已经过了退休年龄,但童心未泯,依然是那样青春活泼。平时蔡老师最喜欢与螺洋中学第一届教出的学生一起嬉戏,大家都称呼她为"蔡老师同学"。这昵称,少了分隔阂,多了分亲切。

禹舜陪我游九溪

　　九溪十八涧在西湖之西的群山中,自龙井村始蜿蜒流淌约七公里入钱塘江。据传,九溪之水发源于杨梅岭,途中汇合了清湾、宏法、方家、佛石、百丈、唐家、小康、云栖、清头的溪流,因而称九溪,溪水一路上穿越青山翠谷,又汇集了无数细流,所以称九溪十八涧。

　　我们到达龙井村后,将车停在当地人圈出的停车场,然后下车,向景区进发。整个景区不收取任何门票,我们可以自由自在地游玩。

　　龙井村以茶闻名,果然名副其实。我们沿着一条路傍着溪、溪绕着路的石板路徐徐而行,四面满眼青山,山坡下、溪谷边尽是一望无际的青青茶园。脚下的路,不时有溪水淌过,如果直行,必定要打湿了鞋。因此路侧位于溪流的上游处,立有一排方石块竖立的石墩,供人跨步通过,不至于湿足。而游人见此清澈溪水,大多乘机脱鞋脱袜,赤脚下溪,泼水戏耍,不亦乐乎。

　　明人张岱曾有文描写九溪之景色:"九溪在烟霞岭西,龙井山南。其水屈曲洄环,九折而出,故称九溪。其地径路崎岖,草木蔚秀,人烟旷绝,幽阒静悄,别有天地,自非人间。溪下为十八涧,地故深邃,即缁流非遗世绝俗者,不能久居。"其文笔精美,描写绝伦,写尽了九溪之景,今亲眼所见,果真如此。

　　沿溪而下,游览一个多小时后,因禹舜已将午饭定在龙井村农家乐,在游览九溪烟树后从原路折返,到达农家饭店时刚好饭点。

　　农家饭店离刚才进入九溪景区的主干公路不远,大概一二百米,店主姓徐,禹舜称他为老徐,看样子他们早已认识,是老朋友了,二人相处很是随意。饭店共三间农房,门前道路宽敞,绿树成荫,十分整洁干净。相邻的那些房子都开着农家饭店,由于龙井村声名远播,环境优美,空气清新,周围都是杭州著名的旅游景点,因此村民家家开饭店,户户种茶叶,每家村民年收入都颇丰,又住在这青山绿水之间,远比杭州城里人滋润。

我们所在的农家饭店门前有一深潭,见潭沿边有红色的"龙池"字样。池边有一凉亭,亭前梁上书"龙井"两字,厅内梁上又书"过溪亭"三字。据说乾隆南巡至龙井时,曾驻留亭边,凝视池水,深情地感慨"此泉永不枯竭",难怪池名"龙池"。龙池水,过桥而入泻池,经过滤流速趋于平缓,最后汇入西湖。从过溪亭内穿过,有条石砌成的上山游步道。

饭桌就摆在门前空地上,等待饭菜的时间里,老徐给我们每人沏上一杯他自家产的龙井茶。喝茶、看景,与禹舜聊着这些年各自的生活工作,心中无限感慨,不禁想起了与禹舜第一次路过杭州时的情景。

那年高考,我考上了重庆大学,收到录取通知书后的一天,禹舜来到我家。原来,禹舜头一年已考入解放军后勤工程学院,学院也在重庆,他不知从什么渠道得知我也考到重庆,就兴冲冲地跑来了。禹舜一见面就对我说:"喜华,我们以后在重庆有伴了!"我也很高兴地说:"好啊,我还真发愁,第一次出远门,就要去那么远的地方。"于是我们相约上学一起走。

所以那年去上大学,我是与禹舜一道走的。我们提前从家里出发,先去的镇海,在镇海石化住了一晚,顺道游了镇海的招宝山。离开镇海,坐96次列车,到杭州又换乘53次火车去重庆。因我是新生,被铺、草席、生活用品一应俱全,全部带上,好像一次大搬家。我扛着、背着、提着大小五个包,在杭州火车站全靠禹舜跑来跑去买票,转折奔波,才一路顺利到达重庆。

禹舜从军校毕业后被分配到福建某部,若干年后才调回杭州。屈指算来,距我与禹舜一同去千里之外的山城求学已过去快三十年了,当年的青葱少年,如今都已两鬓斑白。我凝视着这杯中的龙井茶,一根根翠碧的绿芽倒立在水中,层层叠叠,而茶水清澈,香气四溢,女儿说这是最好喝的茶。店主给我们续了许多次的水,茶味也不见丝毫减退。

友情如茶,我与禹舜的情谊,虽经岁月的冲泡,其味依然绵长。

孩子是父母永远的牵挂

王珍女士在《今夜你回不回家》一文中,讲了这样一件事,她的一个报社同事在一个风雨交加的深夜,放下手头的工作匆匆请假,骑上一辆破旧的自行车,义无反顾地冲入夜幕中。

第二天,同事告诉她,昨夜十一点,他接到读高中的女儿打给他的电话,说要留宿同学家,吓得他急匆匆放下手头一切,心急火燎地踏上接女儿的风雨之路。这一夜,他经受了令人煎熬的漫长过程。女儿只说了同学家的大致方向,按照女儿打来的电话回拨过去,却总是忙音,那是他女儿故意为之。最后,他只好打通女儿班主任的电话,班主任提供了女儿同学家的准确地址,当他敲开女儿同学的家门,看到女儿好好地站在他面前时,那一刻,先前所有的寒冷、担忧、恐惧瞬间就消失得无影无踪。

王珍的文章发到文友群,引起了大家一番讨论。小说家卢江良先生认为,这位爸爸在女儿的教育上是很失败的,他这样找回女儿一次,能否找回女儿一辈子?然后话题引到我这边,卢江良说我的女儿要是发生这样的事情,就不用找了,等我从黄岩赶去杭州,天都亮了。是啊,女儿在杭州工作,如果有什么事,等我们深夜赶过去,真的天亮了。王珍说,有时候,不是父母不信任孩子,而是对这个社会不放心。

我是赞成王珍的说法的,这不禁让我想起了女儿大学四年里我们的牵挂。

女儿在绍兴读大学,其间,她在周末找了份兼职的工作,不仅仅是为了那微薄的薪水,更主要是锻炼适应社会的能力,这是我们赞成的。女儿的兼职工作是在周五、周六的晚上,利用自身的特长在酒店演奏古筝,或在琴行当辅助教师。大一时,女儿在位于绍兴城区的老校区上学,兼职的工作也在城区,晚上来回通勤均有公交车,我们是不用太担心的。大二至大四,她在镜湖校区上课,离城区较远,女儿便在柯桥找了份兼职工作,也是在琴行教古筝。但柯桥离学校仍有五公里多,去时有公交车可坐,教课结束已是晚上八点半以后,回程没有了公交,因此女儿有时搭乘琴行老板的车,大部分时间只能打的。

对于女儿晚上打的返校,我们是极为不放心的,因为那年发生的浙大女孩被出租车司机伤害事件,令公众记忆深刻。自那以后,我们对出租车的安全性是深为怀疑的。因此,女儿每个夜教返程,我们都与她保持热线联系,告诉她上车后记住车牌号并发给我们。尽管坐出租车回校只需七八分钟,但这几分钟里我们的心总是提着的,直到女儿到校后报平安,我们才长舒一口气。

那三年,我们就在担心、紧张、期待又复归心安中度过一个个夜晚,女儿也在那五公里的夜行中得到锻炼和成长。女儿毕业后,我们自驾重走过一次那段路,看到一路上除了整齐的绿化外,几乎无任何建筑物,心中突然涌上强烈的后怕,想想女儿那几年真不容易。

正如王珍所说,有时候做父母的不是不信任孩子,而是对这个社会不放心。尽管现在这个社会已经足够好了,但仍不可能百分之百让人放心。个别的心理阴暗者,躲在某个阴暗的角落里,甚至是阳光下,不时冒出来伤害善良的人们,而女孩子往往成为他们首选的伤害对象。

报刊编辑郭老师说,卢江良先生说得对,做父母的不可能管孩子一辈子,但人是感性的,往往情大于理。

儿行千里母担忧。亲情,像放飞风筝的那根线,一头连着孩子,一头连着父母,无论孩子飞得多高多远,那根线总系在父母的心里。孩子是父母永远的牵挂,女儿尤甚。

又到一年橘子红

　　一年好景君须记，最是橙黄橘绿时。

　　又到一年橘子红。周末，云淡风轻，阳光和煦，我们骑上单车，来到了南城一个叫蔡家洋的地方。蔡家洋的"本地早"橘子是早已出名的，听说最近这里建了个贡橘园，很是热闹，我们就冲着贡橘园来了。

　　也许有人会问，这里为什么叫蔡家洋？在黄岩的地名中，有许多带个"洋"字，这不是崇洋媚外，而是跟海洋有关，因为黄岩这个地方在远古时代是海洋，后来沧海变桑田，留下许多河沟、池塘、沼泽等低洼湿地，一发大水就一片汪洋，人们取名时就在地名中带个"洋"字。

　　蔡家洋曾是水乡，算不上人类的宜居之地，经过人们千百年的水利治理，盐碱地变成良田沃土。如今的蔡家洋，土地肥沃、雨水充沛、气候温和湿润，有永济河、石湫河等绿水环绕，这两条河是永宁江支流——西江水系的支流。永宁江又名澄江，是黄岩人的母亲河，取江水澄澈之意，全长八十余公里，旧有"九曲澄江似白练"之说。在永宁江闸修筑以前，每逢涨潮时，海潮可溯江而上直至潮济，而两岸不断受海水和淡水交替冲刷的区域，土壤含盐量适中，很适合柑橘生长，因此永宁江两岸生产的橘子品质也为上乘。

　　蔡家洋正是处于永宁江南岸最佳的蜜橘产区。步入贡橘园，一排排的橘树成片成林，千株万株，一眼望不到边，令人眼花缭乱。一串串金黄色的橘果挂满枝头，累累下垂，橘香四溢，令人口舌生津。真是"君家池上几时栽，千树玲珑亦富哉。荷尽菊残秋欲老，一年佳处眼中来"。我们在橘农的引导下，迫不及待地入园采摘，边摘边吃，快活无比。

　　一阵猛吃后，肚子渐渐鼓了起来，我坐在地垄边的橘树下歇息，不禁想起了第一次吃橘子的情景。

虽然生在橘乡、长在橘乡，但在计划经济的年代，一切以粮食为纲，黄岩的橘子产区局限在永宁江两岸，老家所在的村庄，并不产橘子。因此，幼年的我并未吃过橘子。记得八九岁那会儿的橘子成熟季，罐头厂招收临时剥橘工，母亲为了补贴家用，应聘去了厂里。每天，母亲一大早就出门，到了傍晚才回家。一天，回来很晚的母亲从布袋里掏出几个橘子，分给我们兄妹每人两个，我才第一次品尝到橘子醇香甘甜的滋味。此后的日子，每日太阳快要落山时，我就坐在家门口的地栿上，等待村口出现母亲的身影，盼望她再次带回橘子。终于在橘季结束时，母亲完成了罐头厂的工作，回家那天又给我们带回一些橘子，让我们兄妹几个兴奋了许多天。虽然懵懂的我们并不知道这些橘子是母亲用汗水换来的，但也能体会到父母劳动的艰辛，体会到浓浓的母爱是多么伟大，多么甘甜。

此后几年，为了能再吃到橘子，每到秋天，我总是希望母亲再去罐头厂打工，但再也没有过这样的机会。直到分田到户后，父亲在自家的田边种下几棵橘树，等到小树长大结出黄澄澄的果子，我们才再次吃到橘子。多年以后，我才知道陆绩怀橘孝母的故事，那是贵族士大夫的修养。而处于困难时期的母亲怀橘哺子，对我们兄妹人生品格的形成，刻下了深深的烙印。

思绪回归现实，抬头仰望远处的山峦，"石大人"正翘首企盼，眼神戚戚，恒心不改，海枯石烂般坚守于此。犹如父母一样无数勤劳的家乡人民，千百年来，坚韧不拔，以大无畏的勇气，高山出平湖，海口筑堤坝，将海潮汹涌、台风肆虐、洪水泛滥的洪荒之地，改造成粮食满仓、橘香满园的鱼米之乡，才有了今日"黄岩熟，台州足"的美誉。

一根灯芯治眼病

三国演义里说,曹操因头痛病发作,招来同乡华佗医治。华佗给曹操扎了一针,头痛立止。曹操非常高兴,但听了华佗说此病难以根治之症,会复发,就想把留华佗在身边。华佗医者仁心,心系天下百姓苍生,不愿成为曹操一人之御医,就离开了曹操,回到民间为老百姓治病。曹操很不高兴,但也无可奈何。

后来,曹操的头痛病果然再犯,只得派人再招华佗前来。此时,华佗知道曹操头痛病再犯,已不是扎针能够解决的,只能用开颅手术才能医治,但以曹操多疑之性格,岂能接受开颅手术。华佗知道自己祸已不远,因此拒绝应招。曹操就派人将华佗抓到许都,强迫华佗给其治病。华佗只好对曹操说:"丞相此病复发,已非扎针能够治疗,我有个治疗方法,先用麻沸散麻醉,再用利斧劈开头颅,取出颅内风涎,才能根治。"曹操听后大怒,这不是要谋杀我嘛。就把华佗关入大牢,准备杀了华佗。

在狱中,一个姓吴的狱卒很敬重华佗,就拿好酒好菜给华佗吃。华佗知道自己日子不多,就将自己集一生心血所写就的《青囊经》赠给狱卒,希望此医书能流传于世,造福百姓。华佗死后,吴狱卒辞掉差使回家,准备学习《青囊经》,却见其妻正在烧那本医书,狱卒大惊,连忙抢夺,可是全书已被烧毁,只剩得最后一两页,记载着一些阉鸡、阉猪的小医术流传下来。

虽然华佗的《青囊经》未能流传下来,但历代中国还有像张仲景、孙思邈、李时珍等许多医者,穷毕生之心血,总结出无数的中医中药技术流传于世,治病救人,造福百姓。有些简单快速实用的中医治疗方法流行于民间,成为乡村土药土方,在缺医少药年代,起着治病救急的功效。

我的大伯婆，父亲的大伯母，就掌握着一根灯芯治眼病的技术。

记得小时候，每到夏收夏种大忙时节，或清晨，或晚上，就有急匆匆赶来的本村或附近村里的农民，找大伯婆治眼病。这种眼病，农村人俗称"星上起"。症状是，眼乌珠上出现白斑点，像星星，转动眼珠，有粗糙感、疼痛感、视力渐渐模糊。

治此症，大伯婆将一根席草剥去外衣，取草芯，在没有洋油和电灯的年代，此草芯常用作灯芯。截取约两厘米长的草芯，用菜油浸透，小心竖立在患者耳朵的耳轮上，用火柴点燃草芯，草芯慢慢燃烧，一两分钟就烧完，烧到耳轮上时，"啪"，会有一声轻微的声响。患者会有火烧的灼痛感，由于天气炎热，有的患者耳轮被火烫的位置，会有发炎化脓症状。三天后，患者眼乌珠上的"星"自然消失，眼病痊愈。

据说这种眼病，是由于过度劳累，人的体质下降所导致的。那时候，有好几年，由于家里农活繁重，我父亲也在六月天的大忙时节，上过"星"，都是被大伯婆用这种土办法治好的。

方法如此简单，整个治疗过程不超过十分钟，不用打针吃药，三天就治愈，真的让人感觉十分神奇。这种病，易复发，复发又在农村忙碌的季节，因此得这种病的人，大多是农民。

后来知道，这种眼病，传统中医叫"聚星障"，农村人土讲"星上起"，更形象贴切。中医认为"聚星障"此症，系因肝肺郁热，复受风邪，风火相扇，上攻于风轮为患，也有肝脾湿热内壅，熏蒸黑睛而得病。常见畏光流泪，疼痛视糊。如果不及时治愈，以后眼乌珠留下翳障，眼睛视力将终身模糊，甚至失明。治疗方法，以清热解毒，祛湿退翳，配合西医滴眼药水加以治疗，以防瞳孔变紧变小。

聚星障，西医称作"病毒性角膜炎"，临床上分三种，有单纯疱疹性角膜炎、牛痘性角膜炎、带状疱疹性角膜炎。发病机理主要是单纯疱疹病毒感染引发，当身体抵抗力减退时，是该病的诱发因素，这与民间总结认为由于过度劳累、体质差发生该病的原因，高度一致。当人体质减弱时，该病易反复发作。因此增强自身抵抗力，是治愈该病的基本方法。

大伯婆用灯芯点火，熏烫耳轮部位的土方法治疗该病，实质就是根据眼乌珠相对应的耳轮穴位，熏烫耳轮穴位来激发人体自身免疫力，从而达到驱除病毒，使疾病痊愈的目的。这与华佗扎针治曹操的头痛病，原理如出一辙。中医针灸治病法，针，直接扎入穴位；灸，用艾灸之火，熏烫穴位。一针，一灸，其目的都是根据反射区原理，刺激相应穴位，激发自身免疫力，抵抗病毒与自身器质性病变，从而达到治病的效果。

我们常用"头痛医头，脚痛医脚"，来比喻那些处理问题不从全局考虑，形而上学的工作方法。

灯芯治眼病，方法虽简单，却包含了中医治病原理的科学辩证法，是几千年来，许多像华佗这样的前辈医者实践经验的总结，是散落在民间的中华医术宝库中的精华。

第 三 辑

近乡情韵

广化寺钟声

　　记不清第多少次来到广化寺,尽管少了几许游兴,找不到那种阔别重游的感觉,但岁月却在一次次重游中流走。在这里,我总会想起自己走过的路,想起一幕幕生活的往事,那种怀旧的心情同样自然而然地多了些许回味。

　　广化寺,古称广化院,位于台州市黄岩区院桥镇东鉴村的大屏山南麓。据历代地方史志记载:"广化院在县南二十五里,始建于三国东吴赤乌年间,北宋至和二年挖地时得一枚古镜,背有灵龟二字,朝廷赐匾'灵龟',宋治平三年改今额。"广化寺是江浙两省最早三十六所寺院之一,南宋时有"田产五百七十四亩,山八亩"。该寺三面半环山,山外基本上看不到寺院,四周群峰环抱,状如盛开的莲花,从后主峰相连着四座山峰似蛟龙飞腾而下,直达寺院后面,形成卧龙伏状,故大屏山亦称飞龙山。以佛家的观点,广化寺是难得的风水宝地,称得上"左青龙,右白虎,前朱雀,后玄武"。

　　走近广化寺,若巧遇寺里做佛事,远远就能听到阵阵响彻山谷的洪亮钟声,仿佛系在天边的山涧风铃,在和风的吹动下,从幽静的山谷里传出来,久久回荡。其实,广化寺离我外婆家不足一公里路程,小时候我常常随父亲来到附近山头砍柴。由于外公、外婆膝下四个子女,唯独母亲嫁给了农民,在外公眼里父亲就是干农活的行家里手,一般遇上砍柴、种地等季节性农活,父亲就派上大用场,随时赶去帮忙,完成劳动任务。

　　在 20 世纪 50 年代,广化寺办农场,香火中断,僧人陆续离寺,殿堂逐渐倒塌、拆除,古木尽伐,寺基开园种植,一年四季种满蔬菜瓜果,只留下一块绿油油的菜园地。那时,听大人们说这就是广化寺,但我看见的怎么就是一方菜园呢？我十分不解，纳闷了很久很久。十多年后，为给已经离世多年的外公上坟扫墓，我随父母重回广化寺，此时正开始重建寺宇，这才明白广化寺的前生今世。

我想，广化寺的初建，深受佛教文化的影响。佛教自东汉初年从印度传入我国，其佛法宣教即为因果与轮回，所谓前世种下"因"，今世收获"果"，劝导人们清心寡欲、慈悲积德、出世清修，非常适合封建统治者的宣传需要。因此在官方的推行和主导下，佛教迅速在我国得到发展。"南朝四百八十寺，多少楼台烟雨中"，到了南北朝时期，梁武帝萧衍一生崇佛，并且三次舍身入寺，使佛教发展到极致。

广化寺从其始建时起，其间几经兴衰，几建几毁，总是和王朝的兴替更迭、民众的福祉灾祸、社会的动荡安宁相伴相随。而黄岩自南宋偏安东南一隅，政通人和，北人南迁，教育、文化、经济等因此而繁荣，始有"东南小邹鲁"之称。伴随着经济社会的进步，佛教寺院也发展到鼎盛，至民国时，全县寺庙达二百余座，广化寺则为最著名的寺庙之一。"文革"时期，大批寺庙被拆毁，广化寺也未能幸免，给我留下了只听其名，不见其踪的疑惑。改革开放后，广化寺得以重建，殿堂气派，富丽堂皇，成为群众礼佛活动的场所，也给人们点缀起一道游玩的风景。如今，广化寺占地近 80 亩，建有 5 层的玉佛殿，即新大雄宝殿，总高度 52.3 米，占地面积 2200 平方米，建筑面积 7688 平方米，单体建筑面积最大，被"上海大世界吉尼斯"总部认定为"大世界吉尼斯之最"。

在夕阳余晖的映衬下，广化寺披上了金色盛装，大雄宝殿熠熠生辉，气势宏伟，似乎将给我们带来幸运、吉祥。此时，寺里开始上晚课，在暮鼓声、大师们的阵阵诵经声中，我们静静地肃立在大殿门口，聆听了一回这抑扬顿挫的空谷梵音，让自己浮躁的心灵来了一次去除凡尘的沐浴。那声音，在山谷中悠悠回荡，激扬磅礴；那声音，从千百年的时空穿越而来，悠远漫长；那声音，寄托着平安幸福的美好祈愿，清越动听；那声音，传递着太平盛世的盛大欢歌，荡气回肠……

春蚕

搬入新居时，我在自家的空中百果园里种下两棵桑树苗。这树非常好养，虽然空中果园土层很浅，也不接地气，但第二年桑树仍然长到一人多高，还开花结果了。

每年的春节前后，寒冬未尽、春意乍到，桑树新芽尚未怒放之时，一串串身披细长绒毛，犹如毛毛虫般的桑葚珠就已经挂上了枝头，大概一个半月后，当桃花的烂漫还未褪去，李花的艳丽还在张扬，乌黑发亮的桑葚果子已经成熟。由于未施加任何化肥农药，我家的桑葚果实细小，且有点酸，女儿每天带着一大把这样的桑葚到学校，总被同学们视为稀罕物一抢而光，同学们不是稀罕桑葚本身，而是稀罕住在城市高楼里的我家竟能种出桑葚。

采桑葚是我们童年最快乐的事情之一。对于农村的孩子来说，能吃到水果，那是非常奢侈的。而农民栽种桑树的目的是采桑叶养蚕，桑葚是个副产品，桑农并不在意桑葚被人偷摘。大伯婆家每年都要养一茬春蚕，她家的屋后种有十几棵桑树。其实在我们村里，就大伯婆一家养蚕，附近村庄养蚕户也不多。

"罗敷善蚕桑，采桑城南隅。"每年开春，当桃红柳绿、春意盎然之际，桑树的嫩叶已经长成。大伯婆家的蚕开始在竹编的团箕上蠕动着胖嘟嘟的身子，而绿油油、鲜嫩嫩的桑叶恰是它们的美餐，它们整天除了睡觉就是不停地吃，所以，团箕里的桑叶从来不曾间断过。但是，这可爱的善吃的小精灵的肠胃有些娇嫩，沾不得水，如果吃了带水的叶片就会拉肚子，甚至死亡。因此，碰上雨天或者早晨有露水时，采摘的桑叶必须先晾干。大约两个月后的芒种时节，麦子已经收割，长得腰肥肚圆的春蚕开始吐丝结茧。而给蚕结茧用的工具，就是用麦秸秆扎成的,圆柱形,像冷兵器时代用于防守的铁滑车。连环画《岳飞传》里高宠连挑十二辆铁滑车,最后因胯下马力竭而被第十三辆铁滑车轧成肉泥,书中的铁滑车就是这般模样。一圈圈的麦秸秆朝外张扬,又如同刺猬身上的刺毛,只是它的端口被剪成平口的。将要结茧的蚕爬上麦秸秆,吐出一丝丝细长的蚕丝,最后将自己包裹在里面。若干天后,一个个白白的、椭圆状的蚕茧就附在麦秸秆上,整个麦秸秆都变得晶莹洁白。

"昨日入城市,归来泪满巾。遍身罗绮者,不是养蚕人。"小时候的农村,温饱尚没有解决,农民大多穿的是粗布衣裳,连的确良的衣服都很少见。农民种桑养蚕,作为家庭的副业,所得收入,只能补贴家用。而蚕茧卖给国家,最后织成丝绸出口创汇,也算支援国家建设。大伯婆家虽然养蚕,但我没见过他们穿过丝绸质地的衣服。我们能沾光的,是将蚕沙,即蚕的粪便收集起来,晾干后缝到布袋里,做枕头芯子,夏天给我们这些孩子当枕头,据说有吸汗安神、去痱止痒的功效。

"春蚕到死丝方尽",蚕将自己埋葬在自己结的茧子里,而它结的茧将被织成丝绸,制成绫罗绸衣,旧时都穿在富豪权贵们的身上,温暖着他们的躯壳与肥肠,炫耀着他们的财富与荣华。又过若干天后,蚕将化蛹为蝶,实现自己生命的升华,这就是蚕的精神,这也正是如大伯婆般千千万万勤劳的劳动大众的精神。

秀岭湖晚霞

站在秀岭湖的坝脚,仰视高大雄壮的大坝,为肩挑手扛年代的万千民工付出的艰辛而心生敬意;站在秀岭湖的坝顶,眺望碧波荡漾的湖水,为高山出平湖的宏大工程而心生赞叹。

又一次来到秀岭湖,当我站上大坝左侧的平台,太阳已滑入大山的背面,黑夜的大幕即将拉开。

此时湖西南面的那角天空,呈现出紫红的颜色,天空下的大半个湖面也是紫红色。我暗自惊呼,是哪个仙女不小心打翻了王母娘娘的梳妆盒,将整盒胭脂泼撒在了天边和湖里? 所幸不是仙女的过错,要不然她将承受被打入人间的惩罚。

这天边和湖里的色彩,是落日的杰作。大山虽然厚重,太阳也仍然继续在向山后下坠,但这个燃烧了四十六亿年的大火球,仍然散发着光芒。

连绵的群山,在夕阳余晖的照映下,其黑色的轮廓,如一截截横卧的枯木,横亘在水天之间,将紫红色的天与紫红色的湖水分割成两半。湖面的紫,比天空的紫深了好几倍。

湖面的紫,是不均匀的,靠近山脚的部分较深,越向湖中央越浅。靠近我站立一侧的岸边,紫红色渐渐消失了,取而代之的是那种浓淡不一的黑,这是夜幕降临前的黑,有树木的影子,有大山的影子,也有风的影子。

另一半的湖面,却不见一丝的彩色,湖面像是一幅黑白大片,有大片的黑,也有朦胧的白。这应是那片湖面,所映照的山峰高大,且离太阳下坠的山头有些距离,那些山峰上空的天,仅仅留下一些白晃晃的光亮。这些光亮把山峰映入水中,留下浓浓的黑影。

我知道,在这整个湖岸边,不止我一人在欣赏这幕景色。我的同伴、远处村庄里的人、湖边钓鱼的人,还有树木上、草丛里那些潜伏着的大大小小的生灵,都在欣赏着。

夜幕终于合拢,天空与大山重合,湖水也洗净铅华。湖面黑茫茫一片,四野寂静,偶尔传来一两声"咕咕"的鸟鸣,和着山风摇动树枝的"簌簌"声,像是在催促我们"走吧"。

存在即合理。秀岭湖的四季,秀岭湖的早晚,每时每刻都在演绎着不同的变化,因为变化而呈现出不同的景色。有烟雨空蒙,有波光粼粼,有秀水长天,有落日余晖。每次来到秀岭湖,都有不同的收获,这也是吸引我下一次再来的诱惑。

秀岭湖在不同时节,变换不同的景色,这是大自然神奇的造化,也是人类不朽的杰作。秀岭湖建造于1958年,是浙江省第一座软土基中型水库。水库大坝高16.8米,集雨面积15.6平方公里,拦截秀岭溪上游唐岭、秀岭两条支流,故水库命名为秀岭水库。

唐岭、秀岭是太湖山的两条峻岭,翻过唐岭、秀岭往南,就是温岭的大溪镇。据考古证实,在唐岭南麓的大溪镇地界,曾经存在过徐偃王城和汉时东瓯古国的都城,留下文明的印记。如今在唐岭、秀岭还保留着温黄古道,那是当年繁华的商道和官道。

从秀岭、秀山流淌出来的秀岭湖水,流过历史,流经现世,流向未来。

"烟花"过后说台风

过去这一周,最牵动人心的,要数河南的水灾和侵扰江浙沿海的台风"烟花"了。据有关专家分析,造成河南郑州、新乡等地水灾的强降雨,也是"烟花"台风助力作的孽。台风"烟花",漂亮的名字下面包藏着一颗祸心啊!

作为一个台州原住民,这辈子经历的台风可不少。据统计,自新中国成立以来,直接登陆台州的台风有17次,占登陆浙江台风的百分之四十七。因此,有人调侃说,台州是台风之州。当然,这是戏说,台州的得名,源于天台山,而非台风。但台州沿海的特殊地理构造,确实很招惹台风。从台风登陆台州的频次看,台风与台州,真有"剪不断,理还乱"的缠绵关系。

七十年来,登陆台州的这十七次台风,除去在我出生前的三次,和发生在1989年9月的那次,我已经回到大学上课没有经历外,真真切切经历了十三次。而那些在温州、宁波、闽北登陆的,仍给我们造成巨大影响的台风,更是记不清次数了。

童年时期,每到台风季,听有线广播播报台风消息,对于台风所处的经纬度,台风的风速、风力等级毫无概念。所以,听着预报的台风消息,那时的我没有丝毫害怕的感觉。台风登陆后,狂风大作,因为那时住在成排连片的U形三合院,抗风力强,大人们关门闭户,在屋内听风听雨,我们听大人们讲故事,也不觉得怎么害怕。

因此,那些年的台风,随着时间的推移,渐渐地淡出我的记忆。第一次刻入记忆中的,是1985年的6号台风。

这次台风的前一年,我升入路桥中学读高中,父母也用他们勤劳的双手,将爷爷分给我家的半间木结构畚斗楼,翻建成两间砖木混合的二层楼。由于财力有限,两间新屋仅建成了骨架,四面砖砌的墙,没有任何粉刷，黄砖裸露，这种墙黏结力是不强的。不仅如此，两间新屋，仅西边那间用旧楼板铺了二楼的楼板，一楼前半间铺了石地坪。

新屋建成不到一年，台风就正面袭击了台州，那是高一的暑假，台风登陆点是玉环坎门。

那晚，雨大风急，父母害怕简陋粗糙的毛坯屋经不起狂风的撞击，干脆把前后所有门都敞开，让风自由进出，来去无阻，唯求它们对脆弱的四围墙壁手下留情。我们全家六人，全部躲在西边屋子二楼的后半部，因为中间有楼梯，楼梯南北有两道墙，可以挡住连绵到访的风雨，不至于被淋成落汤鸡。我们战战兢兢熬过了漫漫长夜，第二天台风过后，雨停日出，田野一片汪洋，但我们的心情如阳光一样灿烂。

经历的第二次刻骨铭心的台风是9711号，这次我已参加工作，被派在一家草编厂担任厂长。职责所在，台风来临时我在厂里值班。夜里，台风登陆前夕，我到厂区巡查，耳畔狂风呼啸，远处叮当之声不断。突然不远处一阵"噼啪"之声传来，我打起手电搜索，只见离我两米之外的地方，掉下一块不知从何处吹来的铁皮瓦。当时我心呼侥幸，身处事发中心也毫无惧怕，但事后忆起，禁不住脚底发麻，细思极恐。那时，女儿才七个月大，还不会喊爸爸。

这次台风，是台州历史上造成损失最严重的台风之一，从此，开启了台州高标准海塘建设的宏伟工程。

2004年，著名的"云娜"台风袭击台州，父母当年建的新屋已二十周岁，已经变成了老屋。老屋再次经受住了超强台风的考验，风雨过后昂然挺立。不过由于建造之初先天不足，本已到处漏雨，遭受"云娜"摧残后，屋里屋外，更是一片狼藉。这次，我们兄妹四人凑钱将老屋彻底修缮，内部也进行了装修。修葺后，使父母有了一个相对舒适的居所。

知名小说家卢江良先生在游览大陈岛时，看到立在海边那些历次台风的纪念柱后，在他的《"丑陋"的水泥柱》一文中这样写道："对灾祸的认知，并从中吸取经验和教训，面对下一场可能到来的灾祸，可更好地应对或有效地避免。"

在台风等自然灾害面前，人类是渺小的。敬畏自然，珍爱生命，众志成城，防患于未然，努力减轻台风对人们生命财产的危害，是我们唯一可为的措施。

宁溪酒香

　　早春三月，雨后初霁。早上，我们从县城出发，一路向西，驾车到宁溪古镇的一家酒厂办事。

　　宁溪位于浙江东南沿海，黄岩西部，台州大水缸长潭湖的上游，是黄岩溪的源头，镇以溪名。宁溪古镇至今已有一千多年的历史，处于括苍山—雁荡山山脉的中段，距黄岩城区三十八公里，曾经是黄永古道上的必经之路，商埠繁华，而今依然是黄岩西部重镇。

　　我们在菜市场停留一番，感受现代的古镇和热闹的街景，但几分繁华的背后，又少了几分古味，于是很想寻找一处别样的风景。快到桥亭街的尽头，我们像摄影师取景一样，捕捉到不同的镜头，"咔嚓、咔嚓"地将画面拍下，一张接着一张。一面喧杂一面宁静，闹中取静；一面高楼大厦一面低矮老屋，算是一组参照，显得对比性更强。就在这里，有一家有着三十多年历史的老酒厂。酒厂依山傍水，背靠南屏山，前临黄岩溪，真可谓山清水秀。俗话说："好山出好水，好水酿好酒。"酒厂尽享天地之利，得天独厚。

　　走进酒厂，放眼整个厂区，面积不过六七亩，方方正正。东边空地上堆着一堆堆叠成梯形的空酒坛，南北各有一堵围墙，围墙是用破漏的酒坛与石灰混搭而成，这大概是酒厂围墙的共同特征。废物利用，崇尚节俭是我们的优良传统。而追溯到几十年前不兴广告的年代，那远远望去凹凸不平，好像贴着一个个孕妇肚皮的墙壁，就是没贴"酒"字的无字招牌。

　　黄酒压榨后的酒糟，再进行二次发酵，蒸馏出的黏黏的散发着酒糟香味的晶莹液体，称之为糟烧白酒，是废物利用、变废为宝的又一杰作。相对现代科技而言，酒厂浓厚的传统工艺，原生态的酿造技术，确实有点"古老"。但厂不在大,有酒则灵,酒魂留心间。原来,厂子由三个酿酒师傅合伙经营,其中年龄最大的梁师傅今年已七十三岁,最年轻的黄师傅也六十三岁了,王师傅居中。三位老者仙风道骨,非亲兄弟而胜过亲兄弟,合伙办酒厂走过了三十多年,问问风问问雨,其间难免有分歧,而信任多于分歧,他们心往一处想,劲往一处使,依然一条心。

可当下,天下熙熙,皆为利来,天下攘攘,皆为利往。在商品经济的社会里,各种利益的纷争,往往连亲兄弟都分多合少。但他们的心不变,一起从壮年走到了老年,风雨同舟,一起收获希望、收获欢乐、收获友谊。作为酿酒师,姜是老的辣,酒是陈的香,人越老越沉稳、厚重、坚毅。酒品如人品,三位老者,虽都已过退休年龄,该在家安享晚年,但我们看到了他们兄弟的情谊,执着的酿酒爱好,酿造出历久弥香的陈年老酒,宛如品尝到醇厚、绵长、幽香,伴着浓浓乡土的糟烧韵味。

台州快

在某报上读到一篇《台州慢》的文章，文中说台州人生活节奏慢，一句"慢慢时"口头禅常挂嘴上。作者以三十年前到台州读书，一次坐黄包车时，见黄包车夫没有争抢拉客，上车先谈价钱，路上骑车循规蹈矩的首次感受，给台州人的生活打上了慢节奏的标签。

慢生活，慢节奏，这是台州人的真实写照吗？我是不敢苟同的。

三十多年前，我在重庆上大学，每年寒暑假返乡，一下长途客车站，就会被几辆黄包车包围，只有当我坐上其中一辆时，其他的车子才会散去，又去包围别的乘客。坐上车后，照例先谈价钱，谈不拢的可以下车不乘。交易前先谈价，先小人后君子，这是商业规则，是诚信的体现。台州人历来重诚信、守规则，如今台州商人遍布全国各地，做大做强、事业成功者不少，正是得益于遵守商业规则。谈好了价钱的黄包车夫，大多争先恐后、飞快地跑向客人的目的地，他们不会"慢慢时"，干完这趟活，还要去抢下一趟，多跑多挣，挣钱才是硬道理。

"慢慢时"确是许多台州人的口头禅，但这不是台州人慢的写照，反而是快的体现。因为台州人做事急吼吼、走路急吼吼、开车急吼吼，太急容易犯错误、出差错，这才有老年人，或者父母长辈告诫后生小辈"慢慢时"，不要急。"慢慢时"实际是一句劝诫语，有时，它更像是一句客气话，对亲戚、对朋友，让他们慢慢来、慢慢回，等于说：道路千万条，安全第一条。

台州人是慢不了的，只能快。台州资源贫乏，号称"七山一水二分田"，要想在这样的自然条件下生存下去，只有快干、苦干。记得小时候，父母白天下地干农活，晚上挑灯打草席搞副业，才能勉强维持一家人的开支，村里大多数的人家，也都像父母那样快干、苦干、多干。"慢慢时"的人必定是懒汉穷汉,家庭经济条件势必越懒越穷。在分田到户前的集体经济时代,有"慢慢时"磨洋工的人,村人会送其绰号"奸懒上",分田包干后,这样的人就无生存空间了。

农民种田慢不得。种田讲究农时,啥时候播种、啥时候插秧、啥时候收割,都有时令要求。错过农时错一季,收成减少饿肚皮。农时内做农活,也得快干抢干。台州每年都有梅雨季节,一天之内一会儿晴、一会儿雨。番薯秧扦插需要雨天,成活快;打草席的蔺草收割翻晒需要晴天,人要跟太阳赛跑,跟雷阵雨赛跑。有时一顿中午饭,跑进跑出几趟都吃不成,跑慢了,一阵雷雨把晒干的蔺草全打湿,只能重新等日头晒几天,苦不堪言。夏季"双抢"时节要抢收抢晒,晒干的稻谷才能颗粒归仓。之后再抢种,晚稻才能有更好的收成,每一天都慢不得。高中、大学季的暑假,我帮父母一起干农活,晒得皮肤黝黑,我也成了快手。

台州地处浙东南,三面环山,一面临海,山海阻隔,过去人们出行,交通极其不便。爷爷曾说,他年轻时上宁波讨生活,全程两百多公里,一路翻山越岭,走了整整四天。我上大学那会儿,到杭州转火车,先要坐九个小时的汽车。汽车晃晃悠悠,我心里急,但想快快不了,赶不上当日去重庆的火车,只能住一夜。我想当年与我一样出台州闯荡的人,心情跟我是一样的急。直到2009年,台州通动车,才改变了出行慢的困局。如今杭台高铁开通,一小时零三分从台州到杭州,这样的快,才是台州人梦寐以求的速度。

春江水暖鸭先知,当改革开放的春风吹入台州大地,台州人迅速感知到了春意。台州人行动迅速,曾经走村串户的小桶担、小打铁作坊、小商贩们,有的就地办起了企业,更多的补鞋的、磨豆腐的、剃头的、做木匠的,涌向全国各地,用勤劳的双手、聪慧的头脑,积累原始资本,办起各类工商企业。全国第一家股份合作制企业诞生在台州,全国第一份鼓励创办股份制企业的县级文件诞生在台州。改革开放四十多年来,还有许多经济生活中的"第一"发生在台州人身上,创造了一个个经济奇迹。台州人在市场经济的大潮中,敢为人先,大显身手,抢得先机,就是体现在"快"字上。

进入新时代,台州人的生活早已接轨大世界,科技日新月异,追赶世界潮流,永无止境。敢为天下先的台州人,绝对不会躺平追求慢生活。台州还有一句老话"大虫(老虎)追到脚后跟",时时警醒着那些试图躺平、试图偷懒、试图慢下来的人。

近乡情韵

红花草当菜

父亲的冬季菜地是利用葡萄园栽种的间隙,种些萝卜、芥菜、油冬菜、大蒜等冬春时令蔬菜。这个时节葡萄还没有抽枝长叶,光照充足,肥力也足,各种蔬菜长势都不错。

这个春节,因为疫情,我们足不出户,很听话地待在家里,菜场也没有去。到了大年初四,家里储备的蔬菜告罄了,我独自一人开车回老家,父亲把我带到他的这块菜地。

当我挑三拣四割取那些我认为满意的菜时,突然发现菜地里有好几簇绿油油的红花草。这些红花草长得并不粗壮,铜钿般圆圆的叶片上黏附一颗颗晶莹的水珠,煞是令人喜爱。

这是一片野生的红花草,过年前父亲就摘给我们尝过鲜。我问父亲是不是他播种的,父亲说没有播过种子,是飞来的草籽,所以全是野生的,不过他特意施了肥。因为年前几天,女儿也放假回来了,我就带上一大袋回家,饭桌上几乎每天都有一碟红花草当菜。

女儿喜欢吃红花草,我们全家都喜欢红花草当菜吃。像女儿这代人,大多数是吃肯德基、炸鸡翅、烤肉串长大的,都不喜欢吃蔬菜,更不用说吃这种几乎等于野草的红花草。去年招待侄儿吃饭,侄儿就明确告诉我们,他喜欢吃肉,不喜欢吃红花草做的菜,那顿饭他果然一口也没吃红花草。

女儿为什么能喜欢红花草?这是从小养成的习惯,是潜移默化的结果。

我们小时候的农村,田地大部分用于种粮,各家各户,只有极少量的自留地用于种点蔬菜,但往往不够吃。时令一过,就靠用萝卜缨、芥菜叶等制作的菜瘪、菜脯等当菜下饭。如果有那么一把鲜嫩的红花草来炒年糕，那简直胜过现如今的鲍鱼、鱼翅，是农家的奢侈菜品。因此，我们夫妻都养成了喜欢吃红花草的嗜好。

女儿小的时候，我们的家庭经济负担也很重，平日佐餐的菜谱里，荤的少，素的多。每到红花草可以上桌季，或在菜场买一些，或从乡下带一些。其实一开始女儿也不喜欢吃红花草，小孩子牙口嫩，而红花草难咀嚼、难消化。但经不住我们连哄带骗，女儿渐渐地适应吃红花草，慢慢地喜欢吃红花草了。

见到父亲的菜地里还有这么多野生红花草，我赶紧撇开那些芥菜蕻，蹲下身去，仔细地一棵一棵摘起这油嫩的红花草来。虽然细雨打湿了我的衣服、头发，我还是摘了一大把。当我起身时，看到草丛中有一朵紫色的小花。这是一朵红花草的花朵啊！它已嗅到春天的气息，提前开放。

按照节令，红花草通常在清明前一周左右开放，到清明时全部盛开。这时候，田野里到处是紫色的花海，给郊游踏青的人们带来欢笑和喜悦。红花草，还有一个动听而富有诗意的名字："紫云英"，这个名字就是取自其漂亮的紫色花朵。绍兴人叫"草紫"，周作人在《故乡的野菜》一文中有这样的描写："花紫红色，数十亩接连不断，一片锦绣，如铺着华美的地毯，非常好看，而且花朵状若蝴蝶，又如鸡雏。"

紫云英，常见于文人墨客的笔下，特别多见于那些富有浪漫情怀的文人的笔端。从小，我只知道这种野草在春季稻田里遍地生长，既给农家当菜，更多是给猪、牛当饲料，花开紫红色，春耕后翻田埋入田里做肥料，也知它的名字就是"红花草"。这是农人最朴实的叫法，从没有将它与"紫云英"联系在一起，即使知道了红花草就是紫云英，我仍顽固地叫它红花草。

红花草，多么朴实的野草，多么顽强的生命，不用播种，飞来一颗草籽，就能给人一个春天，一片生机，一片希望。

东江河,在我的心中淌过

　　无数次走过东江桥,总是那么匆匆。远离家乡多年,这是我第一次久久地站在东江桥上,认真注视着桥下的东江河水。

　　今天的东江河,静得出奇,桥下近处的河面,没有丝毫波澜,抬头向南再看远点,在河道的三岔口,才见一点点涟漪。河水是那样的绿,午后阳光正照耀得炽烈,使河水呈现出不同的绿。靠近东边河岸,树木和竹丛的倒影,让水面先铺上一层深绿,而阳光又在水面撒上一层金粉,绿中泛着金光,光影斑驳,深浅不一。

　　河中央,是浅蓝绿,与天空的蓝几乎相近,水面还能看到一两处飘浮的云朵。靠近西边河岸,同样因为树木的倒影,水底和水面都铺上了深绿,这里因为背光,河水绿得更加深沉,唯有树木稀疏处,才漏下一些光斑,有些亮彩。

　　东江河,老家门口的小河,是金清港水系三水泾的支流,发源于太湖山,流经上游的鉴洋湖,迤逦而来,流经我的村庄。

　　我默默地伫立着,静静地注视着,一幕幕往事禁不住涌上心头。

　　小时候的家乡,小河弯弯,河汊纵横,是一个典型的水乡泽国。"一方水土养育一方人",东江河怀抱着可爱的村庄,宛如慈祥的母亲伸出温柔的双臂,紧紧搂抱着自己的孩子,见证大自然"母亲河"的风采和无私情怀。

　　那时的东江河,流经村庄长约三公里,呈斤字形分布,将村庄分割成四块。三公里河道上有七八个河汊,深度二三十米,我家就在最长河汊的尽头,开门见水,傍水而居。每天轻风习习,温暖湿润,很是宜人。

　　东江河是人工河,平均宽度十几米,盛水期平均深度三四米,最深处四五米。可以想象,在大禹治水前的洪荒时代,家乡的这块土地,或许曾是东海边的茫茫海滩,潮起为海,潮去为滩。如今整个温黄平原河网纵横,阡陌交错,蜿蜒伸展到每个村庄田间,体现了挖掘人工河时考虑排洪与灌溉的现实需要。在每个河汊的堤岸上必有一条水渠通向陆上各处水田,显然这是方便灌溉之用。

每当原始的水车被人踩着发出声响,那白花花的水流顺着水车翻滚的叶轮,翻过堤岸,扑向水渠,再流向各处水田。水流过去,那干裂的田块迅速弥合,萎靡的禾苗立即恢复生机。车水的农民就寄予了厚望,眼前犹如浮现出一幅秋后丰收的画卷,田野上到处都是金灿灿的谷子。

家乡的东江河,一年里除了冬天略显安静,其他季节都是忙碌而热闹的。

立春过后,江南雨季开始,河水开始上涨。往往元宵节后,村人们开始忙活一年的农事。"草长莺飞二月天,拂堤杨柳醉春烟",河边刚长出新枝的杨柳树,正是鸟儿们筑巢建窝的好去处。在分田到户前的人民公社时代,每年大概从春分到清明这段时间,河水涨到六七分满时,村里就组织疏浚河道、捻河泥。

捻河泥,既是技术活又是体力活,因此通常由青壮年劳力来承担。先将小木船撑到河中央,然后在船头、船尾的固定孔中插入竹竿直至河底,船就固定住了。在两侧船舷上一前一后搁两块跳板,每块跳板位于船舷处背对背各站一人,面朝河里,这样既能保持住船的平衡,又便于作业。用来捻河泥的器具是竹编的畚箕,在其口子的中部连接一根四五米长的细竹竿,同时在口子前端两侧和后端中间各系一根麻绳,三根绳子的上端连在一起打结构成三角形提手。操作时拉紧后端、松开前端的绳子,使畚箕与竹竿保持一直线,畚箕口朝船舷并紧贴船舷用力直插河底,然后拉起畚箕前端两根绳子,河泥带着水就滑入畚箕里,保持三根绳子平衡,用力提出水面,水自然漏掉。将泥倒入船中,有时候也会有意外收获,拖泥带水中带来鱼虾。一处清淤完毕则移往别处,船满则靠岸,再用铁锹将淤泥抛往堤岸。经过一年的沉淀发酵,从河里捻上来的淤泥乌黑发亮,十分肥沃。

我曾经坐在家门口,看着父亲和生产队里的叔伯们,在早春仍有些刺骨的凉风吹拂中,穿着单薄的衣衫,双手紧握捻泥杆,上上下下不停捻河泥的情景。也曾与小伙伴们跑到灌满河泥的堤岸上,看着被太阳暴晒后的河泥滩,表面干裂成一块块龟背状的硬块,就想从那上面跑过去。结果悲剧发生了,刚踩上去,双脚就沦陷了。原来,河泥只有表面薄薄一层硬化,底下仍是软软的淤泥。很快整个小腿全部陷入泥中,越挣扎陷得越深,好在河泥滩不是很厚,最后没到膝盖处不再下陷了。经过一阵惊慌,平静下来后,全身向前趴平,慢慢地抽出一条腿,向前爬动一点,再抽出另一条腿,再往前爬,直至脱离危险。当我重新站在结实的田埂上,看看自己的脚下,简直惨不忍睹,两只鞋子和裤腿被泥浆裹满,面目全非。

春夏之交,家乡进入梅雨季节,常阴雨绵绵,河水涨得满满的。这个季节也是老天爷给我们村人发放福利的时候,因为这是鱼类洄游活动最活跃的时期,于是傍晚我们准备好各种捕鱼工具,最常见的是竹制鱼篓和尼龙渔网。晚上,我跟在三叔屁股后面,乘着夜色,提着自制的有玻璃罩的煤油灯,将渔具安放在河边水草丛中,或有落差水流湍急的地方,利用鱼儿激流逗水的特点,守网逮鱼。第二天早上收回渔具,必有收获。捕获的渔获,大点的如鲫鱼、鲢鱼、鲤鱼等拿到集市上卖掉,以换回家里的生活必需品,只有那些如游刁子、昂刺鱼、偷饭鱼、黄鳝等小鱼儿,才留给自己打牙祭,改善伙食。

盛夏的东江河,是一年中最繁忙的季节。早上天刚蒙蒙亮,就有村人到河埠头挑水,那"踢踏、踢踏"的脚步声,打破了小村早晨的宁静。太阳上山前,是村妇们洗衣服的时间段,我家门前的三个水埠头总是挤满人。"啪嗒、啪嗒"的捶衣声、家长里短的说话声、偶尔一句荤素笑话逗得"咯咯咯"的大笑声,还有漂洗衣服时"哗哗"的泼水声,交织成一曲乡村欢乐交响曲。正午时分,人们都收工在家,躲避酷热,河边安静下来,唯有河边树梢上知了在叫。午后两三点钟,午睡得汗流浃背的人们跑到河里大洗一番,会水的男人们争相跳入水里游泳,不会水的男孩子也会泡在水浅的地方打水仗。

起先,我不会游泳,只能泡在离水埠头较近的水里,单脚踩在河底,另一只脚浮起,双手划水练习。看着会游泳的伙伴们一趟趟来回游过对岸,心里总是羡慕不已,渴望着自己有朝一日也能游到对岸去。那时候,没有游泳圈,有人想到用脸盆当辅助工具,将脸盆口子朝上,两手扶着脸盆的边沿，双脚用力踩水，也能游起来。尝试几次后，我也能游到对岸了，心里十分高兴，然后屡试不爽，但离开脸盆，我仍然游不起来。后来我拿了家里的一只铝制烧水锅代替脸盆，因为铝锅边沿更高，浮力更大，且锅沿有对称的 U 形提手，方便扶握。

每天午后，我便抱着铝锅，在河里游来游去，渐渐地胆子越来越大。一次跟着几个年龄大我几岁的会游泳的伙伴一起，竟然游到一处，水面宽度有二三十米的河汉中央。不知是风吹起的，还是众人的搅动掀起的，一个水浪扑来，把我的铝锅灌满了水，铝锅快速下沉。我一阵慌张，人也跟着下沉，双脚使劲踩，一只手使劲地划，都无济于事，感觉有一股无形的力量拽着我下沉。我的头已没入水中，喝了几大口的水，眼前是白茫茫一片，尽管我手脚还在挣扎，但我感觉我快要完蛋了，我要葬身在这曾经养育过我的先辈，也养育了我的家人，养育了我将近十年的东江河中了。在我有限的记忆中，我没听说过东江河吞噬过我的村人，后来有村人跳河而死，那已是我离开老家以后的事了。难道我要成为第一个？在我不足十岁的生命中，并没有干过什么伤天害理的坏事啊！我们的母亲河——东江河为何要惩罚我？

在我绝望无助之时，一股向上的力量把我往水面上拉，我知道有一只手揪住了我的头发，还有一只手托住了我的右臂，两只手的力量，合力使我的头露出了水面。我听出了救我的两个人的声音，一个是我的族叔、大我两三岁的文林，另一个是我的族兄，我至今想不起来他的名字。由于我的手中始终没有丢掉铝锅，所以我的双手没有纠缠救我的人。在他们的合力帮助下，我游回到岸边，脱离了危险。

我惊魂未定地回到家里，不敢把这生死惊魂的事告诉父母，好几天我都不敢再下河。但很快我就好了伤疤忘了痛，几天后我忍不住又下河了，我不再带那个铝锅，就在近岸浅水处扑腾。当我蹬起双腿，双手向前划水时，我突然感觉，我能平着在水里浮起来了，我已会游泳了。那一次呛水，那一次水中惊魂，让我学会了游泳。

后来我听人说，学游泳的人，若不喝几口身下的水，是学不会游泳的。确有道理，犹如我们的人生，不经历挫折，不经受苦难，是不会真正成长和成熟的。那次经历，是东江河给我的警示，让我离开铝锅的依靠，凭自己的能力和勇气，才能学会游泳，才能游得更远。是的，我从那次经历中得到启迪，要离开对父母的依靠，走自己的路，才能离开村庄的束缚，走得更久更远。此后，我果真通过升学，走到了镇上，见识了繁华的十里长街和环绕集镇，见识了比东江河更加热闹的月河。我又走向县城，见识了能接纳东海涌潮，更加宽阔的永宁江。我再走向千里之外的山城，见到了比东江河宽阔几十倍、几百倍的嘉陵江和长江。我继续行走着，见到了更多的大江大河，脚下的路也越走越宽阔。

我之所以时时回想起那次经历，不仅仅因为东江河于我情深，也不仅仅因为事情惊魂，更主要是难以忘怀两个小伙伴的出手相救。他们当时一定不会有多么伟大的豪情，而是出于人性的善良和朴实的情怀之下的自然之举。他们的出手，不仅温暖了我当时被河水浸冷了的身躯，而且一直温暖着我的整个人生旅程。

夏日傍晚，田里归来的人们都到河里洗澡解乏，又是一波热闹景象。

秋冬时分，雨水相对较少，河水水面渐渐降低，遇上干旱，大部分河床都会露出，孩子们到河滩上就能捡到河蚌，偶尔还能捡到硬币甚至锈迹斑斑的古铜钿……温暖的阳光斜斜地倾洒在小河上，微风轻轻一吹，水面上荡漾起轻柔的涟漪，仿佛抖动着碧绿微波的绸缎。还有河岸的芦苇、柳枝在风中摇曳，似乎就要穿过城市的喧哗与热闹，透过田野的安宁与寂静。

在风和日丽的假日里，那些城里人常常到我家门前河边钓鱼，其闲情逸致，很是令人羡慕。但我没有耐心坐着钓鱼，其实农村人都没有耐心钓鱼，因为我们没有时间，农村人白天有忙不完的农活，晚上还得挑灯干副业。所以农村里有闲心钓鱼的，定是些游手好闲之徒。勤快的农人，如果想用东江河里的鱼虾改善伙食，会像三叔那样在盛水期的雨季，在晚上放鱼篓捕鱼，或者干脆到河里撒网，捕个痛快。我没耐心钓鱼的原因是一样的，既要帮父母做农活、做家务，当然还有更重要的任务——读书。那时我知道，要想跳出农门，过上城里人有节假日的生活，唯有读书一条路可走。

所以，我的整个童年没有钓过鱼，但我会撒网捕鱼。三叔有一张叫"夹网"的渔网，上下两片，闭合时呈梳子形，两端系上两根细竹竿，人站在河岸上，握紧竹竿，使劲甩，就能将渔网抛进河里。因为渔网上片边沿穿着一颗颗浮球，上边沿就浮在水面，渔网下片边沿则穿着一颗颗锡珠,锡珠重,网的下边沿就沉入河底,拍打几下竹竿,将网拖回来,那些晕头转向、惊慌失措的鱼虾便撞入网中,成为战利品。

那时我还小,甩不动渔网,就跟在三叔后面提鱼篓、捡渔获,坐享其成。初中一年级的暑假快要结束时,我想我已甩得动渔网了。那天午后,我扛着三叔的夹网,二弟跟着我提鱼篓,我们沿着东江河岸,一路撒网,网网都没有落空,尽管都是叫游刁子的小鱼,但每网都能网上来十几条甚至几十条,捡得我们心花怒放。游刁子,在我们撒下的渔网面前,不刁了,游不动了,乖乖地游进网中来。我们不知道转了多少个河湾,撒下多少次渔网,直到夕阳西下,晚霞点缀着东江河,河面一片金色,美丽安静。当夜幕笼上了河面,我们才不得不打道回家。那天的游刁子装了满满一个鱼篓,到家一称足有二十多斤。鲜鱼一时吃不完,去掉鱼肚肠,或晒或烤,母亲把它制成鱼干储存,那年下半年,我家的饭桌上不再缺荤腥。

时光飞逝,新时代的脚步打破了东江河的宁静,高速铁路、国道高架桥、市域轻轨呈川字形穿村而过。尽管四通八达的公路、铁路网,将村庄与时代连接,人们从家门口出发,可以直达远方,不像小时候的我们,想去远方,要先到达镇上,再转去县城,再去省城,而后辗转前往目的地,曲折而漫长。但东江河也被这路网割得七零八落,有些河道被填没了,我家门前的河汊成为高架桥的路基,整个村庄像个大工厂。被分割的东江河河道堵塞、干涸,成为一个个小水坑,不复是河流的样子。

虽然东江河已不复是旧模样,但她寄托着我全部的乡愁,熟悉而亲切,她像母亲的乳汁,养育过一代又一代人,最值得我感恩。绿水青山、蓝天白云与新时代的工业文明并不矛盾,我期待着东江河重生的那一天,新时代的东江河,应该有新生命、新流淌、新的长度……

东江河,永远在我的生命中流淌。

九峰山泉

我钟情于九峰山,在乎它离我家近在咫尺,出门即至;在乎它一年四季葱翠欲滴的绿;在乎它常常躲藏在犹如轻纱般晨雾里的婀娜身姿。我钟情于九峰山,更在乎它遍布其间的潺潺溪流和石缝中汩汩而流的泉眼。

山不在高,有水则名;水不在深,鱼游则灵。九峰山方圆仅十余里却小溪众多,旧时有六溪十二景之说,六溪指马尾溪、云影溪、涤砚溪、东高溪、瀑布溪、响泉溪,其实以我所见远不止这些,只是许多我叫不出名字罢了。"明月松间照,清泉石上流",雨则溪流淙淙,水花飞溅,"哗哗"的流水声响彻山谷;晴则溪流潺潺,清澈见底,游鱼戏水。而散落于山间各处的大小泉眼更是不计其数,随处可见,水流大者如管涌,小者如丝线。而泉水甘冽,是煮水泡茶的上品,引得许多城里人争相上山汲水,各汲水处常见排起长长的队伍。那些每天汲水的老头老太太,已不满足于两手提,还要在肩上挂上几桶或者干脆用扁担挑,经年累月,既节省了家里的水费开支,又练就身手矫健、步伐轻盈之态,可谓种瓜得瓜又得豆,令人羡慕。

我只能算是业余汲水的人。周末闲暇时,常去爬九峰山,顺道提两桶泉水带回沏茶。"泉水叮咚响,跳下了山岗,走过了草地,来到我身旁。"爬山爬得累时,每当想起这耳熟能详的歌词,我就找有溪流处歇息,脱掉鞋袜,赤脚跳入溪中,溅起一波水花;再掬起一把溪水,洗洗脸、洗洗手,先前因爬得气喘而疲惫的感觉,一股脑儿地被洗刷得无影无踪。而每逢泉眼处,用手接起一捧就喝,泉水清凉甘冽,滋润了冒火的喉舌,五脏六腑都受到洗涤似的,全身每一个毛孔都舒展开来,再直入肠胃,犹如醍醐灌顶,从头顶清爽到脚跟。

昨晚下了场阵雨,雨不大,未形成径流,是那种润物细无声的感觉,空气倒是清新了许多。今天,天空依然布满一片片淡淡的白色云朵,不是很厚,阳光偶尔从云层的缝隙间洒下来。微风从山谷中吹来,随风飘过满城香樟花的幽幽香气,熏得人欲仙欲醉,真是一个舒爽宜人的周末。不去山中走走,实在有负这大好春色。况且近来有些疏懒,已有一个多月未上九峰山了,于是有股强烈的登山冲动涌上心头。

吃过午饭,我随手提了两只水桶,直奔九峰山而去。路过桃花潭边树荫下的露天茶座,见三五人一桌,嗑瓜子的、喝茶的、打牌的、讲白搭的,热闹得很。我没有停顿,继续沿山路前行。爬上两百多级石阶后,下到一条流经石阶边的小溪,溪边有块巨石自然形成的石洞,有人已在我前面接水了,待前面的人接满离开后,我打开了桶盖……

前些日子一直晴朗少雨,泉眼水流很细。我默默地注视着眼前这涓涓细流,从石缝里汩汩流出,流经一截细长的管子,注入壶中。一分钟、两分钟、五分钟、十分钟……壶里的水渐渐地满了。等待中,听着泉水滴入壶中的"叮咚"声,感觉这水是在注入我的血液中,血管在扩张,冲刷着管壁,似乎就要溢出来。回想在我的生命中,是母亲的乳汁哺育我成长,是家乡的河水养育我成人,而今这山泉滋润着我的干渴,涤荡着我的心灵。再回首身后,已排起了长长的等待接水的队伍。

此时石洞外,树林深处传来一阵时断时续的悠悠琴声,听得出,这是初学者在练习,虽不甚流畅,但也透露出一丝恬静、淡雅、向上的精神内涵,和着仲春季节,这山里、这林间、这水中浓浓的难以遮挡的生命气息,跳动着希望的、积极进取的旋律。突然,一只灰褐色的蝴蝶落在我的臂弯里,没有漂亮的外衣,面对我这庞然大物,没有丝毫胆怯,欢快地、有力地扇动着翅膀,跳着优雅的舞蹈,展示出生命的脉动和自信的美丽。

"不积跬步,无以至千里;不积小流,无以成江海。"九峰山这众多泉眼汇聚成大小溪流,众多的溪流汇聚成九峰河,迤逦注入永宁江,最终奔向东海。

水流不在于大小,生命不在于强弱,外表不在于美丑,唯有存在、自信、坚持、坚强才是永恒。

芥菜记

　　我的老家台州有句俗话:见菜剥,见鸡捉。这六个字,单单从字面理解,像是不择手段的意思。其实不然,这句话体现了台州人的一种精神,一种不向恶劣环境低头、自力更生、艰苦奋斗,千方百计创造条件、改变命运的创业精神。台州人这种精神的产生,与所处的三面环山、一面濒海的自然地理条件相关,与"七山一水二分田"的恶劣生存环境相关。

　　这句话中所指的"菜",主要指芥菜,这是一种在台州广泛种植,深受当地人喜爱的蔬菜。而且芥菜性喜寒凉湿润的气候条件,因此台州人民都在秋冬季种芥菜,这样其盛长期就在寒冬季节,第二年春天迅速抽薹,开花结籽。

　　芥菜的生长习性,与台州人所处的生存环境也极其相似,可以说,台州人的骨子里,就具有芥菜这样不怕寒凉、不畏艰苦的性格特点。

　　芥菜植株高大,最高能长到一百五十厘米,一般的也有七八十厘米高,单株可重达一至二斤。芥菜是一种边剥叶边长,越剥越长的作物。早年,粮食单产不高,台州又是多山少地,即使拼命开荒造田,耕地仍远远不足。人们为了吃饱,大部分的田地优先用于种植水稻、小麦、大麦等粮食作物,只留下少量的荒坡地,以及房前屋后的空地用于种植蔬菜。如此一来,保证了粮食,短缺了蔬菜。芥菜这种可边剥边长的特性,恰好满足了台州人对蔬菜的需求。

　　计划经济时代,生产队的田地全部用于种粮,每家每户的自留地都很少,分散在房前屋后、山坡上,或河岸溪滩边,总数加起来也不过一两分地,人们自然要精打细算,尽量种植高产作物。如种土豆、番薯、大豆以补充粮食,种大头菜、芥菜、萝卜等以满足菜篮子。冬令时节,芥菜就成为人们的首选蔬菜。

　　小时候,我家有一小块自留地,大约一分地,父亲会按不同的季节轮流种上不同作物,冬季必定种植芥菜。

　　刚移栽成活的芥菜,是不能剥的,等其长到有六七片叶,植株四五十厘米高时,才开始剥叶。每次每株剥一片叶,植株大的可以剥两片,剥个六七片就够一餐了,剥时用菜刀从上往下切,尽量不要伤及主茎。下次再剥,要挑选最近没有剥过的地方,这样给芥菜留有充足的生长时间。芥菜,就这样边剥叶边长大长高,其主茎也越来越粗壮,主茎是后来芥菜蕻的雏形。

　　过年以前,我们是舍不得将整株芥菜砍来吃的,因此,年前很长一段时间我们吃的尽是菜叶,没有菜蕻。

　　清炒芥菜,人们习惯在上面加一撮炊皮。这是一种蒸熟了的小虾,色白如玉,是海味,平时早餐当作稀饭的下饭菜,这是受海腥味长期熏陶的台州人的又一饮食习惯。炊皮加在芥菜上点缀,绿中透白,观其色,就足以勾人口水了。

　　台州人过年都有做年糕的习俗。做年糕一般在年前的一个月左右,每家都要做很多年糕,储存起来吃上整个冬春季。为了防止年糕变质出醭,储存时要将年糕放在大水缸里,叫作"水浸糕"。

　　冬季,虽然是农事的淡季,但台州人的性格里既然有吃苦耐劳的精神,那么农事的淡季,不等于劳动的淡季。勤快的人在冬季仍会从事各种副业,我老家的人就以打草席、织草帽等作为副业,照样起早贪黑,勤勤恳恳。为了节省时间,人们的午饭,往往就是芥菜烫年糕。省去了大锅做饭的麻烦,省去了一碗碗做菜的烦琐。芥菜烫糕,人手一碗,掇条板凳往檐阶头一坐,忙里偷闲,可以边吃边和邻居说几句家常。天若晴,还可以晒晒太阳,滚烫的年糕,温暖的冬阳,温暖了整个身心。

　　过了年,就是春天了,大地复苏,万物竞相勃发,芥菜也不例外地长得更欢,开始抽蕻,"噌噌噌"地往上长。菜蕻长,外层的菜叶就会加快变老,这个时候就来不及吃了,不用再剥菜叶了,而是整株砍掉,菜叶、菜蕻一起吃。菜蕻比菜叶好吃,菜蕻鲜甜,清水煮菜蕻,蘸个酱油,就是美味。如果芥菜蕻、菜叶一起烫年糕,那也比原来光光的菜叶好吃很多。尽管这时候气温升高,大缸里的水浸糕开始发酸,仍然掩盖不住菜蕻的鲜甜味。

天气渐热，扎堆抽薹变老的芥菜来不及吃，就会烂在地里，是巨大的浪费，咋办？好办，精打细算的台州人不会暴殄天物。乘着有限的晴天，芥菜叶制作成菜瘪或菜蔀头。菜瘪，绍兴人称作霉干菜，是将芥菜叶用盐腌制若干天，在没有变成酸菜前晒干储存。菜瘪是个百搭配料，无论炖肉或炖鱼，都是一加一大于二，菜瘪好吃，鱼肉也更加鲜美，任何时节都可以拿出来救急。菜蔀头，就是鲜芥菜叶在锅里炒干，再暴晒，成为脱水的菜叶干。到了夏初新麦刚收割时，母亲用菜蔀头、蚕豆、土豆做配料，给我们做麦糊块打牙祭，也是我儿时最难忘的舌尖记忆。

芥菜薹呢，切成一段段，开水煮一会儿，不要太熟，不要太软，冷却后，倒入大缸腌制。到了夏天，这些腌制的菜薹便成为清凉酸爽的菜蒂桩，成为夏季佐餐的上佳开胃菜。吃不完的酸菜蒂桩，有些会变臭，有些人就好这一口，发臭的菜蒂桩加入鲜嫩的豆腐煮一煮，美其名曰"腦脓臭"，闻着臭的，吃着香的。如今，台州街头的一些大排档，"腦脓臭"豆腐，竟成招牌菜，好吃者趋之若鹜，嫌弃者掩鼻而退。

台州人最喜好的这种剥叶吃芥菜，叫皱皮芥，因其叶片上全是一波一波的皱纹，故而得名。正是这种满是皱纹的芥菜，其叶片是最柔嫩的，口感最好。但奇怪的是，这样口感不错的芥菜，据说只有台州和温州的部分地区有种植，到了别的地方竟找不到了。

芥菜属，其实是个大家族，除了皱皮芥菜，还有凤尾芥菜、雪里蕻、榨菜头、笋菜等。

雪里蕻，我们叫作"花芥菜"，其叶片细碎，分蘖能力很强，每株往往会分蘖成好几株子株。花芥菜收获季节也是在仲春，是腌制咸菜的最佳材料，因此也被人们大量种植。花芥菜抽的薹，上下粗细差不多，像蒜芯一般大。小时候，母亲会把花芥菜薹放进烧开的沸水里，稍微煮一煮，便熄火蒙在锅里。第二天捞起，蘸酱油凉吃，吃时一股辣味直冲鼻腔，会忍不住地打几个喷嚏，这就是"辣菜"。这种辣菜的辣，不同于辣椒的辣，但那时候我们说不出是什么辣。近年来，生吃海鲜被引进，在生吃海鲜时，常常要在调味时挤些芥末在里头，这芥末吃进嘴里，也有一股辣味冲上鼻腔。原来我们小时候吃的辣菜，就是芥末的辣味。据说，芥菜籽也是辣的，磨成粉，就是芥末的原料。现在，小饭店和大排档也有辣菜，通常是笋菜脑做的，商贩批量加工而成的辣菜，几乎没有辣味,饭店热炒以后更加失去了原始的辣味,于是饭店就加入辣椒,这样的所谓辣菜,已经不是我们小时候吃过的味道。如今,每到花芥菜抽薹之际,我就会买些菜薹,自己做辣菜,辣味直冲鼻腔那一刻,那滋味,满满的都是儿时记忆。

这些年,父亲喜欢种些凤尾芥。凤尾芥的植株比皱皮芥更高大,叶脉更粗壮,叶片后部分裂成好几片,形似凤尾,菜叶的口感不如皱皮芥柔软。凤尾芥主菜薹,下部粗大,上部细小,极不均匀,每个叶腋处也会生出小菜薹,这些小菜薹做辣菜更佳,辣味更浓、更冲,也是我所喜欢的。

笋菜薹小时候没见过,这是后来引进的品种,所以它虽然也是芥菜属的一员,但在台州没有人叫它芥菜。笋菜薹上市虽比芥菜薹早得多,但没有芥菜薹那种清香味。

从小吃芥菜长大的台州人,都有一种芥菜情结,这种情结不知不觉已融入血脉中。本地生活的人,每到芥菜季,免不了要及时尝鲜,有些会折腾的,除了我前面提及的吃法外,还会再变出花样吃:芥菜饭、芥菜粥、芥菜糟羹,不一而足。而背井离乡在外打拼的,时不时会怀念家乡的芥菜香。现在交通方便了,乘坐高铁动车两小时、三小时到达杭州、上海,那些旅居在外的台州人,每次回乡返程时,除大包小包外,还会提一袋芥菜上车,成为旅途的一景。而那些自驾的,更不用说了,后备厢里一定少不了芥菜压底。

去年,女儿在杭城实习,自己租了房子,每每回家一趟,回去竟也要带几株芥菜。女儿这代人,年纪轻轻,也不能免俗,中了芥菜的瘾。

芥菜,是台州人刻入骨子里的乡愁,历久不衰。

采薇记

《诗经·小雅·采薇》中写："采薇采薇,薇亦作止。曰归曰归,岁亦莫止。靡室靡家,猃狁之故。不遑启居,猃狁之故。"

早先读这首诗,不知道古人采的薇是什么。后来又读到伯夷、叔齐在商亡后,不食周粟,隐于首阳山,采薇而食的故事,心想,薇应该是一种山珍野菜,但仍不知其为何物种。

其实,这个被古人叫作"薇"的野菜,在我的老家也很常见,小时候在山坡树林里,经常与它相逢,只是不识它的真面目,因此多年来与它失之交臂。知道"薇"就是家乡的野豌豆,竟是在这个特殊的春天。

雨水至惊蛰节气间,气温多变,一场春雨一番升温。沉睡了一冬的土地开始苏醒,柳枝已经抽芽,樱桃、梨树的枝头在孕育苞蕾,芥菜、油冬菜陆续抽薹,红花草(紫云英)长得正油嫩,春天的脚步已无法阻挡。勤快的农人已在拾掇他们的土地,各种野草野花纷纷掀开泥土盖头,争相抛头露面。

往年的这个时节,我和妻子早就风雨无阻,不放弃每一个周末,走向山野和田园,与大自然亲近,与野花野草握手。今年,却因一场"新冠"疫情,我们都只能各自居家隔离,不出门,少出门,连老家的村庄也难以回去。

经过一个多月的艰苦抗疫,全省的疫情已得到基本控制,管控已趋缓。2月的最后一天,终于有了一个自由的周末,我和妻子赶紧驾车回乡下老家,与久违的菜园打个招呼。

到了菜园,父亲也在,他让我们拣嫩的尽管收割。妻子拿着菜刀去割菜,而我的心思却不在园里的家养小菜。我拿了把小铁锹转到菜园的外围去搜寻目标。

很快，我就发现了目标，就在田埂的边缘，我看到了一丛丛的野豌豆，从田埂的中部延伸向东，一直到河岸边全都是。没错，就是野豌豆，对这种野草，小时候很熟悉的野草，一定不会认错了，它的样子就是缩小版的种植豌豆。当然，毕竟离开土地几十年，几十年没有近距离接触野豌豆了，在动手采摘以前，为了确保万无一失，我再用形状和颜色区分了一番。

说实话，野豌豆的身材太小了，与父亲种的豌豆相比较，不是缩小版，而是微型版。这些野豌豆，茎细小，大概就跟缝衣服的丝线差不多粗细，至于长度，我张开手掌比画了下，估计三十厘米左右。每个茎枝都长有偶数数量的叶片，六片、八片、十片不等，对生，长卵形。叶轴顶端有两根细长的触须，决定了其有很强的攀缘本领，以弥补它茎细软难以直立的缺陷。

娇小的野豌豆，叶色碧绿，形态轻盈优美。

这些野豌豆的茎枝向不同的方向匍匐，采摘倒也方便，掐其头部嫩茎折断即可。

摘着摘着，又发现父亲种的豌豆丛下的空隙处也有野豌豆。父亲习惯将叶类蔬菜种在菜地的中间，靠近田埂的边沿一般种上蚕豆、豌豆等豆类作物。因此，豆丛下的野豌豆，与田埂仅隔一条窄窄的田沟，伸手就能够着。但豆丛下长满另一种野草"猪殃殃"，猪殃殃的风头远远盖过野豌豆，呈一蓬蓬直立状，茎枝粗壮，叶片茂密，抱团野蛮生长，野豌豆细弱的枝条夹杂其中，不仔细看就会被忽视。野豌豆不与猪殃殃抢风头，野豌豆轻盈的身子，在猪殃殃中间斜逸而出，那两根细长的触须，像女人的纤指，向你招手。

沿着田埂一路摘，转身发现隔壁那片桃林地也长满了野豌豆，而且长得比田埂上的粗壮得多，高度起码有半人高，茎枝也粗上一倍的样子。这边的野豌豆大多直立着，因为桃树下有许多枯死的蒿草等枝秆，恰好成为野豌豆攀缘的依靠。

这么多的野豌豆，我很想多摘一些，但又有些担心，犹豫着不敢下手。我不是怕别人说我偷摘，野豌豆在村人眼里就是野草，没有任何经济价值，不管长在谁的田里，只要不踩坏地主人种植的作物，是任由人采摘的。我担心的是桃林地是否喷洒过除草剂，现在好多人种地不再用锄头除草，往往除草剂一洒了之。

妻子割好菜过来了,见我摘野豌豆,问摘的是什么,我说是野豆苗,妻子感觉很新奇,也加入采摘的队伍。在附近给土地施肥的三婶过来了,见我们在摘这东西,说野豆苗吃吃还可以,有人摘了拿到市集上卖七元一斤。我说七元很便宜啊,如今人工费这么贵。我问桃林是谁家的,会不会喷除草剂,三婶说不会有除草剂的,这家人没人拾掇这桃树,地早荒废了。

听说没有除草剂,我和妻子放心大胆地采摘,很快满载而归。路上我就在心里盘算怎么个吃法,是清炒呢,还是凉拌?

当晚,我将清洗后的野豌豆分成两份:一份用沸水汆后凉置,备好蒜泥、盐、麻油、酱油、白糖混合配制的调料,准备凉拌;另一份清炒,为了保持原味,仅加了蒜末和香菇丁,用猪油热锅清炒。

一凉一热,全家人品尝后,总体感觉良好,两份全被消灭精光,妻子说热炒的好吃,女儿说凉拌的好吃,我赞成女儿的观点。美中不足的是部分感觉糙口,茎有点老,这应该是从桃林摘的那些,因为茎枝粗壮,我们一时兴奋,下手重,摘得过长。

吃过亲手采摘、亲手烹制的野豌豆,闲坐着查找野豌豆的资料,一查,野豌豆竟然就是诗经里的"薇",就是伯夷、叔齐隐居山里采食的薇。

古人很早就有采集薇当蔬菜的习惯,说明古人的智慧不输今人,野豌豆蛋白质含量较高,营养丰富,全草都可以入药,药食同源啊!

小时候的野豌豆,长在山坡地上的多,平地上很少见到成片的。因为那时候土地珍贵,人们精耕细作,地里的杂草被清除干净,野豌豆们被刀斧加身,或者被生产队的耕牛唇齿亲吻,失去了自由生长的空间。如今我家地里有这么多野豌豆,得益于城镇化的推进。我们的村庄属于待征用范围,村人已不再种植水稻等粮食作物,土地闲置的很多。人们有闲时,只是随便撒点种子,种点自吃的蔬菜,已不大会精心除草了。而野豌豆,并不需要肥沃的土质,它只要有扎根的土壤,有自由呼吸的空气,有不时降临的雨露,就会不失时机地疯狂生长。譬如我家的田埂,譬如父亲种的豌豆丛下野蛮猪狭狭中间,譬如邻居桃林下杂草丛中,如今都成为野豌豆的乐园。

薇,或薇薇,通常用于女子取名。农村人家是取不出这么富有诗意的名字的,农村人给女孩取名,无非阿花、阿香、招娣之类。由于贫穷,农村女孩早早帮父母做家务,参与田间劳作,照顾年幼的弟弟妹妹,很少有上学的机会,与我同龄的农村女孩,上学的就屈指可数。即使在有限的上过学的女孩中,我的小学同学没有叫作薇的,初中同学没有叫作薇的,高中同学也没有叫作薇的。工作以后,倒是经常看到有叫"薇"或"薇薇"的女子名字。

农村女孩,虽然少文化,但她们青春靓丽、野性淳朴;她们吃苦耐劳,享福少,付出多,为家庭、为社会贡献很多,她们就是美丽的野豌豆。

古人把野豌豆叫作"薇",本义应该是通"微",是微小、低微、卑微的意思。野豌豆植株矮小纤弱,相较于自然界各类高大的树木和众多威猛的杂草,确实很微末。即使在与其身材相差无几的猪殃殃面前,野豌豆也显得很谦卑。

野豌豆不仅枝叶优美,其花开紫色,更加艳丽,真的可以媲美那些叫"薇"的年轻女子。

至于我多年不识野豌豆的真面目,不知道它就是那个"薇",只能用唐朝诗人王绩《野望》中的两句诗加以概括:"相顾无相识,长歌怀采薇。"

梅雨天

才上午八点钟，天却突然黑得如同黑夜，黑压压的乌云遮天蔽日，宛如末日来临。一霎间，倾盆大雨兜头直下，疯狂地倾泻在地上，溅起连片的水花，不一会儿，地面已是汪洋一片。我赶紧逃回车里，豆大的雨点追着拍打玻璃，听得我的心一阵颤动。

当我冒着猛烈的风雨把车子开回家，雨却戛然停了。来得是那么突然，去得也是那么干脆，天空羞答答地开始亮堂起来。然后，阳光洒在被雨水肆虐过的露台上，斑斑驳驳、晶晶点点。俯身下去，见门后面，已经有了点点黑色的斑，梅雨天已经悄悄地来了。

农历四五月的江南，是每年的梅雨季节，少则一二十天，多则两个来月。常淫雨霏霏，或晴雨相间，而气温颇高，于是空气里总是湿漉漉的，人身上总是黏糊糊的，地上、墙壁上总是水汪汪的，洗好的衣服总是不见干，密密麻麻挂满阳台。

淫淫雨天，所有植物，长得正欢。而人心头却宛如受潮的墙壁、柜门，似也要长出霉点，郁郁的。"试问闲愁都几许？一川烟草，满城风絮，梅子黄时雨"，正是此种心境的写照。

记得儿时，此时正值芒种时节，《月令七十二候集解》中写："五月节，谓有芒之种谷可稼种矣。"早稻开始插秧下种，而家乡副业以织草席为主，席草也已成熟等待收割。席草，学名蔺草，一种圆形细长的水草，草身粗细均匀，富有弹性，有清香，尖端如麦芒，但较柔，最长可长至两米，轻风拂过，随风摇曳，绿浪滚滚，婀娜多姿。家乡人通常将这水草种在水田里，冬季栽种，第二年农历四月底五月初收割，晒干用以编织草席、草帽、蒲扇等夏季用品，剥去外衣的草芯可作灯芯。用这种水草编织的席子，柔软细滑、清凉舒爽，还有祛湿吸汗、除臭杀菌之功效，远销杭州、上海等大城市,深受人们的喜爱,给饱受盛夏酷暑煎熬的人们带去一丝清凉、一丝柔情。我上大学的第一年,就带了一条父母亲亲手编织的草席到千里之外的山城读书,此后我一直铺着这条席子,枕着父母辛劳的温情,枕着家乡泥土的芬芳,度过四年的大学生活。

日本人称此席子为榻榻米,盖从中国传入改良。过去织席多为手工,织席工具称作席床,现早已改为机织,效率大增,老家已无人再从事此业。二十年前我有幸继承父母衣钵,在黄岩一家与日本人合作的企业工作过两年半,从事机织榻榻米生产,出口日本,如今也成为记忆中的往事。

所谓五月黄梅雨,恰是家乡杨梅成熟季,杨梅的收成可以增加村人的"酱醋钱"。而杨梅是最不耐储藏的水果,必须当天采摘当天售完。正可谓三忙汇聚,对农人来说,这个季节的繁忙仅次于夏收夏种的双抢时节。

丰沛的雨水虽有利于早稻秧苗的播种、生长,但往往一夜的疾风骤雨,山上落红满地,成熟待摘的杨梅成为落地梅,只能以几分钱的价格卖出去做蜜饯,一季的收成也就成为泡影。而每日午后突然而至的雷阵雨,令父母常常得丢下手中的碗筷,急匆匆跑出去抢收晒在田间地头的席草。农谚云"雷雨隔座山,阵雨隔堆灰",等你刚收拢完晾晒的席草,赶回家吃饭,天却已经放晴,又得回去翻晒,往往一顿午饭得折腾几个来回。可见,雷雨天,大姑娘的脸,说变就变,带给农人收获希望的同时,也带来几番辛苦、几分心酸。

如今,工业化发展、农村城市化推进,老家已处在城市的边缘,高铁火车站建到了邻村,老家的沃土里已不再种植水稻,也不再种席草,父母也不再与雷雨赛跑。

白扁豆

家乡有句老话,"天罗丝、白扁豆,绕来一棚生",意思是好些事情纠缠在一起,理起来无头绪。天罗丝是丝瓜的俗称,白扁豆则是豆科作物中的一种,家乡俗称的"豆神"便是它。

记得小时候,老屋前面有一块空地,是专门用来叠稻秆亭的。稻秆亭下部圆柱形,直径两米左右,上部圆锥形,这样雨水就会顺着圆锥形的斜坡顺势流落地上,而不至于打湿下面的稻秆。家乡种双季稻,每年要叠两次稻秆亭,这些稻草是家里全年的柴火,和给猪栏里的猪当垫子的。这块空地上共有四五堆稻秆亭,爷爷、大伯公、二叔和我家的全堆在这里,黄澄澄、齐缀缀,像蒙古包一样排列着,煞是好看。

在稻秆亭的中间,自东至西有三棵花桐树,当时树径应有成人大腿粗,树高三四米,笔直挺拔。但花桐木质疏松,不能成材,不知父辈们种花桐,是为了给稻秆亭作依靠,还是无意而为?

有一年,不知二弟哪里弄来几颗豆神种子,撒在花桐树下,后来长出两棵。这两棵豆神苗,在春风雨露的滋润下,长势蓬勃,他们缠在花桐树干上,顺着树干,越长越高,似乎要与花桐树试比高。春夏两季,它们只长枝叶,不开花,到了秋天,全株上下,开出很多或白色或紫红色的花朵,如一只只蝴蝶在枝头翻飞。结出果实后,豆荚呈椭圆形,皮青色,豆果青白色,鲜豆可清炒、做汤,非常鲜美。完全成熟的豆神果实为淡黄色,扁椭圆形或扁卵圆形,这应该是它被命名为白扁豆的原因,其一侧边缘有半月形白色突起,特征明显,别有风姿。

虽然只有两棵豆神,但果实成熟后,鲜豆很多,一时根本吃不完。大多数的豆荚长老了、黄了,然后一次性摘下来,放在竹簟或团箕上晒,晒干的豆荚自会裂开,干豆和豆荚就分离开来,有些没有开裂的

"顽固分子",得用捣衣槌拍打,再抖一抖。那一年收获的干豆神,我家吃了大半年。

家乡民间有个说法,豆神能补脑。母亲就隔三岔五将干豆神泡发,泡发后的豆神膨大,用手一捏,豆肉与豆壳互相分离,豆肉加冰糖做成甜羹。而豆壳也不会扔掉,重新晒干备用,哪一天家人犯了头晕的毛病,抓一把豆神壳煎水喝,会有功效。

大豆及其他豆类物质含有丰富的卵磷脂,而卵磷脂可使大脑神经及时得到营养补充,有利于缓解疲劳、消除神经紧张引起的症状。豆神中同样含有较多的卵磷脂,民间关于豆神补脑的说法,是有一定科学依据的。至于豆神入药,最早见于《名医别录》。李时珍的《本草纲目》说:"取硬壳白扁豆,连皮炒熟,入药。"《中国药典》记载白扁豆"健脾胃,清暑湿"。白扁豆全身是宝,是豆中之王,也许这便是乡人称它为"豆神"的缘故。

既然将白扁豆叫作"豆神",白扁豆的名号不能闲置。另一种扁豆,它的嫩荚也可以当菜吃,其形状如一弯眉毛,也叫"眉豆"的,被家乡人叫作"白扁豆"。眉豆有两种,一种嫩豆荚白色,一种嫩豆荚紫红色,人们统称其为"白扁豆"。

白扁豆和眉豆,种植时间相同,收获时间也相同,开的花色也相似,人们常把它们混种在一起,结荚前是很难区分的,结荚后,才各自露出庐山真面目。

在以粮为纲的年代,土地珍贵,父亲只能在河岸边的自留地上种几棵白扁豆,与丝瓜为邻,共享一个瓜棚。现如今,家乡已很少有人种水稻等粮食作物,父亲将几亩粮田,除了种葡萄、蔬菜等外,一年四季,就是轮番种植各种豆类,白扁豆和眉豆自然是少不了。人们喜欢种植它们,不仅因为其营养丰富、味道鲜美,更因为它们不择土壤、耐贫瘠、好养活的品性,有如父辈们扎根土地,落地生根,无怨无悔。

杨梅红了

从山脚的机耕路上山,绕过人称"太公坟"的土坟堆,和一个称作"万年亭"的四方形石板坟坑,再穿过几棵杂树和别人家的杨梅树,七拐八绕,走过总长不过七八十米的山路,便到了我家的杨梅树下。其实山路不算路,有人走时是路,没人走时是山坡和坎。上下坎时,需要上蹿下跳,人小腿短的孩童还上不去,需要上去的人搭手拉一把。雨天的黄泥山坡湿滑,一不小心,就会摔个朏臀(台州方言,指屁股)蹲。

我家这片杨梅林位于馒头山的半山腰,馒头山海拔不过百米。不过这地方视野倒很开阔,站在枝叶蔓盖的杨梅树下,便能看见山下纵横的田畴和远处的村舍,井然有序。如果遇到晴天,再极目远眺,能隐约看到一公里外鉴洋湖的波光云影和镇锁桥如虹的身姿。

属于我家的杨梅树,只有三棵。20世纪80年代初,随着农田包干到户,山上的杨梅林也分割到户了。

三棵杨梅树树形高大,树冠覆盖下的面积都在一丈开外。杨梅树属于常绿乔木,叶片长卵形,叶面光滑,非常优美。高大的杨梅树如一把巨大的伞盖,绿色葱茏;成熟的杨梅果,像一个个水晶球,红彤彤的,晶莹剔透。成串的杨梅,因成熟度不一样,呈现出粉红、玫红、黑红多种颜色。但真正黑红的不多,一般长在树冠上部,阳光照射充足,人又不容易够得到的地方。当时的这些杨梅,我们称作"土梅",本地种,学名上分类属于"荸荠种",比起后来风行的黄岩药山的"黑炭梅",个头要大得多,但比"东魁杨梅"又要小一些,属于杨梅中的中等个头。

杨梅成熟前的一两天,父亲就会提着柴刀上山,将杨梅树下的狼萁、芒草以及其他灌木、杂草砍掉,铺在树下,围成一圈,与树冠等形。这样做为的是让掉落的杨梅果,落在自家的地里,不要滚落到他人地盘。同时能够减缓落地时的冲击力,减少落地梅果的破损,避免沾上泥土。

我们通常在早上随父母上山摘杨梅,中午和下午父母要忙于农事。杨梅季,梅雨天,正是红薯秧扦插下种的好时机,此时雨水多,气温高,极易成活。而老家村人还有一桩副业,就是打草席,草席的主要材料蔺草也是此时收割。蔺草收割后要及时翻晒、收储,才能保持草色青青的自然面貌,织出品相上佳的草席,卖个好价钱。如果碰上雨天,蔺草闷黄了,这样做出的席草就成了次等品。而老天很喜欢捉弄人,梅雨天要么阴雨绵绵,要么每天雷阵雨,上午还是大晴天,到了午后,几声闷雷过后,长脚雨便"噼里啪啦"地尾随而来,人们往往来不及吃完午饭,便匆匆忙忙丢下碗筷,跑去收回翻晒的席草。刚刚收拾完毕,雨却停了,艳阳继续高照,人们又得手忙脚乱地搬出半干的席草去晒。这时节,村人很辛苦,父母也很辛苦,因此上山摘杨梅,便选在早晨太阳未露脸时。

说是摘杨梅,其实更多的是捡落地梅。每天的雷阵雨,总是伴随着阵阵狂风而至的,即使无雨的天气,每到夜里,也是阵风习习,而山上的风更大。阵阵山风摇曳下的杨梅树,发出"窸窸窣窣"的声音,"窸窸窣窣"下还掩盖着"啪嗒啪嗒"的协奏声,这是成熟或不成熟的杨梅果,被摇落在地的声音。可以想象,那些月黑风高的夜晚,杨梅林里,风声、雨声、梅果落地声,混合成让人惊心动魄的交响乐。每当清晨,我们来到杨梅树下,看到的是惨不忍睹的景象,大多时候,落地梅铺满整个地面,几乎无从下脚。整个杨梅季,树上的成熟杨梅被摇落的占三分之二以上,被从树上摘下的不足三分之一。

所谓"望梅止渴",说得太恰当不过。我们尚未上山,嘴里便直泛酸水。到了杨梅树下,父母捡拾地上的杨梅,我们有时帮着一起捡,捡到熟透黑黑的,又没有跌伤的,随手塞进嘴里。更多时候,我们把手伸到树上摘新鲜的杨梅,摘一个吃一个,手够不到了,便猴急地爬上树去,把手伸向树叶深处的通红果子。树枝被我们急吼吼地一踩,便不停地颤抖起来,又是一阵"啪啪"的落果声。好在父母也不以为意,只是提醒我们爬树要轻手轻脚。

捡完落地梅,父母也会一起摘树上的,三棵杨梅树,一次顶多摘一小篮树头果。好在我家不靠卖杨梅的收成度日,摘回的树头杨梅,带回家要么留给我们自己吃,要么分给左邻右舍,要么趁着新鲜,送给家里的亲戚。捡回的落地梅,挑些好点的,洗掉沾染的泥土,摊在团箕里,放在屋檐上晾晒,再用盐腌起来,待到过年前,制作杨梅干当年货,或送人,或自吃,也丰富了我们童年的味蕾。大多数落地梅,都在当天卖给收购的行贩,虽然只有几分钱一斤,但积少成多,每年的落地梅倒也能换回一些酱醋油盐钱。

杨梅是酸性比较烈的果子,未吃时,有想吃的强烈冲动,但到了杨梅树下,又吃不了很多。吃得多了,即使很甜的杨梅,也会将牙帮酸歪掉,而胃也会承受不住,泛起一阵阵的灼烧感。杨梅季,有人往往连咸菜都咬不动。正是杨梅的强酸性,不会让人吃坏肚子,哪怕是净捡落地梅吃也没事。据说,平常季节,长满杂草树木的山林,是蛇虫游戏的乐园,但到了杨梅成熟季,杨梅林周围的一方山林,蛇虫便都隐身了,杨梅树下一片清爽干净。

杨梅没有外皮包裹,果肉表面一粒粒突起的肉瘤,光亮诱人,不用入口品尝,光用眼瞧瞧,也饱人眼福。由于这一特征,再加上季节原因,杨梅是最不耐储藏的水果,即使树上摘下来的杨梅,在没有冰箱冷藏的条件下,第二天,那一粒粒透亮的肉瘤也会瘪下去,失去光泽,我们称作"白眼",表明杨梅已不再新鲜。所以当天采摘的杨梅,必须当天销售掉,用来送人的,也要在当天送掉。在那交通条件落后又没冰箱的年代,杨梅是就近当地销售的水果。更多的是,有杨梅的人家,邀请没有杨梅的亲戚朋友来杨梅山亲自采摘、品尝,临走还带上满满一篮杨梅回去。因此,每当杨梅季,种植有杨梅的山村,总是人来客往,热闹非凡,像过节一样。杨梅成了连接亲情、友情的媒介。当然,来吃杨梅的亲友,也不会空手上门,总是提着大包小包来的。老话说:邻居碗对碗,亲戚篮对篮。这就是中国式的人情关系的最好诠释。

杨梅不易储存,要想保存杨梅,有一种办法就是浸泡杨梅酒。用五十度以上的白酒或者土制烧酒,泡在玻璃瓶或者陶瓷缸里,个把月后就是盛夏,再拿出来喝酒吃杨梅,既能回味果实的酸甜,浸过的白酒又能消暑。而陈年的杨梅酒,解暑解痢的效果更佳,越陈越佳。有一年暑期,妻子和女儿住在上海学英语,有一天两人中暑拉肚子,喝了从家里带去的陈年杨梅酒,立马止泻了。因此,我每年都要浸上几坛杨梅酒,酒是用我们当地有名的宁溪糟烧，杨梅最好用老家带过去的本地刺梅。我浸的杨梅酒，通常放到第二年以后喝，或送友人。

进城以后，我很少再光顾老家的杨梅山了。十多年前，公路通到家门口，我们自己也买了汽车，回老家方便了，便时时回乡下，有几年多次光顾老家的杨梅山，有几次还是带着朋友一起来的。

如今，交通的便捷，使杨梅的运输距离大大延伸，早上摘下的杨梅，人们用专车运送，午后便能送到杭州、上海等亲友家门口，让远方的亲友也享受杨梅丰收的喜悦。要是再加上几个冰袋，用航空托运，新鲜欲滴的杨梅，可以送达全国各地。互相邀请吃杨梅、摘杨梅的风俗，仍在一代代传承。

老家的杨梅山还是那一小片，只是杨梅树不是原来的那三棵，已经变成了六棵。父亲说，只有一棵是原来的老品种，原来的老树被台风吹倒，父亲把它锯掉，在老树桩上抽出新芽，已有十多年，如今又长成了大树，另两棵都已死掉。父亲另外种植了五棵东魁杨梅，即使这五棵东魁杨梅树，也已换种过好几回了，这三十多年里，数次登陆台州的超强台风，都让这些杨梅树遭了殃。在强大的自然力面前，树木和人类，都难以抵挡，树木似乎比人类更顽强些。被台风吹倒死掉的杨梅树，父亲在树桩边上再种上小树，再长成大树，生生死死，几度轮回。

老家的这几棵杨梅树，父亲除了偶尔施点肥，剪剪枯枝，其他时间很少去打理，根本不施农药，也就自家人吃吃，能结多少果就结多少果，顺其自然。朋友听说我家杨梅是半野生的，很感兴趣，就跟着我们来了几次。摘杨梅，吃杨梅，摘的是心情，吃的是快意。

又到一年梅雨季，杨梅红了，人情浓了，农人更忙碌了。

梦里梦外的鉴洋湖

在我几十年的在外奔波中，我到过许多大江大湖，洞庭湖、鄱阳湖、太湖、千岛湖、博斯腾湖……这些地方都曾留下我的足迹，它们也曾让我一时心旌荡漾，却是转瞬即逝，难以持久。但老家附近的鉴洋湖却似刻入我的骨髓，深入我的灵魂，让我魂牵梦绕，欲罢不能。

因为鉴洋湖，是我的母亲湖。

地理学概念上的鉴洋湖，从王家吞入湖，至镇锁桥出湖。我老家村庄在鉴洋湖的下游，不在鉴洋湖的地理范畴内。但我的村庄有一条叫"东江河"的小河，弯弯曲曲将整个村庄环抱，东江河与鉴洋湖是相通的，也就是说从镇锁桥下流出的鉴洋湖水，转过几个弯，迤逦流到了东江河，流到我的村庄。

因此，我和我的村庄都被鉴洋湖水滋润，被鉴洋湖水哺育，从某种意义上讲，我们都是喝着鉴洋湖水长大的。我的祖先族人数十代人，繁衍至今，都是鉴洋湖水养育的，我的身体里的由两个氢原子一个氧原子组合成的水分子，就来自鉴洋湖。村庄上飘着鉴洋湖的气息，我们的身体也散发着鉴洋湖的气息。

从我出生到离开村庄的那二十余年里，我的足迹遍布东江河到鉴洋湖的许多个角落，捉鱼虾、捕鳝鳅、摸螺蛳、割猪草，在鉴洋湖畔留下了诸多苦涩而欢乐的童年印记。曾经有无数次，我随父母一起去外婆家，去鉴洋湖畔的鉴湖街和上游的集镇院桥街赶集，有时坐船沿河逆流而上，穿过鉴洋湖，有时沿着河畔的田埂小路、堤坝步行，必定经过这座镇锁桥西行。待到年纪稍长，我也曾多次独自一人，沿着与父母一起走过的路线，去看望外公外婆，看望在镇里工作的舅舅姨妈。夏夜在院子里乘凉，无数次听爷爷奶奶讲流传在鉴洋湖一带的民间故事，讲我的祖先族人在鉴洋湖兴修水利、围湖筑坝、开垦种植的奋斗史,讲杨晨杨大人与鉴洋湖的故事。

曾经,我闭着眼睛就似乎能看到鉴洋湖的种种样子。但在我参加工作后,二十几年时光里,我为生活奔波、为工作忙碌,每年回老家的次数少了,与东江河的接触少了,与连接东江河的鉴洋湖也渐行渐远。鉴洋湖的身影在我的记忆里模糊、疏远。那些年,鉴洋湖于我,渐渐变得陌生。

十多年前,老家村庄的寂静被打破,田园牧歌的原乡图景被轰轰烈烈的工业化开发所取代,高速铁路、国道高架桥、城市轻轨,呈川字形穿村而过。农田被征用,河道被填平,物流园区、铁路场站进驻,整日里滚滚的车流、进出的物流、忙碌的人流,随处可见。村庄成为城中村,东江河渐渐干涸,面目全非。此后的日子,我很害怕回到我的村庄,不敢直面曾经的东江河。我只能在梦中怀念旧时的东江河,怀念东江河上游那个鉴洋湖,以至于有许多个夜晚,鉴洋湖屡屡走进我的梦中。

时隔多年,我带上了妻子和女儿,开始了鉴洋湖之旅。那是一个晚春,鉴洋湖最美丽的时节。第一站,我们先去了鉴洋湖下游的水滨村,因为从前这一带的村庄几乎是无差别的。

水滨村由枧头林与东风村合并而成,前些年在村里罗川闸附近的河岸边,建起了一座叫"水心草堂"的建筑,很是有名,吸引了四面八方的游客前来观光。

第一次来到水心草堂,不禁使我有些惊诧。这里名曰"草堂",实则是一座仿古非古,白墙黑瓦,今古风格结合的现代建筑,规模颇大。后来了解到,这座水心草堂,占地面积三千五百平方米,总建筑面积四千二百平方米,只是大门狭小,有点旧时草堂的格式,门头篆刻"水心草堂"四字,门东侧一块黑底白字的招牌上书"新华书店水心草堂连锁店"字样。

水心草堂是为了纪念南宋叶适而建的,据说此处是叶适当年讲学的地方。叶适我是知道的,叶适号水心居士,南宋永嘉学派的集大成者,官至礼部侍郎,此前我曾专门为他写过一篇文章。叶适主张"功利"之学,注重国家之功和为民谋利,反对朱熹理学的空谈性命。虽是永嘉人,但叶适的学术成就主要是在台州路桥完成的。他和螺洋余氏颇有渊源,其父叶光祖在螺洋余氏当过家庭教师。因此少年叶适随父移居螺洋大岙。晚年叶适罢官后也常居住在大岙,并在螺洋办书院讲学,为台州培养了大批人才。取"水心"为自己的名号,可见叶适是多么喜爱他长期客居的螺洋和鉴洋湖一带的湖光水色。

叶适在螺洋民间的威望很高,被尊称为"叶大侯王"。小时候,经常听爷爷一脸崇敬地提起叶大侯王,而那时懵懂的我,并不知晓叶大侯王就是指叶适。

整个水心草堂共有三所建筑、四个功能区块,其中书房中心区块,据说藏书已超七千册,最让人震撼的是那个阶梯阅读室,像当年大学里的阶梯教室,从一楼延伸到二楼,十几级台阶上均放着圆圆的蒲团,显得无比温馨。

从草堂西侧边门出来,门前就是一处宽阔的水面,这是山水泾和鉴洋湖水的汇合处,河水合流后继续向东流去。周边的情景让我感到似曾相识,这里就是罗川闸附近,记得从前这里有条拦水坝,秋冬季的枯水期,从坝上可以走过对岸。小时候有许多次父亲带我去外婆家,就是从这条坝上经过,走到对岸的水边村,再沿着河岸田埂向西北走一二里地,便到了外婆的村庄,一个叫"楼里"的小村。

离开水心草堂,沿着河岸向南步行四五百米,穿过被称为"台州的小可可西里"的枫头林,便到了鉴洋湖出口处的镇锁桥。

老家村庄在变,但鉴洋湖没有变。眼前的鉴洋湖,还是从前见过的旧模样,就像纯朴的村姑,不施一丝脂粉。来时一丝忐忑的心,瞬间平静下来。一幅浑然天成的水乡画卷,即将在我面前徐徐铺开。

我小心翼翼、轻手轻脚地踩着湖岸的泥土,怕自己的冒昧到访惊扰到这里的和谐。妻子和女儿却是不管不顾,她们时而欢呼、时而惊叹,贪婪地将眼前的景色摄入眼眸。

原汁原味的夯土堤路,随着湖汊曲折蜿蜒伸展,顺势向前。一边是湖水,一边是农田,水绕着岸,岸牵着水,像一对难分难舍的情侣。

这里与儿时的东江河岸几乎一样,丝毫没有经人工修剪、拾掇的乔木、灌木,高低错落、随意散布在堤岸上,疏密、深浅不一。新枝的嫩绿,与老叶的深绿,泼洒在水中,将湖水也染成深一块、浅一块。几丛枯黄的芒草、芦花,经冬不败,点缀其间,给满湖春色里掺入一丝秋冬的韵味。

随着我们走过的脚步声，不远处的树梢中不时惊起栖息的鸟儿。有时是两三只白鹭呼啦啦地飞向湖心，迅捷掠过湖面，停在对岸的枝头；有时是几十、上百只成群的灰喜鹊、灰山雀、沙鸥，集中俯冲，乌压压一片，与蓝天、绿水、白云相映衬，便是一幅精美的水墨画。湖岸茂密的丛林，加上湖中丰富的渔业资源，这里俨然成为鸟类的天堂。

迈过田坎，穿过树林，越过荆棘，堤路上簇簇马唐草没过脚面。看着满眼的葱茏和绿意，思绪一下穿越回小时候，一个烈日下挥汗如雨，手握镰刀，匍匐在堤路上的少年形象浮现在脑海中。那时，放学回家后，放下书包下地割猪草，是我每天最基本的家务活。暑假初期，黄梅天出，暑热已盛，水稻已抽穗扬花，田野如同铺上了厚厚的绿毯，被稻叶完全淹没的田埂上，长满绿油油的野草。那时候，我每天顶着烈日，戴着箬帽，在田埂上一步一动，匍匐前进，手挥镰刀，如剃头一般，将整条田埂逐次剃成光头。有时用力过猛，镰刀深入泥土，连泥带草根割下。热辣辣的日头晒得后脖颈发红生痛，如锯齿般的稻叶不时偷袭，划伤我裸露的手臂和腿，留下一道道红丝线般的划痕，隐隐作痛，汗水湿透后背。虽然心里很想趁早回家，但想到父母的不易，和供销社柜子上图书的诱惑，便咬咬牙坚持下去。割回的猪草，猪一时吃不完，便晒成草干，拿到集市上卖，换成几分几毛的钞票，累积成下学期的学费，或是购买自己喜欢的闲书。这样的割草工生活，一直干到早稻收割季才结束，之后改做"双抢"时的割稻工和拔秧工。一个暑期下来，我已从一个瘦弱的学生娃向皮肤黝黑的农民的形象蜕变。

从神游中收回思绪，我们已经踏进了湖汊深处，放眼两岸，阡陌纵横，田畴交错。

这次旅行，对于妻子和女儿来说，是第一次，这里的一切对她们来说，都是新奇的，她们的心情如初恋，是最纯情美丽的。对于我，是一次彻彻底底的怀旧之旅，鉴洋湖是那样的熟悉又陌生。我如同老家东江河那样干涸的心河，被眼前的景色抚慰，重新泛起涟漪。

此后，我多次去往鉴洋湖和枧头林，一家人去，城里的亲友来了领着去、远方的客人来了陪着去；桃红柳绿的春天去，天热蝉鸣的夏天去，色彩斑斓的秋天去，大地苍茫的冬天也去。每次去往鉴洋湖畔，心潮就如同春水般澎湃。

万年亭

　　万年亭,不是供人憩息的亭子,而是老家馒头山上的一个石板坟坑。

　　馒头山海拔不足百米,形状似馒头,因此得名,与北面的莲花山隔一条山沟相对,都是白云山的余脉,而白云山又是北雁荡山的余脉。

　　馒头山是我们村与隔壁二友村共有,两村都是余姓子孙。螺洋余氏始祖的坟墓,在馒头山西麓的向阳半山坡上,这是我村的山地。小时候我就知道这是老太公坟,我家分得的杨梅树,在距离太公坟十几米远的地方,杨梅采摘季常从坟前经过。万年亭就在太公坟右下方约十米处,离山脚的大路也仅有十几米。

　　坟坑被称作"万年亭",有何寓意,我从前不大明白。这是一个高约三米,每边宽约一点五米的石板坑,白石板材质,上端石板盖子可以打开。过去,这个坟坑用来丢弃死婴、夭折的孩童,还有那些因灾荒、战争逃难丧命于此、无人认领的尸体,以便这些孤魂野鬼有个安身之地。至于万年亭建于何时,没有文字记载,村人也说不准确,反正老一辈人都说,他们小时候就已存在。

　　看了家谱,才知道老太公余元卿是个了不起的人物。生于两宋之际的他,为了躲避战乱,年仅十九岁便能背着瞎眼的母亲一路逃难到莲花山下定居,此后又振臂一呼,集合逃难民众、散兵游勇,在螺洋一带开荒造田、兴修水利。老太公还因事母至孝,受到朝廷表彰,其事迹载入地方史志。

　　在科技落后、生产力落后的旧时代,华夏大地上的民众,不仅要遭受洪水、干旱、飓风、瘟疫等自然灾害的侵害,还要不时遭受外族入侵、军阀割据、盗匪劫掠、改朝换代而引起的战争的危害,饥饿、疾病随时随地威胁着人们,死亡如影随形。因此,夭折、病亡、饿毙、被屠杀等非正常死亡,也就司空见惯。万年亭这样的集尸坟坑的建造,体现了善良民众的悲悯情怀。

小时候常听人传说,坟坑里有许多蛇虫出没,吞食尸骨腐肉,让人毛骨悚然,直冒冷汗。因此,每次我从万年亭旁走过,都尽量离它远一点。走过时,都是匆匆扫视,或者回头一瞥,不敢多作逗留。当时农村生火做饭,还烧稻秆、柴草枯木,山上狼其杂木珍贵,万年亭四周的柴草,一般也被人斫得非常干净,很少有杂草藤蔓攀爬缠绕其上,其方正直立的姿态一目了然,一见便心生联想,恐惧也随之而来。

离开家乡多年,万年亭逐渐淡出了我的视线,也淡出了我的记忆。

是啊!万年亭有无纪念意义?我想有的,它让我们记起苦难,记起心酸,记起屈辱的往昔岁月。它让我们更加珍惜当下的幸福生活,更加珍惜如今和平安定的大好日子。它应该成为我们教育下一代的典型教材,只有国家富强,社会安定,人民才能过上幸福的生活。

万年亭,让后人记住一万年。我已然明白,"万年亭"三字所蕴含的深刻含义。

悼念一棵树

鲁迅先生说他家后园墙外有两棵树，一棵是枣树，另一棵也是枣树。枣树是果树，看来鲁迅先生小时候跟我一样，也是贪吃的，难怪他就记得住这两棵树。

我家老屋西边的河岸上也有两棵树，一棵是柿树，另一棵却是栾树。我家的栾树不是无患子科栾属植物的"栾树"，而是柚子树。台州玉环人称柚子为"文旦"，好有文化味；而我们则称柚子为"栾"，故柚子树称作"栾树"。

柿树和栾树因种在河岸边，东边是我家房子，挡去了上午的太阳，西边则是东江河，无遮无挡，故两棵树都朝西边伸展枝条。久而久之，两棵树的枝枝权权全悬空在河面上，这给摘果子带来极大不便。当然，如果会游泳，不怕掉进河里，那就没话说。

柿树和栾树都是春天开花，秋冬季果实才成熟，时间跨度很长。于是从看到小青果开始，我们兄弟几个就盼望着，盼望着，从春天到夏天，从夏天到秋天，再从秋天到冬天，只有快到冬至前几天，才等到爷爷开摘的指令。

不仅我们天天惦记着这两棵果树，村里的一个哑巴也老惦记着我家的果树。哑巴的年龄比我父亲还大，单身的他与父母一起生活，他三个姐姐都出嫁了。哑巴不干活，整天在村里转悠，转得最多的地方就是我家两棵果树旁。过了立秋，柚子虽还没有成熟，还很苦涩，但哑巴早已等不及了，瞅准我家都没人在家的时候，赶紧下手。有时候即使被我们撞见，我们要赶他，爷爷也会说，让他摘吧，怪可怜的。其实栾树长在一蓬篁筤竹的外面，人要站到其树下是蛮困难的，只是哑巴不怕万难。

栾树果实大，挂果量却少，每年也就十来颗，被哑巴提前摘去，到了真正成熟时,也就剩下三五颗,我家和两个叔叔家每户只能分到一两颗,这也足够我们兴奋一阵子了。

而柿树果实小,椭圆形,挂果量却大。柿树紧挨着水埠头,其下半截主干几乎贴着水面,然后再弯折向上生长。从水埠头跳上树干摘果子是蛮方便的。不过哑巴不会来偷摘柿子,因为柿子不到成熟季节,硬而涩,根本无法入口。而且我家的柿子,即使到了成熟季,果实变红了,还是硬的,不能吃,摘下后必须放在谷堆里再蒙上半个月,才变得又甜又软,非常好吃。不像后来村人广种的那种长圆柿,不好吃,因而成熟了也无人去摘,一树树的柿子,像大红灯笼,挂着过冬,成为鸟儿的零食。

我家这棵柿树枝干不粗,树冠也不高。柿树是长命树,据爷爷讲,柿树在他小时候就有了,如此说来,柿树几乎与爷爷同龄。柿树花朵小,开花时已长叶,柿花躲在宽大的叶子下,不大显眼,大概这便是它不受虫豸们喜爱的原因,因而不遭虫蛀。不像桃树、李树、梨树等,先开花后长叶,花朵娇艳芬芳,招蜂引蝶,易遭虫蛀,树龄都不太长。

我工作后,每次回到老家,再也没有见到过哑巴,据说哑巴在父母亡故后,被一个姐姐带走了。

爷爷是九十一岁那年走的,爷爷走后第二年,因国道高架桥建设,我家西边河道被填平了,河岸地也被征用,柿树和栾树自然保不住了。当时我想让父亲把柿树移栽别处,后来大概移栽费用不划算,便放弃了。我家的两棵树,柿树和栾树,那年都被砍掉了。

我家的栾树很普通,可以重新栽种,并不可惜。而那棵柿树如果保留到现在,该有一百多岁了。如今我要悼念的,是我家的这棵柿树,算是对爷爷和过往岁月最好的纪念。

永宁江左岸

永宁江在哪里？永宁江是浙江省台州市的一条江，是台州黄岩人的母亲河。一首《千年永宁》，唱响了2023年央视跨年晚会，其中一句歌词"一湾永宁江，两岸橘花香"，让这条全长仅八十余公里的台州域内小河，从此唱出了台州，唱出了浙江，唱响了全国。

永宁江左岸是哪一岸？我的观点是南岸。永宁江发源于括苍山余脉大寺尖，越过高山，越过峡谷，自西向东穿越温黄小平原腹地，在三江口汇入浙江第三大水系灵江，再流入东海。而我总是站在永宁江下游段的黄岩城区逆流向上游眺望西部的巍峨崇山；我也曾许多次从城区出发，沿着南岸的江滨绿道，逆流而上，徒步向西走到一个名叫"断江"的黄岩蜜橘始祖地的江岸村庄，探寻植物的遗传密码；也曾继续向西走到一处叫"长潭水库"的大坝脚下仰望大坝工程的雄壮。顺着我目光逡巡、脚步丈量的方向，永宁江的南岸是左岸，台州黄岩主城区的大部分在江左岸，黄岩的历史大部分也在江左岸。

顺着历史的河流逆向回望，黄岩自唐上元二年（675）从临海县析出，始建永宁县，就因这条永宁江而名。唐天授元年（690），改永宁县为黄岩县。1989年撤县设市，1994年撤市设区。千百年来，黄岩县城一直就在九峰山西麓，永宁江下游几字形江湾南岸这个位置，从来没有改变过。

依河建城，是历朝历代当政者的必然选择。背靠河流，不仅方便城市居民生活，更是便于发展水路航运，促进商贸经济发展。选择永宁江左岸，而不是右岸，原因有二：一是左岸向东南一两百里范围再无大河，直至省内第二大水系瓯江，而瓯江当年属永嘉县，今属温州。故而左岸地域宽广，发展空间大。而右岸至北面黄土岭翠屏山一线，南北纵向不超过五公里,地域局促,无发展空间优势。二是出于军事防御的考虑,纵观历史,改朝换代或者外族入侵的战争,多自北向南而来。永宁江虽不算宽阔,但在技术落后的冷兵器时代,仍不失为一道天然的屏障,可以迟滞敌人的攻城速度。

北临永宁江,西临发源于县域南面太湖山的永宁江支流西江河,东面和南面又开挖了东官河和南官河。这样东西南北四个方向的水系,构成了旧黄岩县城的护城河,又称官河。东官河与南官河,又因两宋名臣、治水能臣罗适与朱熹的加持,将东官河向东延伸了几十里至海门,隶属于今日之台州市政府驻地椒江;南官河向南延伸几十里至路桥,造就浙东南这一重要的商埠。路桥以下,南官河再分两路,一路东南至金清港入海口,一路南下至温岭。而城内也有东西南北向的河道密布,纵横交错,俗称五支河,与护城河相连通,保证了城内外物资运输畅通,直达各街巷店铺。旧的黄岩城区是一座典型的江南古典水乡城市。

无论岁月如何变迁,朝代如何更迭,因河而建、因水而兴的黄岩县城乃至全域,因河网密布、水运发达,社会经济、人民生活都得以长足发展,即使一时遭受自然灾害或战争兵燹,亦因人民勤劳而得到迅速恢复。自建县以来,黄岩文教兴盛、经济繁荣,至南宋时期,有"东南小邹鲁"之称。

滔滔江水,随波逐流,时代的洪流,滚滚向前。当20世纪70年代末那场改革的春风吹起时,永宁江岸的土地早早苏醒,永宁江岸的人民也早早扑向市场经济的大潮中成为弄潮儿。全国第一家股份合作制企业诞生在永宁江左岸的黄岩县卷桥乡,全国第一份鼓励兴办股份合作制企业的正式文件,就诞生在永宁江左岸边的黄岩县政府大院内。

三十四年前,我从离县城十五公里的农村来到县城工作并安家,见证了县城建设轰轰烈烈地大步展开。为了适应现代经济和城市交通发展的需要,曾经的五支河早已被填平,除紧挨原护城河的东西南北环城路外,城区建起了两横两纵的道路,青年路、横街路贯通东西,劳动路、天长路连接南北,井字形城区路网格局,极大地促进了商业繁荣和经济发展。

20世纪末,原县政府大院及周边西街、县前街、大寺巷等繁华黄金地段拆除重建，又拓宽贯通了东西向的县前街。在新区政府大楼东侧，紧挨黄岩大桥头的黄金地段，建设了一个占地几十亩的北门广场，供老百姓休闲娱乐。新世纪之初，又斥资近亿元，在永宁江左岸城区段东西两三公里的江湾区段建起了一座高等级的江滨公园，近水处有游步道、亲水平台，成为人民群众一年四季休闲、娱乐、健身的后花园。一条宽阔的世纪大道东接黄海公路直达椒江，西通黄岩西部各乡镇，为西部大开发战略、为黄岩经济可持续发展插上腾飞的翅膀。

永宁江水日夜流淌，黄岩人建设开发的脚步从无停歇。沿永宁江左岸逆向而上至长潭水库坝脚，蜿蜒二十多公里的江岸绿道，早在十多年前就已建成，可供人们步行、单车骑行和跑步。近两三年，原绕城的东官河、南官河、西江河又重新改造，建成官河古道公园和官河水街饮食文化街。官河两旁绿树成荫，夜晚霓虹闪烁，美食飘香，一座崭新的魅力水乡城市呈现眼前，不仅使本地居民流连忘返，也不断吸引着外地游人的脚步和目光。

上海人开发了浦西，又开发浦东，黄岩人也不偏心，开发了永宁江左岸，又开发右岸。位于永宁江右岸的北城、新前等乡镇，成为新时代工业建设的沃土。模具小镇、模塑工业集聚区正热火朝天地建设中，几百家的模具、塑料制品工厂、加工作坊、技术开发公司在此集聚，几百亿的工业产品在此生产。永宁江右岸，成为黄岩人幸福生活的新源泉之一。

三十多年来，我日日行走在黄岩城的东西南北，从青年步入中年，从中年步入老年，如今我早已两鬓染白。而我天天看见的千年永宁江，千年黄岩城，越发生机勃勃，越发气象万千，正处于生命中的青壮年时期。看着这日新月异的变化，我也常常生出"老夫聊发少年狂"的气概来。于是，我每每放弃工作日的午休时间，悠闲踱步在官河古道上，徜徉在桃红柳绿中；每每抓住休息日的大好光景，或健步，或单车，行走在永宁江左岸的绿道中，与江水、与群雁、与孤鹜，共长天一色。

千年永宁，永宁江水千古流，黄岩人的建设发展洪流，也在千古流转，无论江左江右。如今，永宁江两岸，不仅飘散着千年贡橘的橘花香，也飘散着新时代工业文明的芬芳。

第
四
辑

———

行吟听风

美哉,七瀑涧

好天气带着美好心情。

金秋早上,太阳露出暖暖的笑脸。我们由三辆汽车组成一个车队,男女老幼一行人,浩浩荡荡地从黄岩出发上高速,一路畅通无阻,朝温州的瓯海区直奔。按既定的目的地和路标指示,汽车行驶两个半小时,顺利地到了七瀑涧的起始地——泽雅镇下庵村。

七瀑涧位于温州瓯海西部泽雅镇境内,属西雁荡山。泽雅,从字面来看就很有古典美;七瀑涧,七帘瀑布以涧相连,想来,一瀑有一瀑的美姿,一瀑有一瀑的神韵。距市区十八公里,景区总面积128.6平方公里。景区的自然风光之中融入了朴素的山村风情,自然就成了我们一行人向往与亲近的旅游胜地。

时近中午,我们来到村口桥头的农家饭店歇息用餐。恰好饭店还有几间客房,我们就捷足先登,顺便订好了房间。用完一餐价廉物美的饱饭之后,释放了一身的疲惫,大家精神抖擞地向着景区出发。按景区路线,我们很快出了村口停车场,走过村道山路,穿过一座吊桥,沿着溪岸的石级前行二百多米,就到了售票处。景点门票不贵,大人二十五元,检票也不顶真,我将一沓门票对检票人员晃了一下,检票员没点数就让大家依次而进,足见山里人的纯朴。

刚进入景区,面前就有两条道路,一条是下到溪滩去的路,一条是沿溪边往上走的路,我们选择往上的路径直走去。天公甚是作美,这是一个多云间阴的天气,山风徐徐,煞是凉爽。山路并不陡峭,都是就地取材,由天然石块铺成,无论近观,还是远眺,满眼尽是葱茏,鲜嫩欲滴。约行十分钟,绕过一块五六米见方的巨石,眼前别有一番风景,如大象鼻子的石头从山崖上直插溪岸,形成高约两米、宽约一米的拱形石洞。走入洞口，双手撑住石壁，仰头望天，稀疏的阳光透过云层，照进洞中，此时身上金光闪闪，有种飘飘欲仙的感觉。

穿过象鼻洞，我们看到了一帘瀑布，这是七瀑涧的第二折瀑，原来第一折瀑布已被我们漏掉了。第二折瀑是七瀑涧中落差最小的瀑布，瀑布口的石头犹如一只大青蛙，瀑布的水就像从青蛙口里喷射出来似的，因此叫"青蛙瀑"。瀑布下面碧绿的深潭形状很像鳄鱼，称作"鳄鱼潭"。潭水清澈见底，两块露出水面的石头，刚好供人跳跃经过，有胆大的就站上去拍照留影，青蛙瀑尽入影像中。

从一折瀑布走到另外一折瀑布，要经过一段山路或小坡，被大家戏称"好汉坡"，其实，无论男女老少，走过这些山路，都成了好汉。一路上，大家兴高采烈、争先恐后地往上爬，欢声笑语不断，队伍中两位刚上幼儿园的小朋友也不甘落后。有道是"曲径通幽处"，经过迤逦蜿蜒的上坡、下坡，低头走过通幽峡，体会过身处悬崖峭壁的心惊，到达风雨亭，便可在亭前的观瀑桥上欣赏第三折瀑布。瀑布水势顺着斜坡，飞流而下，给人一种柔和飘逸的感觉，于是有人给这折瀑布取了很有诗意的名字——姗姗瀑。

接着，第四、五、六折的龙虎瀑、九条瀑、落霞瀑，三瀑相连，高达一百二十余米，形态各异，气势如虹，蔚为壮观。当我们来到观瀑茶楼，未见其影，先闻其声，山涧流水的轰鸣声，如龙啸虎吟，响彻山谷。九龙瀑也叫九条漈，瀑布从四十多米高的高崖披落，千丝万缕，粗细交织，如丝如练，"九"只是形容其多而已。大家略事休息，照了个集体照，仿佛千万条银龙与我们一起定格在镜头中。从九条漈边上的百级铁梯往上爬时，飞泻的瀑布离我们非常近，似乎伸手可触，飞溅的水珠如凝露一般洒遍我们全身。爬完铁梯，再钻上一个两三人高的"通天洞"，从洞口爬出一个个"钻天鼠"，七瀑涧的最后一瀑——天窗飞瀑，浮现眼前。因瀑布边的石壁上有一个天然的石洞，犹如天窗，所以这折瀑布被称为"天窗飞瀑"。天窗瀑跟其他瀑布不同，水先顺着一个天然槽由缓而急奔流到槽口，然后飞泻而下，非常独特。

在边走边看中，我们不知不觉游玩了三个半小时。一行人回到出发点，偶然看到七瀑涧第一折瀑布——深箩漈，意味深长。"漈"指瀑布，也是一种麻绳的谐音，传说这深箩漈的深潭与江心相通，有人将一笼筐的麻绳挂在石头上,放到深潭还见不到底,深箩漅由此得名。终于到了晚餐的时间,大伙尝尝山乡美食,听听山谷泉声、风言鸟语,好不惬意……

当第一声雄鸡的啼鸣划破宁静的山村,我们从睡梦中醒来。我曾为大龙湫瀑布的凌空飘逸、千变万化而叫绝,为黄果树瀑布的雄奇壮阔、大气磅礴而惊叹,也为庐山三叠泉瀑布的壮丽优美、三叠连环而称奇。绿水青山就是金山银山,全国著名的景区我到过许多,随团队前往,多少总有一种赶鸭子上架似的仓促感,万一受到导游的欺诈,就更失去了观赏风景的好心情。而此次七瀑涧之游,自由自在,情趣盎然。这秀美景色,郁林翠竹,险峰幽洞,怪岩奇石,飞瀑碧潭,将永远留在我的记忆之中,我也更为七瀑涧的七折连环瀑布绵延十几里而流连。

美哉,七瀑涧。

布袋山掠影

布袋山,东距黄岩城区四十公里,居于长潭水库和括苍山米筛浪之间,南北鸟瞰,呈倒挂的布袋形状,海拔在 237—1080 米,由山水画廊、古村落布袋坑村、布袋溪、弥勒谷等景区组成。布袋坑村位于"廊、溪、谷"三处衔接点上,海拔五百一十米。据说,这里岭峻峰险,峡谷搂村;这里林密瀑扬,彩虹纷呈;这里激流勇进,惊心动魄;这里明月唱蝉,溪鱼悠然;这里千年古村,田园牧歌……

当第一缕晨曦透过层层雨雾照进山庄的窗户前,我已从睡梦中醒来,步出山庄,迈向穿村而过的布袋溪边。

布袋溪是柔极溪的支流,她从布袋山的深处走来,犹如瑶池边九天仙女的裙带,失落在这大山里,飘飘忽忽、蜿蜒曲折,而溪水清澈洁净,时而默默流淌,时而奔腾跳跃。位于村中的这段溪流平缓,流水潺潺。灰墙黛瓦的畲斗楼沿溪岸顺势而建,和谐自然。

沿着岸边的石级小径缓缓而行,出村口不远,一座红瓦黄墙的建筑在竹林的掩映下出现在溪边,这就是弥勒寺,也许这是布袋山与布袋和尚——弥勒佛的传说之间文化联系的见证之一。弥勒寺依山傍溪而建,只有一间大殿和两间偏房,大殿中供着"大肚能容,容天下难容之事;笑口常开,笑天下可笑之人"的弥勒佛。佛像前,一位老太太已经在烧香礼拜,我在大殿外静静地站了一会儿,没有打扰她祈福。

步出弥勒寺,继续沿着溪岸前行,前面一堵水坝拦起了一泓清水,坝前有一座廊桥,可供人休息,湖岸边的标志牌上书"鼎湖秀色"。湖岸两侧大片大片的毛竹林倒映在水中,水上水下的近竹、远山、廊桥、屋檐,组合成一幅浓墨重彩的山水画卷。

走过水坝,溪流陡然变急。溪水向下飞泻,我则沿着溪岸右侧的小道向着山上漫步,溪流与我渐行渐远。转过一处山头,眼前豁然开朗,远处大片的山谷尽在视野中,从山谷中渐渐升腾起大片的雾气,越来越大,越来越浓,如同一张铺开的厚大棉絮,又如一朵盛开的白莲花,低一点的山头已经被淹没在雾霭里。此时,我所处的地方,感觉也有雾气逼近,头上、身上沾上许多水珠。而四周旷野,除了偶尔一两声鸟啾虫鸣,寂静得能听到自己的呼吸声。

一路赏景,一路凝思,不知不觉间,走到一大丛芦苇盖过头顶的小径处,芦丛已渐枯,芦花在飘落,跌进尘埃里。这是生命的轮回,回归泥土,是所有生命的必然,来年春天,自有芦芽再破土。此景让我记起了17世纪法国天才哲学家布莱士·帕斯卡曾经说过的话:"人是一根有思想的芦苇。"人的生命如芦苇般脆弱而优美,心灵却可以如芦苇般强大。

此时已是早上八点,在这寂静空明的佛山仙境中,进即是缘,回也是缘,于是我就此往回走。回到村口的景区指示牌前,我记下了弥勒朝圣、桃源人家、鼎湖秀色、廊桥惠风、老僧听泉、飞阁流丹、九天凝碧、苍山云影、牯潭秋月、双龙戏瀑、雄狮护古等一连串的景点名称。早餐后,我们就下山了,虽然只是浮光掠影般的匆匆一瞥,但布袋山那躲藏在浓雾中的婀娜倩影,已深深留在我的脑海里。

柔极溪的那尾鱼

惠子曰:"子非鱼,安知鱼之乐?"

庄子曰:"子非我,安知我不知鱼之乐?"

午后的阳光下,沙滩村前的那条水渠岸边,来了一群人,有二三十人之多。或男,或女;或老,或少;或站,或蹲,或俯下身去,神态各异,面带兴奋。他们姿势虔诚,神情认真,集体将专注的目光投向水里。

水渠是三面光的,由大小不一、黑褐色的石块砌成。水声潺潺中,背光下,不见水色,仅见渠底石块的颜色,光滑锃亮。另一面仰面朝天,正对着众人的目光。

游过来,游过去;一忽儿上,一忽儿下。水中闪烁着点点亮色,泛出与水底石块一样的颜色,眼力不行的人,真看不清晰。

有人看清了,欢呼着,各抒己见,畅所欲言。这是一群带着环环斑点的鱼,几乎与水底石块同色,在水中飞快地游来游去。自然选择,适者生存的法则,体现了鱼类的智慧。虽叫不出名字,姑且称其为溪鱼。人们争相拍照,用手机、用相机,更多地用各自的目光,将其定格下来。

这群水族生灵,在沙滩村的水渠里游戏,下游就是碧波万顷的长潭湖,它们止步于此,不再贪恋大湖。它们不是鲤鱼,没有跳进龙门的远大抱负。鲤鱼游进大湖,游进大江,游向大海,跳进龙门,理想才得以升华。鲤鱼一路游向大海的历程,其间遍布于江河湖海的渔网,在等着它们。它们中的大部分撞入网中,苦苦挣扎而不得脱身,最终成为人们筷子下的美味。

这水渠中的鱼,个头小,只有人的大拇指粗细,其理想也微小。它们满足于山间溪流,满足于这窄小的沟渠。它们来自何方? 就来自村前那条溪流。

这溪流,从上游的青山走出,从宋时的古老走来。它是有故事、有

141

历史、有内涵、有文化的。溪名柔极,古名柔川,全长二十几公里。

水渠中的鱼,是从柔极溪游来,顺流而下。

柔极溪的那尾鱼,经过八百年的繁衍生息,子孙众多,从此遍布柔极溪。当它们游过沙滩村时,被朗朗的读书声吸引,驻足停留。它们中的一部分,从此不肯离去,静静地聆听大师的讲学。

柔极溪边的沙滩村,八百年前出了一位黄姓先贤,儒学大师,在此创办柔川书院,讲述儒家经典,为一方水土培养了许多的饱学之士。驻村停留的鱼儿,耳濡目染,沾上了文化气息。植入超脱世俗的理念,钟情于这一方山水。

它们有时候也沿柔极溪向上洄流,练习漂流,磨炼意志。

柔极溪在下游入水库处,静若处子,默默流淌,展现其柔和优雅的静美。但在溪的中上游,也有激流险滩,也有雄壮大气。鱼儿向上流游动,不亚于跳龙门。

在柔极溪的中游,有一条支流,名曰布袋溪,它从布袋山迤逦而来,汇入柔极溪。此处溪面宽阔,可以漂流,人类可以漂流,鱼类也能漂流。

布袋溪、布袋山,留有布袋和尚的足迹,这是民间的传说。站在布袋坑村东南的山头,遥看溪坑西北的山体,极像一尊半坐半仰卧的弥勒佛。民间传说,布袋和尚就是弥勒佛的化身,因此将这座像弥勒佛的山称作布袋山,溪因山名,称为布袋溪。这是佛家的领地,布袋溪、柔极溪被赋予了佛家的庄重与神圣。

柔极溪,因黄超然讲学的柔川书院,飘溢着儒家的人文气息。以柔克刚,本是道教处世哲学。柔极溪有柔的一面,也有刚的一面,柔终究克服了其刚性的澎湃。柔极溪,于是又有了道家思想的浸润。

这条集儒释道三家文化于一体的溪流,岂不至柔、至刚、至尊无上!浸染着柔极溪文化的那尾鱼,及其众多子孙,岂不至情、至性,超凡脱俗!

再回看沙滩村水渠里的鱼,被众人围观,泰然自若,悠哉悠哉,宠辱不惊。它们既享受世俗羡慕的目光,也陶醉于自然天赐的水中世界。它们在水中的沙石缝里捉迷藏,在水中飘荡的龙须草丛中荡秋千。

我的目光随着鱼儿游动,陶醉于鱼群的快乐中,我也成了它们中的一尾鱼。

水鸭

"嘎嘎、嘎嘎",一阵阵响亮的叫声从远处传来,划过宁静的天际,穿透四周苍茫的山峦。

我不禁抬头凝望。啊!蔚蓝与洁白相间的天空中,飞来黑压压一片,组成前边人字形、后边拖着长长的尾巴的队形,自北向南,呼啦啦地飞来。越来越近,越来越近,当队伍飞临头顶上空时,我看清了,那清一色黑亮的羽毛、油光翠绿的头冠和肚皮底下泛着的一撮白。这是传说中的水鸭吗?没错,是水鸭,成百上千只,不,或许有上万只。在这秋冬之际,它们从遥远的北方飞临我们这里,是要到南方去过冬。

突然,水鸭群飞行慢了下来,队形散开来,一只只向下俯冲。哦!它们一定发现了翼下的茫茫水域,要到始丰溪、寒山湖来做客,做一次短暂的停留、补充、休整,为后面的长途跋涉筹集粮草、补充体能。它们要在这景色秀美、烟波浩渺的寒山湖里、始丰溪上,喝喝水、吃吃饭,美美地饱餐一顿,再洗洗澡、洗洗衣裳,顺带游山玩水,好好地欣赏一下寒山湖人间仙境般的美丽风光。

果然,这群欢乐的水鸭,有大鸭、小鸭,有公鸭、母鸭,争先恐后扑棱棱地飞临湖水上空,然后收起张开的翅膀,恐后争先地跳进水里。也有一些愣头青的小鸭,一不小心扑在了湖边伸出水面的树丫上,慌忙地扑扇着翅膀,脚爪使劲地握住枝干,总算站稳脚跟。另有一些老鸭,不慌不忙地飞落在湖岸上,踱着方步,摇头晃脑,再嘎嘎几声,像是与这久违的山水打声招呼,又像是自得其乐地唱着小曲。

一刹那,寒山湖面的一角,溪岸,树枝上,瞬间就被这群远方的来客占据。一时间,水鸭们在水中游泳的、潜水的,在水上倒立的、跳水的,互相追逐嬉戏的,不亦乐乎,寒山湖、始丰溪一片欢乐。湖水笑了,溪水笑了，青山笑了，树木花草笑了，草丛中的虫儿也笑了，天边那一轮红日也咧着嘴儿，开怀大笑，我不禁也拊掌大笑。

一个激灵，我从大笑中醒来，原来是南柯一梦，我还躺在始丰溪畔后岸村的民宿里。睁开惺忪的睡眼，从窗帘的缝隙中透过微弱的光亮，窗外应是静悄悄的。抓起床头的手机一看，时间是早上的六点零五分，这与我平时在家里自然醒的时间点基本差不多。于是我赶紧起床，洗漱后走出民宿，走向昨日已经初步接触过的始丰溪畔。

深秋的后岸已略显萧瑟，晨曦中的始丰溪，除了拦溪坝筑起后，溪水落差，水流落下的"哗哗"声，以及偶尔有零星早起的山民外出骑过的电瓶车的"突突"声，余下的都是宁静了。

晨雾很大，很浓。天更加明亮，大地经过一夜的沉睡，已渐渐苏醒过来。大地的热度开始上升，始丰溪丰沛的溪水，受到地热的感染，也温情脉脉起来，那些活跃而不安分的水分子，开始跳动，蒸腾成水汽，慢慢地、慢慢地脱离其母亲的怀抱，离开水面。跳动着、舞蹈着，更多这样活跃的水分子，加入这个群体，越聚越多，聚成了团，舞到了岸上，舞到了空中。我沿着溪的右岸向着上游漫步，感觉这些活跃的水分子包围着、亲近着我，用手摸摸衣袖、摸摸发际，湿湿的。

我没有一味漫无目的地走，我的眼睛不停地梭巡着附近，梭巡着溪面。走了六七百米以后，这边的溪岸已没有人工精心铺设的游步道，岸边原生的树木、杂草密集丛生，只能透过某些间隙望向溪中。

在雾气氤氲的溪水中，倒映着一根根树干，还有树干上一簇簇的枝叶，把水面浸染成浅的、浓的、深的、淡的、稀的、密的，总之都是墨色的。而留白处，是水面，被浓浓淡淡的雾霭涂抹着，描画着，羞羞答答，若隐若现。蓦然，我的眼前一亮。一处水面上，荡漾开一圈圈的水波，在水波的中心处，晃动着一个活泼的身影。我揉揉眼，再次看向波心，刚才那个身影不见了。是我眼花了，还是因为这浓雾迷惑了我，或许是树上的影子投在水面，影子的真身这会儿飞走了？我有些不甘、不信，继续睁大眼睛盯着水面。

哈哈！又出现了，这回我看得真真切切。一个朦胧的身影从水下冒了出来，虽然它的庐山真面目被雾霭笼罩，不能一睹真容，但看它优美妙曼的身形，绝对不是一只丑小鸭。这是水鸭，一只属于这个溪流中的精灵，虽只有一只，但丝毫感觉不出它的孤独。它是这样从容地享受着大自然的甘露,沐浴着晨曦浓雾,在洗濯过高僧寒山子双脚的溪水中翻腾游戏,显得无比欢欣。

我赶紧用手机拍下这难得一遇的画面。这就是夜里梦中飞来的水鸭吗?我想是的,这是那群水鸭中的一员,因为留恋仙境般的始丰溪,留了下来。

诗经有云:"凫鹥在泾,公尸来燕来宁……凫鹥在沙,公尸来燕来宜……凫鹥在渚,公尸来燕来处……凫鹥在潨,公尸来燕来宗……凫鹥在亹,公尸来止熏熏。"水鸭在河中央、在沙滩上、在水渚中、在港汊里、在峡门中,戏水、漫步、飞行,一副悠然欢喜的闲暇景象,好像就是为我眼前的所见描述的。眼前这水鸭,难道是唱着诗经中的歌词,从远古游来?看它这怡然自得的情形,我想应该是的。

这始丰溪源自大磐山,是天台境内最大的溪流,流经后岸的这个地方,附近有寒岩和明岩,据说都是诗僧寒山生活过的地方。因此,这段始丰溪,应是寒山经常蹚过水、濯过脸、洗过脚的,这溪水也浸透着诗意,弥漫着仙气。眼前这水鸭,真会选择,莫非它也久仰寒山的大名,拜读过寒山的诗句?我想应该是的。

有关寒山和拾得"和合二仙"的故事,流传了千年,在天台、在始丰溪更是长传不衰。据说拾得本是被遗弃的孤儿,被高僧丰干禅师拾得,故名"拾得",后与寒山同为僧友诗友,并称和合二仙,留下千古佳话。这溪中水鸭,也是孤鸭一只,莫非是拾得的化身?莫非它在此等候寒山到来,以便诗词唱和?我想应该是的。可惜这化身水鸭的"拾得",先等来的是我这俗世之人,既耐不得孤独,也毫无诗才,仅仅是路过此处,不能与其唱和。也罢,我这终究要离去的俗世之人,还是不要打扰溪中的"拾得"。

虽然我终要离开,但此情此景,我的灵魂多少受到了一些净化。

我想起了前些日子,在鉴洋湖镇锁桥上看到的那群鸭子。那是一群家养的鸭子,被主人放出来到湖里游水觅食。虽然,这些鸭子也获得了欢快,也获得了暂时的自由,但终究要被主人唤回窝里,为主人生蛋,不停地生蛋,一旦年老体衰,不再能生蛋了,就被主人卖掉成为人们的盘中美食。这是俗世的鸭子,它们或许与那溪中的水鸭,拥有共同的祖先,只是它们的某一个先祖贪恋人类赐予的美食,享受了不劳而获的快感,从而成为人类驯养的家禽,也就失去了遗世独立的清高。

仰天湖的日与夜

仰天湖的傍晚

太湖山，不是太湖边上的山，这我是知道的。从院桥的秀岭、沙埠等地向南那自西蜿蜒向东连绵的各个山峰，都叫太湖山。其实太湖山是整座山脉的称呼，它是黄岩与温岭、乐清的界山。

太湖山南边，有一座太湖水库，这我也是知道的。今年五一劳动节期间，我与妻子和女儿，沿秀岭水库向南，寻找温黄古道，一不小心，翻过了秀岭，翻过了太湖山，来到了太湖水库边。太湖水库是个人工湖，不同于自然形成的太湖。

但太湖山上有个仰天湖，此前我并不知道，这次应温岭江利民兄邀请，与一群文友上得太湖山的一座峰顶，才初识仰天湖。其实，上仰天湖的路，就是在秀岭水库去往太湖水库的路上，翻过秀岭，下到山南的岭脚的第一个村落，向西折一下，再沿村边一条小溪折向北，沿山路迤逦上山，直至山顶。

到达仰天湖，已近黄昏夕阳西下之际。此时西边天际布满大片的云朵，层层叠叠，呈散射状。上层颜色白，如朵朵白莲、团团棉絮，每一朵、每一团互相连接，中间又留出许多空隙，露出蔚蓝的天。下层灰黑色，如伸展开的手掌和五指，即将落山的太阳正好躲进灰黑色的云团里。灰黑色的云层与墨黑的远山之间的云层，较浅较薄。太阳在做最后的拼搏，阳光向下穿透浅薄的云层，为这片云彩染上一片金黄。而向上投射的光芒，也将上层网格状的蓝天白云映衬得更加绚烂。

此时，离天很近的仰天湖，已经看不出是湖了，而是一幅艳丽的水彩画。天边漫天云彩，直接倒扣在湖面上，天边一片彩云，水中一片云彩,交相辉映,它们的分界线,是湖边的那一排高低错落的树木,倒映在水中,又成为错落高低的倩影。天上、地上、水上,那一幅幅彩色画卷,真如一个模子印刻出来的。

阳光的不屈,终于驱散了大部分厚重的云团,一团团的白云、乌云,渐渐散去,最后仅剩下一层薄薄的轻纱。落日的辉煌重现,如同火盆似的红日,架在山梁上,闪射出一道道血色光芒,射向四面八方,有一道红光直接向我站立的仰天湖射来。残阳如血,山梁上的那角天空被映得血红。

落日终撑不住其沉重的身躯,渐渐沉入山后。天边的血色渐渐暗淡,太湖山顶也渐渐昏暗,唯见那一棵棵高大的树木,一根根高耸的线杆,依然矗立,指向苍穹,似乎是向最后的落日高竖大拇指。

天幕渐渐闭合,黑暗即将笼罩住整个仰天湖。那最后一抹光亮,顽强地穿透过山峦和湖畔的树枝间隙,让人还能看得清静默平静的湖面。只是水中树的倒影更加墨黑,湖面的一角,突然荡漾开一圈圈的波纹,水波下的树影也跟着扭曲起来,如同一支支倒插的曲笔,在书写精美华章。

是谁搅动了水面,搅起了水的涟漪?水面上没有风掠过,水下也没有鱼儿跃出。原来是一群大白鹅,从贴岸的湖边游向湖中央。诗中说:"鹅、鹅、鹅,曲项向天歌。"湖中的这群鹅,却没有将颈项冲天,也没有放浪高歌。它们一律以平和的姿态,轻盈地、欢快地游向远处。湖已仰天,鹅们得天地之利,淡定而从容,岂不更显高贵。这是一群天鹅吗?它们刚才是不是也在为这天边精彩的晚霞而陶醉呢?我不得而知。

仰天湖的早晨

惊诧于仰天湖落日的辉煌后,夜幕终于降临,仰天湖的夜静悄悄的,催人早睡。早睡的另一个原因是,期待着第二天早上观日出。

黎明如约而至,我掀开窗帘的一角向外张望,昏黄的路灯下,只能看见门前的台阶,和那棵挺拔的大樟树朦胧的影子。十几米外的仰天湖不见了,稍远点的事物都从眼前消失了。太湖山上大雾弥漫,观日出的希望落空了。

计划不如变化快,惊喜总比遗憾多。天光放亮后,滴滴答答地下起雨,我还是冲出门,踏入雨幕雾光中。

大雾笼罩了山野,也笼住视线,眼前的能见度不足二三十米。虽然昨天傍晚匆匆瞥过这片山头,但我并不清楚仰天湖所在的山头方圆有多大,记得好像有人说过这里曾经驻扎过朱元璋的八千余士兵,想来这地方应该不小。

漫无目的地乱走,放松的心态,愉快的心情,总能领略到不一样的风景。眼睛看不到,可以用耳朵去听,耳朵听不到,可以用心灵去感应。

雨水冲刷走了空气中的尘埃,仰天湖畔的雾气洁净清新,散发着一股泥土的馨香和草木吐纳的芬芳。记得曾经碰到一位北京来的客人,他说他不喜欢台州这地方,说他来过台州多次,每次都碰到雾蒙蒙的天气,看不见蓝天白云。我反驳他说,台州有蓝天白云,也有雾蒙蒙、雨蒙蒙,但台州的雾是干净的,是水汽自然凝结而成,台州的雾不同于北京的霾。

走入雾海深处,雨渐小,雾更浓,雨雾交织,不知是雾化作了雨,还是雨化作了雾。除了雨雾的"滴答"声,脚踩沙土的"沙沙"声,还有从远处传来的一两声模糊不清的人的讲话声,周围一片寂静。节令由秋入冬,这场入冬雨,或许已经将那些秋虫一夜间带入冬眠,而不眠的是那些傲霜凌雪的松柏杉樟、江南翠竹和山野村夫、东瓯遗民。

路越走越远,大致辨别了方向,应该是绕着仰天湖,绕着昨晚休憩的山庄民宿在行走。雾重雨覆疑无路,我已走进了一片茶园。虽然看不清茶园面积,但一定不会很小,走了十多分钟,也没有走出茶园。虽说初冬的茶树枝叶已经变老变硬,叶色变得深绿,但经过雨雾冲洗的枝叶,结满一串串水珠,水珠自上而下流动,形成一支支细小的水流,一片片茶叶依然显得娇翠欲滴。一片茶树丛中开出几朵小白花,给满眼茶园增添了几多妩媚,几分妖娆。

都说高山云雾茶茶质好,质量上乘,是因为其受天地之精气,泽雨露之滋润,经由得天独厚的土壤、空气、气候等自然条件培育而成。什么南岳云雾茶、庐山云雾茶、黄山云雾茶等,虽都久负盛名,但当你一览仰天湖的茶园雾海仙境以后,一定不会再为喝不上那些传说中的名茶而遗憾了。

袖珍草原

我曾经到过壮美辽阔又柔情似水的呼伦贝尔大草原,也到过繁花似锦、苍苍茫茫的那拉提大草原,那些大草原,都曾给我留下了深刻的印象。

仲夏里的一天,我们走进了一个叫中南百草原的地方,它地处天目山脚下,著名的竹乡安吉县腹地。据说,这是一个拥有森林、草原、湿地、竹海、野生动物等资源,和集餐饮、会议、住宿、娱乐、拓展运动等众多项目于一体,农业、林业、生态、体育、科普、旅游完美结合,总面积近六千亩的国家4A级景区。

第一天下午,我们去参观百草原内的竹林,天下着蒙蒙细雨。此时,正值今年第一号台风"尼伯特"登陆福建后,其残余势力横穿闽浙赣皖之际,"尼伯特"所过之地都在下着大雨。而当天我们所经历的雨,细细的,持续时间十分短暂,不是台风带来的雨,应是当地特有的雨。雨浇过以后,因连日晴天带来的热度,有所降低。当我们走进竹林时,林中飘起阵阵雨雾,空空蒙蒙,如入王母娘娘的瑶池仙境,十米开外,就不大看得清彼此的面孔,只能辨别出大致的轮廓。

这是一片号称安吉境内最大的野生淡竹林。淡竹,是竹子家族中的重要成员,竿高5~12米,粗2~5厘米,幼竿密被白粉,无毛,老竿灰黄绿色,节间最长可达40厘米,壁薄。耐寒耐旱性强,竹节坚韧,生命力旺盛。其用途广泛,竹林婀娜多姿,竹笋好,光洁如玉。在我们台州的仙居,有一个地名叫"淡竹",想来该地也应该生产淡竹。

这也让我想起了小时候老家屋前小河边的那片胆竹林。胆竹学名叫"苦竹","胆"与"淡"读音相似,未见这片竹林以前,我也以为就是老家的胆竹。眼见为实,看到这淡竹以后,方知两者是不同的。老家的胆竹茎干直径要比淡竹粗大,但胆竹韧性远不及淡竹。因此我家的胆竹常被爷爷砍下,劈成竹篾,编成扫箕、筐篮等农用器具,成不了晒竿等承重之物,更成不了别的"大器"。胆竹笋是苦的,不能食用,苦竹之名大概因此而得吧。

穿过淡竹林,一条小溪出现在眼前,经导游介绍,这就是西苕溪。西苕溪,溪面并不宽阔,溪流也不湍急。但溪水清澈,轻波微澜,缓缓流淌过我们脚下这片土地,滋润着大地,浇灌并养育了两岸的树木、竹林、青草。也使这林中、这地上、这溪里的鸟兽虫鱼得到欢乐。

越过了苕溪,对岸是一片水田,栽种着青青的稻禾。这是人类的乐土,这里栽种着希望,栽种着秋后饱满金黄的果实。稼穑丰收,人类免受饥饿之苦,才能减少人类猎取野生动物生灵,和向自然界过度掠取资源的破坏行为,人与自然的和谐共存才成为可能。百草原内百草蓬勃、百兽悠闲、百鸟争鸣的景象,足以证明安吉人的智慧。

接下来的两天,我们继续随意游览百草原内各处景点。名曰"百草原",其意应是百草的原野,只是稍显谦逊些。以我之所见,其境内有名、无名的花草树木,远不止百种,若称之为千草原,也不为过。当然,其中的草原,是零零星星,散布在竹海、树林、湖沼、溪流之间,只能算是袖珍的,与北方的那些大草原,不可同日而语。

安吉紧靠天目山,境内群山连绵。这里是山乡,同时又是竹海茶乡,安吉白茶名闻遐迩,据当地人讲,白茶是绿茶的变异品种,鲜茶通体雪白。安吉森林覆盖率高达百分之七十一,竹林占了很大比例,竹海沉沉,翠色纵横。源自天目山的西苕溪穿越其境,西苕溪为太湖水系干流,黄浦江源流,另外还有东苕溪,因此安吉境内河道、溪流遍布,水量充沛,又是个地道的江南水乡。准确地说,一千八百多平方公里的安吉,就是一个镶嵌在江南水乡的"千草之原",中南百草原就是镶嵌在山乡、水乡、竹海里的翡翠明珠。

次坞打面

两天的诸暨之行,是匆匆的。去了西施故里,记住了景区照壁上伟人的那句话:"诸暨是个出名人的地方,美女西施和画家王冕都出在这里。"

两天的四顿正餐,竟有两餐都吃的一种叫"次坞打面"的面食。初次到诸暨,事先并不知道诸暨有这样的吃食,第一次吃,是严朋友带着去的,第二次便是我们自己寻着前次的足迹再去的。能在两天之内,让我们回头去吃的他乡的一种小吃,它是怎样一种味道,是如何牵引着我们的味蕾和脚步呢?

那一天,我们跟在严朋友的后面,来到一家叫"里兆次坞打面"的店。走进店里,六七张四人座的长方桌上,几乎都坐有人,我们做的填空题,六个人分散坐到了三张桌子上。

各人点了自己喜欢的配菜面,雪菜面、排骨面、猪肝面、猪肚面,接下来便是等待,排在我们前面的还有四五位呢。

虽然在路上,严朋友向我们描述过次坞打面如何好吃,但具体做法并无介绍。在等待的间隙,透过与堂食间相隔的铝合金玻璃窗看向操作间,可以明白无误地一睹次坞打面的制作过程。

在不锈钢铁皮台面的操作台上,一坨事先揉搓好的面团,被一个中年男子用一根长长的、锃亮的不锈钢棍子在擀。这根不锈钢棍子,不是平常所见的长度不过二三十厘米的那种可以拿在手里的擀面杖,而是一根足足有一米五左右的超长擀面棍,足以媲美大师兄的金箍棒。搁在冷兵器时代,这根棍子操起来就可以当兵器。用另一个吃货朋友王珍的话来形容,这擀面棍就是拖把杆的样子。

这根擀面棍的长度,几乎等于操作台的长度,是操作台宽度的两倍,显然不能按常规操作法在台面上擀。实际上,这位中年汉子擀面,仅仅将棍子的一端压在台面上的面团上,超过一半的长度悬在台面外,一手向上握住棍子末端,另一手向下按住棍子的中间部位,用上全身的重量按压下去,用的是杠杆原理把力量传导到压在面团的一端,不说千钧之力,至少也有几百斤的按压力。如此反复滚压,将一团面,压紧、压实,压成薄片,最后切成面条。这样的擀面法,用上"打"字来命名,非常恰当。

在操作间的墙上,还挂着三根与擀面师手中操作棍子一样长度的棍子,用红字标注第一代、第二代、第三代,分别是竹子的、木头的、不锈钢材质的,向食客们昭示这是一家打面世家。

上面了,我们中等待时间最短的等了十分钟,最长的二十来分钟,面是一碗一碗上的。每碗面底下的配料都有雪菜、豆芽、茭白丝、炒肉丝,不同的是各人点的排骨、猪肚、猪肝配料,配料丰富,难怪一碗面最低的价格也要十八元,一分钱财一分货啊!

迫不及待地捞起一筷送入口中,果然与众不同,面很有嚼劲,打面师的力量融入面中,咀嚼间显出了面条十足的筋道,这是次坞打面之所以出名的特色之一。

而配料的味道,也令人咋舌不已,无不叹服。雪菜也好,肉丝也罢,无不精工细作。虽然我们没有见到后厨的功夫,但这碗里的味道,足以说明一切。这是次坞打面之所以出名的特色之二。

次坞打面,是诸暨十大传统风味美食之一,原产于诸暨次坞镇而得名。此面食,据说起自南宋,传说一个宫廷面点师因闯祸逃往民间,流落到次坞一带,将北方的制面技法带到了这里,从而在这一带流传开来。其制作相对复杂,口感筋道滑嫩,味道鲜美独特。

一碗次坞打面,让岁月更加悠长,让旅途不再寂寞。

绿满香溪

公路沿着溪边走，三双目光逡巡着，见有水坝拦起一泓溪水，便停住了车。走下水坝，见这一泓绿，竟让我们惊呼开了！

这是怎样的一泓绿呢？

这是绿色大染缸吗？如果将一匹白绢扔进去，会不会捞出一匹绿绸来？我满心疑惑。这面前的绿色染缸，色调很不均匀啊！由中间到岸边，浅绿、深绿、翠绿、浓绿、墨绿，各不相同，层次分明，绿水中还有横波、纵波，和斑斑驳驳的疏影、浓影，不知道里面掺杂了何种物质。这样深浅不一的绿，能染出统一色调的绿绸吗？我又有一丝丝担心。

我还在胡思乱想时，妻子和友人早已将手伸进这泓绿里。待他们把手重新抽出来，看到他们的手上只沾了些水，湿漉漉的，没有染上一丝颜色，我知道这水中的绿，是我眼睛的错觉罢了，溪水是那么的清澈，不着任何色彩。

我终于也禁不住俯下身去，把手伸进绿里，掬起一捧水来。这水清澈透明，把这水泼在脸上、额头，凉凉的，舒爽极了。再往溪水里看，在水中看到我的脸，看到我的整个身影。把手在水中搅一搅，荡起一圈圈的水纹，也荡弯了我的影子。

在这浓淡交错、深浅不一的绿中，能看到溪中的沉默的石子，被水流冲刷轻轻摆动的龙须草，还有偶尔游过来的三五尾像长鳌（家乡土话，又名游刁子）那样的小鱼。这几尾小鱼，晃晃悠悠地游动着，朝着我们站立的水坝边上游来，也许它们看到了在水中晃动着的人影，忽地一下四散分开，一晃就逃得没影了。这身手，游得飞快，跑得刁钻，果真是游刁子啊！

我终于看清了，这水中深浅不一的绿中，有远山的影子，有树的影子,有岩石的影子,有风的影子。它们和太阳光的影子,搅和在一起,便生出了各种不同的模样,生出了深浅、浓浓的绿的影子。

对面近岸处的深绿,是岸上树木的影子;离岸稍远处的浅绿,是远山的影子;溪水的中央处的淡绿,是水底龙须草的影子;那水面大片的褶皱,是风的影子;从溪中央至我们来的这一岸边,有大片大片如绿毯般层层叠叠、纵横交错的浓绿,是倒挂在水面上的溪椤树叶和花荚的影子。溪椤树的花荚,从那遒劲曲折伸向天空的顶端枝头,一串串纷垂下来,粗看如葡萄串,细看如铜钿串,挂满大半个水面。有些树叶已伸入水中,与水中倒影交织在一起。我不知用怎样的词来形容,心中只好暗暗地生出惊叹:"绿翻了!"

顺着水面望去,由近及远,岸边矗立着不少这样的溪椤树,以它伸入水面的姿势,树高该有十几米,树龄应有几十年至上百年了。溪椤,又名枫杨,也叫水麻柳,落叶乔木,耐水耐寒,高大苍劲,在江南的溪流、河边很是常见。

沐浴着这泓绿,双眼滋润了,这心也滋润了,我便欣欣然、松垮垮地一屁股坐在水坝上,环顾起四周来。

目测眼前的溪流有十余米宽,两侧典型的江南丘陵地貌,山不算高大,属于括苍山支脉。溪流的走向为西北—东南走向,从更远处的西部山谷流来,到此溪谷冲积平地,溪滩已十分平坦。溪水流过水坝,流向下面的溪滩,继续向东,便流入灵江。临海市的江南街道上马村,这里所谓"江南",应该是灵江以南,溪名"香溪",富有诗意,配得上这景。

大概是春季雨水稀少的缘故,五月的香溪,大部分的溪滩乱石裸露,仅剩下一两米宽的细流。只有水坝拦截的这一段,才溪水盈盈,水流铺满整个溪滩,才让人欣赏到这醉人的绿。

这是迷人的香溪,醉人的香溪,青山绿水流淌出的香溪。

野趣冷水坑

冷水坑的野,不是那种高山峡谷莽莽苍苍、野兽蛇虫乱舞的豪野,也不是那种戈壁沙漠大漠孤烟、鹭咕狼嚎的旷野。冷水坑的野,是江南特有的青山流水、鸟鸣竹翠、黄狗逐鸡豚,带有婀娜妩媚的秀野。

离开今年热门起来的乌岩头古村,继续北上,历经十几个山道盘旋后,抬升的海拔,将我们带到这个叫五部半山村的地方。既然叫半山村,村落自然处于半山之中,前面加个"五部",是因山下离乌岩头村五百米左右有个五部村,而得名"五部半山",可与黄永古道上的富山半山村相区别。

富山的半山村,由于古村老屋、老街保留完整,在近年来美丽乡村建设和周末乡村游兴起的浪潮下,得以重新挖掘开发。每到节假日和周末,山道上车辆络绎不绝,游人如织,带动了山村农家乐和民宿经济的兴盛。

我们面前的五部半山村,作为高山移民村,公路只到此为止。如果继续往前,前往仙居、临海方向,只能徒步走原始的山道。这里原本的村民已经被安置到山下的五部村,在政府统一规划点内,重新建起了崭新的楼房,每间的费用二三十万元,据说每人能够从政府处获得五千多元的补助。因此这里的老屋留存的已不多,拆除后的断墙残垣,无序地倒伏在旧屋基上,显出落寞与颓败。也有几户留恋故宅家园的留守老人,还在顽强地坚守着,与曾经的岁月,默默地诉说着流年往事。

王老师和她的同伴们好野游,不喜欢那些热点景区的人多车堵窘况,专找些荒岭故道乱走。他们已经来过这里多次,与那些留守老人曾有过交流,听过他们对往事的唠叨,听过他们谈及早已下山创业的子女时的骄傲,听过他们对祖坟地的不舍和将要离去的唏嘘无奈。当我们再次来到这里,已经见不到王老师她们熟悉的村民了。早上十点多钟,秋阳照耀在山坡上,但见一些人在翻晒着刚刚收获的红薯丝。路边已停了不少车辆,都是如我等一样去古道寻踪的。

我们的目的地是冷水坑,王老师她们前几次走过,大约需要两个小时,因此计划着中午时分到达目的地吃午饭。沿着石砌山道向上攀爬,路的右侧是溪坑,哗哗的流水从上面流来,向下流去。两侧的山坡地里的红薯正在被挖掘,据说半山村搬迁后,村里的山地被重整,这里种的是由政府与科研院所合作种植的一种新型高产高营养价值的红薯,我想这些挖红薯的农民,已不是原住民,他们应是被雇用来在此劳作的。

山道两侧不时出现旧房屋,有的已经坍塌,兀自留下几垛石砌的墙壁耸立着,见证了其为屋主人遮风挡雨的默默奉献。王老师和她的几个女伴,一路"捕风捉影",边走边拍,我无所事事,径直朝冷水坑奔去。翻过山岗,下坡的路更加原始,没有人为铺设,是无数山民踩踏出来的路,十分坚实,我们的双足落下生出踏实的感觉。

很快我们下到一条溪边,溪的一侧有条人工修筑的水渠,清澈的溪水一路汩汩地向东流去,我和老王都在猜测,这溪流流向何方?

来到一座小庙前坐下,老王他们每次都在这里用午餐。小庙门关着,也没有了香火。老王说,前些年冷水坑还有三四户人家,庙里也常有香火的,如今只剩下一人一户了,平时已没人上香点蜡烛了,过年时,山下的村民会上来点燃香,祈求这一方神灵继续保佑这方土地风调雨顺,人们福寿绵延。

庙前是个三岔路,向北继续走很远的山路,就能到临海地界,冷水坑在西边,还需走十多分钟路程。

乘着等待的间隙,我沿着溪边的乱石滩,摸索着往上游走去。此处溪滩开阔,但水流不大,大大小小的石块,肆意横卧在滩地上,有的地方小石子堆积在一起,像是遭遇偶发的大水,冲积到此的。许多石块呈赭红色,水底下的,经溪水的浸润,红得更加深沉,在阳光照耀下,更加亮丽。水流流过石块,跌落坑底,泛起一圈圈的水花,闪着粼粼波光。

我在一处水花四溅的石块上方和侧壁上,发现许多闪着晶莹亮光的黑点,俯身摸起来一看,竟是螺蛳。我还是第一次见到通体黑色的螺蛳,老王告诉我,这里的螺蛳都是黑色的,这溪里边还有许多石蟹呢。

溪岸总是荆棘丛生,长满各种野果,而吸引我眼球的是一片红彤彤的果子。这是冬摘公(覆盆子),我摘下几颗尝了尝,竟酸倒了牙。老王说,夏摘公是甜的,而冬摘公是酸的,正是这种酸的摘公,才是一味补肾的良药。甜的夏摘公小时候经常吃到,酸摘公是第一次品尝,真是又涨了见识。只是家乡为什么将覆盆子称作"摘公"呢?我至今没有搞清楚。

王老师他们过了中午十二点才赶到,比我们晚了近一个钟头。由于在这充满野趣的大自然神游,周围又是那样的宁静祥和,时光在与世无争的指缝间流逝,等待并不显得漫长。

人到齐后,我们就在庙前溪坑中间的大石块上享受自带的午餐,没有炊烟,没有碗筷,但我们有石桌、石凳,伸开五指就是一双肉筷。没有大鱼大肉、荤素搭配,只有一包从宁溪买来的熟牛肉、几个鸡爪、几片面包、两听啤酒。在这已无人烟、空旷寂静的山野溪滩,男女都不再讲究吃相,大口吃肉,连瓶喝酒,以填饱肚子为快。一阵风卷残云,将带来的食物一扫而空,收拾垃圾,继续前往目的地冷水坑。

果然,不到十分钟,就到了冷水坑村口。在村口,两只小黄狗远远地迎了上来,好像与我们是老朋友了。它俩看到我们也不吠叫,一前一后,交替着跑在前面,将我们迎进村里,然后各自跑开了。

在溪坑两侧山坡上,依次有十几间石墙木椽黑瓦的老屋,大多已破旧不堪。老徐说过,前几年尚有三四户人家不愿下山,现在因为电也停了,生存困难,只剩下一人一户了。

我们在各处山坡转了一圈,对王老师他们来说,就是温故而知新,旧地重游,看看野性的山、野性的水,看看田园,看看绿树,看看这大山深处的所有老朋友,珍藏起更加深切的记忆。

女娲遗石的地方

传说很久很久以前，有两个男人，一个叫共工，一个叫祝融，为了争夺领导地位，大打出手。结果，叫共工的那个男人打输了，一气之下用头去撞不周山。没承想，不周山原是天地之间的支柱，这一撞造成地动山摇，天也塌了一角，天河之水倾泻而出，注入大地。从此地球上洪水滔滔，江河泛滥，百姓遭殃，苦不堪言。这时，曾经捏泥造人的美丽女神女娲，看到人们受苦，非常不忍。

女娲决心炼石补天，于是她周游四海，遍涉群山，最后选择了东海之外的海上仙山——天台山。天台山是东海上五座仙山之一，五座仙山分别由神鳌用背驮着，以防沉入海底。女娲为何选择天台山呢？因为只有天台山才出产可炼石用的五色土，能炼成最好的补天石。

女娲在天台山顶堆巨石为炉，取五色土为料，又借来太阳神火，历时九天九夜，练就了五色巨石36501块。然后又历时九天九夜，用36500块五彩石将天补好。剩下的一块遗留在天台山中汤谷的山顶上。其实女娲在这九天九夜中，一共炼了36502块石头，由于其中一块没有炼好，块头较小，颜色也黑不溜秋，被女娲随手丢掉了。这块被女娲随手丢掉的石头，掉在了天台山东南方向大约一百公里的五部岭山坡上，又顺着山坡滚到山脚下的一处溪滩边停住了。从此这块乌黑的大石头就兀立在这溪边，仰头遥对五部岭，看日出日落，沐风霜雨露，观沧海变桑田。后世将这块乌岩石所处的地方，命名为"乌岩头"。

美丽的神话传说，寄寓着原始先民对山川大地的敬畏，也寄托了人们对美好生活的向往。

斗转星移，日月变换。数万年迅速过去，大地上的洪水，经过一个叫大禹的人的十三年治理，已经不再泛滥，从此后人们安居乐业，四海升平。又过了许多年,到了唐宋时期,五部岭山前这片土地已经是人烟稠密、村庄遍布、商贾渐兴。陈氏在五部村生息繁衍,人丁兴旺,人才辈出。从五部岭南的五部村,至半山村,再翻过五部岭,至冷水坑,再折向西北至仙居金竹寺,至大邵村,这一路蜿蜒曲折的山道,每天来来往往奔走着从乐清大荆贩运货物到仙居、金华、义乌去的挑夫。挑夫们和其他商贾每天都要从那块乌岩石旁经过,山道热闹非凡,称为黄仙黄金盐道。

清朝中叶,五部陈氏有个叫陈朝的,带着家人从五部迁往乌岩头。从此陈朝一脉在乌岩头建房屋定居。陈氏秉承陈家耕读传家的优良家风,代代传承,人丁依然兴旺,人才更加辈出。至民国时期,历两百余年的发展,乌岩头村落渐成规模。四合院、三合院依溪而建,就地取材,房屋大多以溪滩石砌墙,木檐、木柱、木窗,典型南方畲斗楼建筑的营造法式。乌岩石见证了乌岩头村的繁华热闹、烟火兴旺。

时光飞逝。进入现代以后,机器渐兴,速度更快、效率更高的汽车运输渐渐代替了人力挑运,原始的古道变得冷落、沉寂。改革开放以后,现代工业蓬勃兴起,工商业的重心转向平原地区。山村也开始冷清了。乌岩头的村民,与全国大多数的农村村民一样,下山、进城,或打工,或经商,或办厂。留在山村里的,都是些白发老人,虽然他们的年龄没有乌岩石那么老,但他们的面孔、他们的身影,却比老屋、老村,甚至比乌岩石更加苍老。

老人会更老,老人渐渐逝去,老屋更加空落,渐渐颓败,乌岩石也备感孤单冷清。

世道轮回,进入新时代,厌倦了城市繁华、喧闹的人们,又开始向往原始宁静的田园牧歌生活。适逢其时,美丽乡村建设的浪潮席卷而来,拍打在五部溪这乌岩石上,溅起的水花,重新唤醒了沉寂已久的古老村庄。

古藤、老树、石墙,小桥、流水、老家。曾经冷落的乌岩头古村,虽然有些破败,但当她的价值被重新认识以后,人们发现,古村至今尚保留完整的清代、民国时期房屋一百一十余间。同济大学美学大师领衔,设计团队精心设计,重新修葺老屋,保持原貌,修旧如旧。

乌岩头继续书写着它的传奇,人们在乌岩头打捞起旧时光。

长潭湖红树林

人言香山红叶很美,我没有去过北京,未能领略过香山红叶的风采。但我知道,秋天的长潭湖也是观赏红叶的网红打卡地。

长潭湖有多处可供观赏红叶的地方,最佳的观赏点有上垟的前岸和岭脚村。11月最后一个周末,时已深秋,我陪台州一班文艺家朋友,沿长潭坝头的南岸而行,去往上垟方向。

车行几分钟,拐过几个山嘴弯道后,在一处较大的湖湾里,我们惊喜地发现,一片红树林出现在眼前。这种秋冬季变红的杉树,就是水杉,春夏季节树叶也是绿色,到了秋冬时才由绿变红,最后变成深红色。湖湾,被堤坝分为两部分:外湖和里湖。我们最先看到的这片红杉林在外湖。匆忙停车,走到湖边,湖水很满,湖面很大,全部杉树都淹没在水中,几乎淹了主干,树的枝叶倒都露在外面,像圣诞老人的红胡子。也有部分没有红透,红里泛绿。

再上车,开到堤坝时,才发现里湖的红树林面积更大、更美艳,于是我们将车开进入村的山路边停住。几乎半个里湖都被红杉林覆盖了,靠近北边的湖面,橙红一片,与岸上的青山相映成趣。此时湖面荡起一波波绿涟漪,而树与山的倒影,也被波浪打折了腰。

继续前行,到达岭脚。

这里,我们夏初时曾经来过,当时湖滩上开满一簇簇波斯菊,红的、黄的、白的,像一张张美丽的笑脸。那时湖面没有如今这么宽广,湖岸沙滩宽阔,此时的滩地已被湖水淹没,树林和游过林子的鸭子一起,在水里相伴。

时近下午三四点钟,阳光并不明艳,天空不时飘过大片大片的云朵,将太阳遮挡。蓝天、白云、树林倒映在荡漾的湖里,分不清哪个是天，哪个是水。只觉得湖水更蓝，白云更白，红树林更加秀美。

　　阳光稍稍隐去，湖水会蓝得更加深沉、悠远，如梦如幻，水之蓝，天之蓝，交相辉映。而晃动在水上水下的红叶影子，给这湖光山色增添了秋的神韵。

长潭湖水不是天上来

我们一行七人登上游艇，船老大上艇、解缆、启动、倒车，游艇缓缓地退出船坞。

游艇离开湖岸十几米远后，船老大挂挡，加油门前进，马达轰鸣，艇却没有直线前进，而是在原地打转转。倒车，依然在原地打转转，进不得进，退不得退，船老大开始打电话寻求帮助，原来他的行船经验也不多。电话那头传来"检查油箱"的声音，我插话说："原地打圈圈，应该是方向舵出了问题。"船老大没有领会我的意思，他接受指令要打开动力舱盖，动力舱恰好在我的座位下方，于是我让位挪到了驾驶位，乘着船老大检查油箱之际，我抓起方向盘使劲左右扳动，终于方向把能360度转动了。等船老大回到驾驶位，挂挡、轰油门前进，船直直地朝前开去，加油、再加油，船越开越快，船头向上翘起，"突突、突突"，真正的劈波斩浪，奋勇前进。船尾留下一道长长的八字形浪线，朝后翻滚，吐着白沫。

经过这一插曲，同行的章老师借机向大伙介绍起我的机械工程师身份，大家一阵夸赞，一阵感慨。随着游艇快速掠过湖面，四面青山如黛，湖面烟雾氤氲，船舷浪花飞溅，原本静止的空气被激活了，向着我们扑面而来。一船的人瞬间激动起来，纷纷拿出手机、相机朝着四面八方"咔嚓、咔嚓"地拍摄起来，不用选景，不用对焦，满湖都是秀色，四面都是美景。湖面是银白色的，延伸向远方，与阴沉的灰白色的天空交织在一起，这就是前人描绘的"水天一色"景象了，只是此时没有落霞，也没有水鸟飞过。那山、那树栽在水中，有竖栽的，有倒插的，都是活灵活现的。我曾经见过九寨沟的盆景滩，当地人引以为豪，如果他们能到长潭湖来，见到如此巨大壮阔的山水盆景，定会自愧不如的。

而这如此波澜壮阔、烟波浩渺的长潭湖水，是天上之水吗？说是，当乌云翻滚、电闪雷鸣之时，雨水是从天空倾泻下来的；说不是，当晴空万里、艳阳高照之际，如果我们在万米高空的飞机上环顾和俯视，我们身边和屁股下的天空并没有水。其实，雨水只是水汽蒸腾上升，水蒸气在空中遇冷凝结成水滴的一种自然现象。天上本没有水，大自然翻云覆雨之水，来自被水滋养的这山、这树、这人。

时光倒流，回到那唐宋之际的天空，长潭湖底下的这方土地，只是一个山清水秀，土地肥沃，农人日出而作、日落而息，十里鸡犬相闻的小山村，小坑溪潺潺北流，绕村而过，滋养着这一方百姓。由于这里远离黄岩县城，山水阻隔，交通闭塞，故成为没有战争硝烟的世外乐土，经过四五百年的休养生息，逐渐发展成为商贾云集、店铺林立的繁华商镇——乌岩镇。明朝时，乌岩已是台州十一个商业重镇之一，也是黄岩通往温州永嘉、乐清的交通要道。

岁月迅速穿梭到距今六十多年前，1956 年，省水利厅工程师卢秀坦等人勘察永宁江、金清港流域，提出在永宁江上游建大型水库的建议。1958 年 8 月 18 日，长潭电站修建委员会成立，同年 10 月，水利工程动工，在长潭山和伏虎山之间修筑大坝，至 1960 年 2 月大坝合龙。其间，每天有上万名民工轮替奋战在施工工地，前后动用了上百万人，他们发扬艰苦奋斗、不怕困难的精神，手提肩扛、锹挖锄刨，经过五百多个日日夜夜的奋战，终于建成这一黄岩历史上最宏大的水利工程。大坝建成后，上游小坑溪、宁溪、柔极溪、杨岙溪四大支流的水流汇合于此，终成碧波荡漾的长潭湖。

长潭湖大坝后经多次加固提高，现集雨面积 441.3 平方千米，东西长约 3 千米，南北长约 12 千米，总库容 6.91 亿立方米，现为浙江省内第三大水库，供应着台州市黄椒路三区及温岭市一部分近三百万人的生活和生产用水，是台州人的大水缸，也滋润着水库下游永宁江两岸数万亩的农田和风洋那一片橘林。长潭湖的水，就是这湖区周围方圆数百公里秀山积聚的水，就是这崇山峻岭万千草木生灵含蕴吐纳的水，就是当年修筑水库大坝几百万民工的汗水。

我们的游艇绕行湖区一周，船尾不断翻滚的白浪，一路随行，一路消失，留下一串长长的惊叹号……

湖水清，红糖甜

某日，路过朋友仙高的摄影工作室，仙高叫住我，拿出一包红糖对我说，这是鉴洋湖的红糖，新做的，让我尝尝。我看着这用透明袋包装的土红色红糖，老家土地的颜色，多么灼人眼眸啊！又闻了闻，一股馨香瞬间钻入鼻息，沁人心脾，多么熟悉而芬芳的气息啊！顺手抓起一把塞入口中，满满的甜蜜迅速萦绕舌尖。我对仙高说着感谢的话，思绪却飞到了鉴洋湖畔，飞回了快乐的童年港湾。

鉴洋湖是一个古海湾涨成的潟湖，初始的湖水是混浊苦涩的。关于湖水如何由浊变清、由苦变甜，在老家一带流传着一个民间传说。很久以前，鉴洋湖周边一带，是茫茫东海边的一片海滩，斗转星移，岁月变换，沧海变桑田，鉴洋湖自此形成。一天，天上的王母娘娘在瑶池边梳妆，对着镜子瞧了又瞧，不知什么时候一只蜜蜂飞到娘娘的鼻子边，王母娘娘突然打了一个喷嚏，拿着宝镜的仙女一惊，宝镜掉下了天庭，正好掉在大湖里。从此，湖水变清，咸水变甜，湖里鱼虾成群。因为镜子古时称作"鉴"，人们就把大湖称作鉴湖，或者鉴洋湖。

传说归传说，鉴洋湖水由浊变清，鉴洋湖流域从沼泽遍布、杂草丛生的荒蛮之地，变成宜耕宜居的鱼米之乡，离不开历代先民们围湖筑坝、开挖河道、兴修水利的艰苦奋斗。

清凌凌的鉴洋湖水，浇灌出一方肥沃的土地，流域内物产丰富。除了主产水稻外，水中有鲢鱼、鳙鱼、青鱼、鲫鱼、银鱼、螺蛳、河蚌、沼虾、田蟹等水生渔业资源，此外还有芋头、茭白、荸荠、莲藕、番薯、甘蔗等农副产品。

最让人们喜爱的，便是鉴洋湖畔出产的甘蔗及其加工品红糖。由于特殊的土壤和水质条件，鉴洋湖产的果蔬质脆味甜，鉴洋湖产的糖蔗含糖量高,榨出的红糖特别甜,且有一股别样的馨香。在物资匮乏的年代,人们十分珍惜土地,大部分的土地都用来种植水稻、番薯、土豆等粮食作物,只有很少的自留地会零星种植甘蔗,因此,那个年代红糖是稀罕物,被人们当作滋补佳品来招待客人。家乡人请人喝茶,不是喝茶叶茶,喝的是红糖水,俗称"红糖茶"。红糖姜茶,也是女人坐月子时的最佳补品。

记得小时候,我们家从没种过甘蔗,也就没有自己制作过红糖,家里吃的红糖都是从集市商店里买的。突然有一年,生产队将所有泾坎头(河边至田埂)的旱地都种上了甘蔗,到了收获季,队里将收割后的甘蔗按工分分给每家每户,我们家也分到了好几捆,父母用手拉车运到邻村园珠屿加工成红糖,母亲把它储存在一个酒坛里,装了满满一酒坛。母亲让我们兄弟尝了鲜,那甜蜜的滋味让人久久难忘。

那个冬天,我禁不住诱惑,时常去打开母亲放在楼上角落里的酒坛偷吃红糖,每次撮一把,渐渐地坛里的红糖少下去、少下去,引起了母亲的注意,我只好坦白交代。母亲没有严厉地责罚我,而我贪恋甜食的习惯已经养成,牙齿在甜味浸润下,渐渐地松动了。

此后,村里没有再种过甘蔗,我家再没有榨过红糖,但甜蜜的记忆,始终萦绕在我的心头。

深澳，深奥

"钱塘江尽到桐庐，水碧山青画不如。白羽鸟飞严子濑，绿蓑人钓季鹰鱼。"这是唐朝诗人韦庄赞美桐庐富春山水的诗句。

桐庐，不仅有美丽如画的富春山水，千古流芳的严子陵钓台，还有许多保存完整，具有浓浓人间烟火气的古村古镇。去年的八一建军节那天，我和禹舜、秀丽等同学，在蔡老师的带领下，走进了位于桐庐江南镇的深澳古村。

踏入深澳老街，仿佛时空穿越了千年，不知不觉走在了古代的某个富庶村落；又仿佛似曾相识，这不正是小时候路桥镇上老街的模样？只不过相比路桥老街少了小桥流水的姿态。

一千年的时光，在地球几十亿的年轮中，如电光石火，不算长；在人类社会数千年的演变史中，如漫长的隧道，不算短。白墙黑瓦，青石板台阶，临街木质门板、窗棂，精美的木刻雕花，斗拱、牛腿挑起的房梁，马头墙高耸构起的防火屏障，这些古代建筑的基本元素，也都体现在深澳的每一幢建筑中。中国式传统营造法式，左右对称布局的房屋格局，向前方延伸，构成街市的姿态。中间的街道，卵石、青砖、条石，相互间隔铺设，构成有规则的图案，精致有序。路面锃亮，刻录着人类踩踏过的痕迹，泛着幽幽青光，似乎向人们讲述着一代代深澳人关于光阴的故事，让人浮想联翩。

随着脚步的迈进和脚下卵石的延伸，呈南北走向的深澳老街，长五百余米，宽约三米，两侧古建绵延，不时有深藏其中的深宅大院现身。申屠氏宗祠、戴公馆、恭思堂、怀素堂、州牧第、致和堂、神农堂等，次第呈现，无不展现出建筑的精美和深厚的文化底蕴。

由主街道又向两侧各伸展出三条弄堂，使整个古村在长方形大势态中包含"非"字形的街市格局。

悠远的历史，深厚的人文气息，是每一个古村老街必备的内在气质。深澳古村也不例外，其最早由申屠氏在南宋时从富阳申屠山迁居此处，历代耕耘，渐成望族，再有周、应、朱等姓迁入。现深澳村有明清古建一百四十多幢，民国古建六十多幢，内部雕刻精美，结构恢宏，是徽派建筑与浙西山地民居的完美结合。

除了让人叹为观止的古建以外，深澳村更有让人咋舌的地下给排水系统，被称为"江南坎儿井"的地下供水体系。

坎儿井是新疆荒漠地区特殊的灌溉系统，是最宏伟、使用年代最久远、最有实用价值的水利工程，与万里长城、京杭大运河并称为"中国古代三大工程"。

坎儿井是荒漠缺水地区的无奈选择，是人类为了生存而与大自然抗争的智慧结晶。深处江南水乡腹地的深澳村，如果不是碰上极端干旱的天气，是不会缺少雨水的滋润的，为什么要选择坎儿井式的地下供水系统呢？

在没有自来水供应的古代，为了取水方便，传统的村落，大多倚河傍溪而建，若没有河流、溪水可倚，通常在村子中挖几个池塘，掘几口井，以保证居民用水需求。走在深澳村，除了在村口看到一个大池塘，走进整个村庄古街，没有再看到别的池塘，也没有原始的溪流河道流经村里，我们在居民的房前屋后，也没有看到井的影子。这对于一个有着一千多户人家、数千人口的大村，还有曾经繁华的商业街市的深澳村居民用水来说，是难以想象的。

那旧时的深澳村是如何解决居民用水的呢？随着我们的脚步，答案很快就解开了。当我们走过一段卵石街路以后，突然在某个路段的房前，冒出一泓流水清澈的水沟来。刚开始我们不明就里。再走向前，水沟消失了，拐过一个街角，又冒出一个水沟，又到另一处较阔的街面，一个更大更深水渠出现，似一口大型的深井，岸边铺有台阶，从台阶下去才能亲水。原来，整个深澳村的供水系统，就由这样的暗沟、明渠、坎井组成。而这个供水系统的源流，来自村庄所依靠的应家溪和洋婆溪两条溪流的溪水。

深澳村这个精巧的供水系统设计，不仅解决了饮用水、生活用水问题,而且将污水分开处理,具有超越时代的环保意识,同时还有节约水资源和保障居民安全的功能。大部分的水,通过暗渠输送,大大减少了水的蒸发量,减少了水资源的浪费,这在干旱季十分重要。而裸露地面的明沟和深井量的控制,可以防止居民特别是孩童溺水事故的发生,深澳人的智慧令人叹服。

在当地语境中,引水暗渠俗称"澳",澳深水冽,故名"深澳"。而我要说,深澳人拥有保存完整的数百间"古屋群雕,无木不雕"的古建筑群,和精巧绝伦、至今尚在使用的"坎儿井"式供水系统两大遗产,足以让世人惊叹佩服。我们不仅佩服于深澳古人的天才创造,更佩服于深澳今人深具远见的对传统文化的珍惜和保护。唯有珍惜和保护,才能让珍贵文化和精神遗产得以流传。

走在深澳,浏览深澳,仰望深澳,我们在吸收深澳深厚文化底蕴和人文沉淀时,囿于个人学识和修养之不足,仍然深感领悟不尽之遗憾。

深澳之深奥,源远流长。

山蛭是体操运动员

　　小时候的夏季,每每下到抽水沟里摸泥鳅、捉黄鳝,等到收获战利品爬上岸时,小腿肚上往往有个针眼似的小孔,在汩汩地冒着血。这血,顺着小腿肚往脚后跟流,往地上流,形成血线,一时竟止不住,这孔便是被水蛭咬的。有时候,腿肚上还附着圆鼓鼓的血包,这是还在吸血的水蛭,不用力扯,不大容易扯下来,扯下来的,用脚踩不死,用刀剁不断,撒把盐在它身上,才会慢慢萎缩,死去,干瘪。

　　那时候,水蛭是水田、沟渠里的常客,总在夏天里出没,叮咬人畜,给干活的农人造成危害。被咬的腿肚子血淋淋,那场面看着有点瘆人,好在我们农村人已经习以为常了。后来,随着化肥农药的大量使用,水蛭渐渐稀少了。离开农村多年,很久没有碰见过水蛭了。

　　端午后的一个周末,我们一行七人去临县的力洋镇参观一所教育研学实践学校,顺便在当地村主任的带领下,去游览附近的桃花溪。

　　头一天刚下过大雨,清泉石上流,溪流潺潺,流水哗哗,连续观赏四五个瀑布后,我们游兴正浓。村主任说爬山进程过半了,问我们还要不要继续,我们都说要继续,不能半途而废。村主任就说他回去开车到山顶公路上接我们,免得我们下山走回头路。

　　再观赏两个瀑布后,沿溪而上的木栈道因木板腐朽不能通行,我们沿另一石砌山路向上,山路突然变得陡峭,攀登变得吃力起来。我和同行的本家女校长走在前面,慢慢地其他五人远远地落在了后面。

　　女校长一直走在我前面,她说要笨鸟先飞。在连续爬过几个长陡坡后,女校长站住了,等我走近后,她说她被虫子咬了,我问什么虫子,她说是一种红色的小虫子,扯起来很费劲。我顺着她指的被咬部位,见她脚踝附近有个红点。我问她出血没,她说出血了。这时我虽没见到咬她的虫子,但我已猜到是山蛭。她问我有没有毒,我说应该没有毒。

等到同行五人赶上来,他们也说起了山蛭,说刚才他们一路上跟山蛭在作斗争,有两位女老师也着了道,一位老师已被咬过,另一位林老师穿的旅游鞋鞋底是中空的,甩掉的山蛭钻进了鞋底中间层,还没爬出来。那位被咬的女老师的先生向我描述山蛭的猖狂,他说山蛭会跳、会飞,当你的脚踩过它附着的树叶,就会跳上你的鞋背、裤腿,然后往里钻、叮咬,他们一路跳,一路甩,才把这些山蛭甩掉。他提醒我们拣光滑的石阶走,不要踩有落叶的地方,那是山蛭躲藏的温床。

其实,我只是小时候见过水蛭,被它咬过,从没见过山蛭,但我知道有山蛭这个物种。刚才根据女校长被咬的伤口和她的描述,我马上想到的就是山蛭,直到此时我还没见过它的真容。

这时,走到前面的女校长又喊了起来,她又看到了山蛭。我上前一看,这山蛭橙黄色,与水蛭极相似。只是身体细长,目测也就一二毫米粗细,比水蛭小很多。它一头钉在石阶上,身子一忽儿直立,一忽儿拉得长长的,弯向一方,四处摆动,极像体操运动员在鞍马上做着各种高难度动作。一忽儿,不知是前空翻还是后空翻,它从石阶的一端弹跳到另一端,看起来真的会跳会飞,而不是像别的虫子那样匍地爬行。当我们的鞋子靠近它的弹跳距离时,就出其不意跳上鞋子,真的神出鬼没,快捷无比。其实山蛭的这种动作,有一个科学的命名叫"尺蠖式运动",行动时身体上拱,屈伸而行,似人以手丈量距离。

我后来得知,山蛭,俗称旱蚂蟥,蛭纲水蛭科,与蚯蚓同属环节动物,常栖息于南方潮湿的山区丛林和草地,是山林中有名的"吸血鬼"。山蛭头尾各有一个吸盘,前吸盘的中央是口,口内有三个肉颚呈Y形,每个肉颚的纵脊上有一列小齿,叮吸人畜血液。山蛭口中能分泌抗凝血的物质,破坏血小板的凝血功能,这就是我们被咬而血流不止的原因。当然这一特性,可以用来治疗病人局部充血和血栓。而它分泌的另一种物质是止痛剂,让我们被咬时无疼痛感。女校长和林老师回到家时,都发现各自腿上还在流血,只是被它的止痛剂麻醉了才没及时发现。

不久,当我给貌似中暑的黄校长刮痧时,我也着了山蛭的道,两只鞋面上都附着了一条山蛭,好在我穿着较厚的棉袜,还没被咬。我用妻子递过来的小毛巾,将这两位"体操健将"揪离了鞋面。

西塘归来

江南六大古镇之周庄、同里、甪直、南浔、乌镇、西塘,早已名闻遐迩,扬名海内外,我也心向往之。

对于西塘的了解,去过的朋友回来说的,网络文章介绍的,微信朋友圈上发的,林林总总,纷纷扰扰,多多少少能勾起人的一点冲动。终于在这个躁动而闷热的深夏里,乘着妻子与女儿放暑假的机会,一家三口自驾直奔西塘。

到达古镇牌坊前已是傍晚时分,原来听说下午四点半以后入古镇不再收门票,此时已是五点,值守的保安仍然坚守岗位。于是给预定的酒店打电话询问,被告知五点半以后方可,我们只好在门前徘徊。我想,规则的本意是让游客在古镇老街留宿消费,其实规则的制定者大可不必如此狭隘。大凡慕名到古镇来游客,都是为了感受古镇古老的气息、古典的氛围和它的慢生活,作为面积为六大古镇之首,有 1.04 平方千米的西塘老街,无论如何一个白天或晚上是无法窥其全貌。就像我们,来之前就计划三天两夜的行程安排,需要在古镇住宿两晚的。而对于那些打定主意走马观花,上车睡觉,下车撒尿,手机拍照,留个记号的旅行团队,这样的规则照样留不住他们。我们碰到妻子曾经的两个学生参加的旅行团,就是住在嘉兴城区,晚上到西塘、乌镇一游,当晚返回嘉兴住宿的。因此作为人类共同文化遗产的古镇,应该笑迎四方客,全天候取销门票方为上策。

等到门岗撤去,入得古镇,找到预定的酒店,差不多已近晚上七点钟。好在仲夏时节昼长夜短,此时太阳虽已下山,但夕阳的余晖尚照亮着古镇上空,黄昏的古镇,有着朦胧、沉静、安然的美。夜幕渐渐降临,沿河长廊下的红灯笼、霓虹灯,次第亮了起来,倒映在水中,在粼粼的波光中荡漾开来,如同在水中洒下无数的碎金。华灯初上,饭店、酒吧、茶肆在灯火中亮堂,热闹与喧哗喷薄而出。夜生活由此开始。

西塘的夜是现代的、热烈的、令人躁动的。住的酒店叫爱情公寓,我们这对老夫老妻,见此招牌,不禁相对莞尔,也浪漫一番。回想我们过去二十多年一起走过来的日日夜夜里,虽无山盟海誓、缠绵悱恻,但也风雨同舟、相扶相携,历尽艰辛走出了人生的困境,因此十分珍惜一家人在一起的美好时光。

走出酒店门口的巷弄,就是临河的北栅街,长长的廊棚自南至北,一眼还真望不到头。北栅街的南端是西塘人家酒家,处在丁字河口的岸边,十分繁华,我们在此简单地用过晚餐。酒家门口的安善桥连接河的东西两岸,跨过三孔的石拱桥,霓虹闪烁、摇滚声声、呐喊阵阵处,是两家酒吧,一家现代的名叫"嗨森酒吧",透过大平面的玻璃窗,里面人影幢幢,荧光棒闪闪,歌声、舞影、烟雾穿透千年的青砖、黑瓦、房梁,飘入朦胧光影中的古镇夜空。与"嗨森"隔街相对的另一家名是很古典的"唐朝酒吧",一切都是古典的,门口高高的大红灯笼照亮着漆黑的招牌,漆黑的大门里听不见歌声,也看不见人影,大概里面的人都梦回唐朝了。

一路行去,除了酒吧,就是茶吧、咖啡吧,间或饮食店、特产店,真是灯红酒绿,光影迷离,令人眼花缭乱。我们时而东看看,西瞧瞧,时而坐在河边的石凳上,仰头遥望流光溢彩的夜空,低头凝望被灯光映得五彩斑斓的水面、河岸静默的垂柳、以及灯光下刻有简单八卦条纹图案的圆形石盘,偶尔也侧目欣赏如我等一样各色神情、装扮的游人。西塘因前人的创造而精彩,时空轮转,一样的建筑因不一样的人而更加精彩。

走着走着,我们累了,因而早早地睡去,不知夜西塘何时睡去。当我们醒来,已是早晨的西塘,安静的西塘、古老的西塘。早晨的西塘是原始、质朴、典雅的。

昨夜的喧闹已经褪去,酒吧街的早晨静悄悄,所有的店门都已关闭,只有门口的红灯笼高挂。我独自沿着昨夜走过的路径,踏着老街的青石板,感受不一样的古镇韵味,酒吧街上依然散发着浓烈的啤酒余味和一夜狂欢后的撩人心魄的躁动气息。

而河岸边的空气则是静谧清新的，我注视着门檐上的一个个招牌。隐西塘、猫窝客栈、水木印象、粮仓公社、西泠风韵、江南春色等等，不一而足。因为占据着临河的有利位置,恰是客栈旅店的最佳处所。门口木牌上一句"我在西塘等你",颇为撩人心弦,也许等的人,与被等的人,昨夜缠绵后,尚沉醉在温柔乡里。

河边间或有三五餐店,在露天的空地上摆上桌椅板凳,招呼如我等早起的过往行人用餐。也许是早餐飘香的诱惑,我在河边一张小桌前坐下,店家很热情地上前询问我吃点什么。我点一笼包子,一碗豆生、两根油条,边吃边欣赏眼前宁静的晨风韶光。

不远处,是我刚刚走过的石桥,我在桥上与一只小花猫邂逅,小猫站在桥中间,注视着赶早的游人,一派悠闲恬淡,像个古镇主人的范儿,它的后面有两男两女摆着各种姿势在拍照。此时一轮红日已经挂上东边柳枝的树梢上,一挂长长的倒影铺洒在水中。太阳真是伟大,它一露脸,黑暗尽皆退去,万盏灯火虽能照亮黑夜一隅,却不及其亿万分之一,不能冲破黑暗。

眼前的西塘,不正是三四十年前老家镇上的景象吗? 老家古镇,古称新安,南宋时即成为商贾云集,南来北往货物集散之地,历经千年,十里长街倚月河而建,河两岸埠头众多,河上每隔几百米就有一座石桥,桥即是路,路即是桥,故古镇被宋高宗命名为路桥。姨妈家就在老街西北面的河西街,小时候我常随父母来老街看望姨父姨妈,高考前还在姨妈家住了一个多月。每天凌晨,天还没亮,门前就传来"踢踢踏踏"的脚步声,那是乘早赶集的人们。还有河面上传来"突突"的马达声,这是运送各色货物的小火轮驶过。

多年以后,随着市场经济的发展,镇上在周围新区建起了许多专业的市场,老街渐渐地冷清了,十多年前,政府对老街整体进行整修。本着修旧如旧的原则,修整后的老街面貌焕然一新,整体功能得到提升,大部分的老街恢复了原有的商业功能,使老街发挥出新的活力和生命。

如今我工作的县城,小时候我虽未见过,据说曾经也拥有三十六街七十二巷,东官河、南官河、西江河、永宁江绕城四周。著名的五支河深入现今的青年路、天长路,横跨河上的各色桥梁最多时有 40 多座。

可以想象,每逢三六九黄城集市日,城内舟楫竞发,百舸争流,帆影幢幢,桨声阵阵,水声哗哗,水运交通十分发达,一片繁华景象。只可惜,新中国成立后由于城市建设的需要,也由于一些施政者古城保护意识的淡薄,河道陆陆续续被填平造了道路,老街老巷老屋被拆除,建成了高楼大厦,古城消失了,古迹毁灭了,传统物质文化的记忆淹没在历史的尘埃中。

这种境况,非发生在一城一地。各地为了追求经济效益,拆旧城建新城成为普遍现象,能保留下来的古城古建渐趋稀少,才成就了今日六大江南古镇游人如织、趋之若鹜的盛况。如果家乡县城的古建能保留下来,我们就可以在自家门口看风景。

时光依然在默默地流淌,日月轮回,经过白天的喧闹,新的夜晚又将如期而至,杭州友人光头阿步与我相约夜晚,相约西塘。

且在胥塘赊夜色,乘醉直上银汉边。

羊岩山上看海

羊岩山，地处浙东的台州临海市西北，距临海城区约30公里，主峰海拔786米，古以"山顶石壁上有石影如羊"而得名。

上羊岩山上看海，看什么海？羊岩山东距三门湾约30—40公里，三门湾是东海边的一处海湾。登上羊岩山的最高峰"羊岩之巅"，如果你运气足够好，碰上天气晴朗，万里无云，又加上你目力极好，或许你真的能看到三门湾，看到茫茫东海。但即使你真的看到了东海，那也是朦朦胧胧、影影绰绰的大海，至于那大海的浪涛，浪涛的雄壮，海上的海燕、渔船、帆影，都需要发挥你的想象，才能映射到你的脑海中。当然你也可以借助高倍的望远镜看海，但大多数人不具备这个条件。同样的，羊岩山上，不可能每天都晴空万里，我们许多人的目力也很有限，所以在羊岩山上，真正能看到海的机会不多，能看得到海的人不多。那在羊岩山上还能看什么海？我告诉你，羊岩山上还能看云海、看茶海。

羊岩云海

看云海实则是看日出的副产品。看日出的最佳处，一是海上或视线开阔的海边，二是高山之巅。我曾在椒江大陈岛的海上、温岭石塘渔港的海边看过日出，当那一轮红日跃出海面的瞬间，太让人惊艳了。而羊岩山的羊岩之巅，正是一处观日出的好地方，因为在它的东边，没有比它海拔更高的山峰了。

羊岩山上看日出，最好头天晚上住羊岩山庄，从山庄到羊岩之巅停车场约十分钟，然后徒步登上山巅约需十分钟。故而只需日出前半小时从山庄动身，就可以赶上观看日出，这样无需太累。若要从台州市

175

区或临海城区出发,则要提早一两个小时,才不至于耽误。

我两次上过羊岩山,都没能看到日出。第一次登山时间不对,上到山顶天早已大亮,第二次去,因为头天台风刚绕过三门湾北上,天空的云气尚多,登山时已知不能看日出,但有幸可看云海。

登山时天才蒙蒙亮,山路石级尚需摸索前行,同伴的面孔还看不清晰,大约走了一半路,人面已清晰可见,而东边天空呈现出橙红的云彩,云彩下的山峦层层叠叠。登上山巅,天边橙红的云层更厚,在橙红云层的上下部,则呈现出暗紫色的云带。太阳应该早已跃出海平面,它的霞光想必要冲破云层的束缚,但厚厚的云层丝毫没有退让的意思,仍然包裹阻挡着阳光的冲刺。于是,那橙红的云带继续上抬,曾经有一度被撕裂,中间露出一缕红光。但这些云层毕竟是台风母胎带来的残余势力,十分顽强,一度将整个太阳光芒遮挡,天空整个变成暗灰色。魔高一尺,道高一丈。云的势力终究是强弩之末,红日终究跳出了云层的包围,站在云端之上,时针已指向上午七点以后,红日下的云海呈现出多重色彩,赤橙黄蓝紫。此时山岚升腾的雾气,也被阳光照射,呈现出一轮迷幻的光晕。

日上两竿,带着些许惊喜,些许遗憾踏步下山。下山路上看茶海。

羊岩茶

羊岩山的另一亮点是茶文化园,整个茶文化园面积约 20 平方公里,其中茶园占地约 5 平方公里,莽莽茶海,置身其中,一眼望不到边。

无论是从羊岩之巅看云海后漫步下山,还是从矗立着的地标性雕塑—天下第一石壶的入口处拾步上山,满眼葱绿,无不给人以心旷神怡、充满张力的视觉享受。你可以张开双臂,尽情拥抱这无尽的绿意,亦可眯起双眼,张大嘴巴,尽力呼吸这充溢着茶香的负氧离子。哦!你也可以俯身下去,捧一瓣茶叶入手,送入鼻端,尽情嗅吮这浓郁的茶香。足以让心灵通透,让百脉顺畅。

羊岩茶园分布在以山庄为中心的山坡上,平均海拔都在 600 米以上,这是茶园得天独厚的地理优势。顺着山势而筑的梯田,层层叠叠的茶园,整齐划一的茶树,是历代茶场人战天斗地、流血流汗、艰苦奋斗的结晶。羊岩茶起源于东汉,是浙江最早4处茶叶发源地之一。经两晋南北朝、唐宋元明,至明嘉靖年间,"云峰"茶已颇有名气,明清两代,有少量牙茶成为贡品。上世纪七十年代,羊岩人开启了大规模开山种茶的历史,积四五十年发展,始成今日之规模。如今,羊岩茶园核心区5000余亩,属于茶厂集体经营,同时辐射周边村庄茶园5000余亩,带动村民共富。

国人的茶文化,已有数千年的历史,早在唐代陆羽的《茶经》就系统总结唐代中期以前的茶叶发展、生产、加工、饮用等方面的知识,并深入挖掘饮茶的文化内涵。但长久以来,人们关于茶文化的研究与实践,基本停留在饮茶、烹茶和茶具的开发上面。而羊岩茶园文化产业的开发,着重于茶叶生产和加工领域,它让整个茶叶生产区域成为了文旅融合、文化创意的产业园,是集旅游观光、度假、品茗休闲、文化展示、科教、茶叶加工为一体的综合性茶文化园。

环山水泥路、茶垄间的硬化步道、玻璃栈道、水池水窟、风车与高台,这些硬件设施,是茶树的配角、茶园的点缀。在羊岩茶文化园,茶树、茶叶是真正的"红花",其余的都是"绿叶",这些红花配绿叶,让你尽享茶文化的浓郁氛围。

文以载道。在羊岩,文化载动着茶之道、旅之道、茶农们的致富之道。

在龙泉吃黄粿

　　旅行之乐,我一向以为,欣赏旅行地的风景名胜,与品味当地特色饮食小吃,各占一半的份额。

　　因此,对于由旅行社主导的团体游,导游以照顾游客固有饮食习惯为由的团队餐,是品尝不到旅游地的饮食风味的,只能自己以夜宵的方式出去觅食,方能实现。

　　如果是自由行,往往以饮食为优先,每到一地,先搜寻吃的,吃得欢喜了,旅行的目的便完成了一大半。

　　去年的那次龙泉之行,便极大地满足了我对旅行饮食的追求。

　　这是应龙泉朋友之邀的一次旅行,经过四个多小时的自驾行车,到达龙泉时已近傍晚,朋友将我们带到一个小山村的农家饭店就餐。

　　山村很幽静,离龙泉县城大约不过十分钟车程,一条蜿蜒的小路进去,四面环山,树木葱茏。

　　饭店是农房改造的,两层的传统木质小屋,黑瓦白墙,六七间房屋,呈 U 字形布局,中间有很大的道地。整个农家饭店背后靠山,前面有一片农田,也不大,估计十几亩的样子。

　　二楼有几个包厢,因为四月天气,足够的温暖了,我们选择了露天道地里的一张桌子,这样既能饱餐美食,又能饱餐山村秀色。

　　在这样的地方等待就餐,我的消化液急速分泌着。等待上菜的闲隙,妻和她的朋友不失时机地跑到空旷的农田去,用手机捕捉着什么。

　　上得菜来,大多菜品我都认得。香菇、黑木耳,是这里的特产,豆腐、春笋与我们老家的吃法差不多,还有一道野菜,也是我们常吃的盲菜,即白花败酱草,与我们的做法也相同。

　　看来,地处浙西的龙泉,与浙东的台州,在饮食上有许多共同之处。只有一道菜,我们台州是没有的,返程时,朋友买了些干品送给我们,带回来,水发后炒肉片,吃了好长时间,龙泉朋友说的方言名字,我并没有记住。

有两道小吃,其中一道装在竹制蒸笼里,黑黑的,我们尝了一口,以为是黑米饭。龙泉朋友一解释,我们才恍然大悟,原来是乌饭,我们的吃法是捣成麻糍,拌红糖,当甜食。龙泉人的乌饭,是咸吃,有其他配料。

另一道小吃,我们初以为是炒年糕,只是切成条状的呈淡黄色,不是年糕的白色。入口,却有一股熟悉的味道,像小时候吃过的米豆腐,这种味道有草木灰的清香。

我说出了自己的感受,问龙泉朋友这个小吃叫什么。朋友说,他们这里叫做"黄粿",是米粉加了山上一种树木烧成的灰制成的。我说这就对了,与我们米豆腐的做法相似,也是加入了草木灰,才有这样相似的气味。

米豆腐,是小时候夏天常吃的一种吃食,米粉做的,像豆腐,嫩嫩的,黄黄的。我们自己家里不会做,每到夏天,便有专门卖米豆腐的小贩,挑着担子走村串户,一路吆喝着走来,母亲有时会买一小块给我们解馋。

其实米豆腐的味道,第一次并不觉得好吃,吃的次数多了,渐渐地才感到美味,这种带有草木灰的清香,便刻入记忆里,久久难忘。

成年后,很久没有吃过米豆腐了,在龙泉突然吃到与米豆腐一样味道的黄粿,真的让我很惊喜。

黄粿的"粿",是米粉制成的糕点,是广东、福建、台湾一带的地方小吃,与我们的年糕相似的做法。

龙泉紧靠福建,习惯又与闽人相近,将米粉制品的名称叫做"粿",黄粿就是黄色的粿子。我们的年糕是粳米做的,比较硬,而黄粿,在粳米里加了糯米,比年糕要糯软些,是年糕和麻糍的综合体。

这顿炒黄粿,让人吃过难忘,临走时龙泉朋友又买了黄粿与乌饭让我们带回,我们倍感欣喜,回来很快就被消灭干净。

这次龙泉之行,记住了龙泉宝剑,记住了龙泉青瓷,更记住了龙泉黄粿。前两者随着时间推移,渐渐淡忘,而对黄粿的记忆,时时在舌尖上回味。

今年疫情期间,宅家越久,越发思念黄粿,便在网上淘了些回来。从包装上知道,黄粿的黄色,是添加黄栀、槐花而成的,是植物色素,与我们的米豆腐的黄色,是添加丝瓜花而得,殊途同归,都是绿色无害的。

都说乡味是乡愁,我把黄粿这种他乡之味,也炼成了乡愁。

第五辑

闲情与静思

关公的大刀

"关公面前耍大刀"是一句使用频率颇高的成语，通常成了那些志得意满、小有成就之人藐视他人的口头禅，更有甚者，将这句成语进化成"关公面前耍铅笔刀"，可谓目空一切。

关公是牛人，关公的大刀厉害不假。温酒斩华雄、诛颜良宰文丑、过五关宰六将，关公一生征战，死于其大刀下有名无名的战将和兵卒不计其数，在关公的大刀面前，真的不可轻易耍刀子。正因为自身的实力和骄人的战绩，关公目空一切，骄傲自满，《三国志》评价关羽善待士兵而轻视士人。关公看不起耍大刀的武人，更看不起耍铅笔刀的文人，是有根据的。

成也大刀，败也大刀。骄傲自满的关公最终的结局是失荆州，走麦城，逃命走小道，成为一个耍小刀的无名小将马忠的俘虏，其大刀也成为他人的战利品，关公身死名灭。

当然，关公成为马忠手下俘虏，并不是关公的大刀输给了马忠的小刀，而是输给了陆逊的铅笔刀。想当初关羽起荆州之兵攻打曹魏的樊城，还是留了一部分兵力，防备着东吴的吕蒙，吴下阿蒙毕竟也算成名的战将。可当东吴略施小计，以陆逊替换吕蒙为都督，关羽闻讯，对白面书生陆逊嗤之以鼻，立马将荆州之兵全数调往樊城前线。后方空虚，荆州立遭东吴偷袭失守，才有后来关羽败走麦城的下场。

白面书生陆逊，不仅敢在关公面前耍铅笔刀，更能在一代枭雄刘备面前耍羽毛扇，将刘备七百里连营扇得灰飞烟灭，一败涂地。

观大刀关公的结局，关公面前要不要得铅笔刀？依我看，要得。

满招损，谦受益。骄兵必败。还是记住古人的这些话吧！

关公的大刀，世人应当诚之。

为母则刚

大寒前一天，冬的肃杀越发浓重。

看着烟雨湖浅浅的水面，我和她聊到了这年秋冬季长达近半年的干旱。她说她公婆老家宁溪山村已经没水喝了，要从别的地方引水。突然，我发现她的眼圈红红的，又听她缓缓地说，老大走了，公公终于可以歇歇了。

我非常吃惊，忙问，谁的老大？怎么走了？

她说她的大女儿去年走了，九岁。

她说，大女儿是早产难产儿，当时她自己难产，病危昏迷，本来母子只能救一个。她的父母怕她醒来知道孩子没了受不了，不敢做主放弃孩子。孩子终于生下来了，但由于长时间缺氧，医生断言这个孩子是养不大的，不会活过十岁。

果然，大女儿从来没有站起来过，一直瘫在床上，连吃奶都不能自己完成，只能靠喂。女儿是她身上掉下的肉，毕竟已是一个生命，她不想放弃，一家人都不想放弃，公公婆婆都支持她求医。一两岁时，她带大女儿去了杭州医院，医生没说没有希望，她就给大女儿打三百元一支的神经营养针，打了近两年，花了很多钱，却没有任何起色。她又带大女儿去了上海儿童医院，这次医生没有给她任何希望，直接拒绝给予治疗，她失望而归，终于彻底放弃治疗。但公婆仍不甘心，说要去北京给孙女治疗。她知道上海医生的说法是权威的，只能劝慰公婆。

但大女儿仍在瘫痪中活着，有了知觉、痛觉，晚上痛得睡不着，经常嗷嗷大哭。她怕女儿的哭影响到邻居，只好把大女儿送回公婆山里的家，让两位老人照顾。虽然知道大女儿最终的结果，但她的牵挂一丝也没有少，每个周末都得往山里跑一次。

她的身体本就虚弱,那次难产后,医生判定她很难再生育,中间她有过抱养一个孩子的想法,一直未能如愿。经多方求医,确认能够生育后,四年前她有了小女儿。

有了小女儿后,因她和丈夫都在私企打工,要挣钱养家,婆婆就到城里给她们带小女儿,公公一个人留在山里继续照顾她的大女儿。本来夜里只用起一次给孙女喂奶粉的,但孙女每次哭,公公都要起来喂奶粉,每晚要起三四次。到后来,原本很健壮的老人,说自己经常头晕。

大女儿还是如医生预言的那样,生命终止符画在九岁那圈年轮。

大女儿走后,公公的头晕症也好了。

公公很善良的,她说。

你也很善良,我在心里默默地说。

她是一个非常瘦小的女子,我们认识多年,这是第一次听她说起她的故事。

这九年里,她的内心又经历了多少痛苦和挣扎呢?女子本柔弱,为母则刚。面前弱弱的她,竟然承受了如此的磨难。

岁月不只是静好,也要随时承受生活之重。

小男人大男人

有人说,上海的男人大多做事细致、严谨、一丝不苟,故上海男人有"小男人"之称。窃以为这种说法是站不住脚的,因为任何地方的男人都有做事细致与粗犷之别。虽然无人做过统计,但我相信世上的男人,细致的,粗犷的,大致应该各半吧,为什么其他地方的细致男人没有"小男人"之称,独独上海有之?

关于上海"小男人"之称的解读,最通行的说法是:上海男人受西方文化影响较深,他们尊重女性,在行为举止上表现得彬彬有礼;对妻子体贴,能与女性共同参与日常琐碎家庭事务的处理,通俗点说,就是上海男人比较顾家。

无论是晚清到民国,还是改革开放后,上海作为对外开放的桥头堡,都是最先接触西方文化思潮的,故上海男人受西方男女平等价值观影响最深,这是可信的。

实际上,男人就是男人,要么分男大人和男小人(小孩),这是正常逻辑。如果分成小男人和大男人,就是不正常的。如同"君子"对应的"小人","小人"之称是贬义的。男人前面冠以"小"字,明显带有贬义,将上海男人称作"小男人",其真实意思是指上海男人怕老婆,贬低秉持男女平等思想的上海男人。

怕老婆的男人是"小男人"? 历史名人有话说。据说隋文帝杨坚就是出了名的怕老婆,但这并不妨碍杨坚建功立业,建立大隋帝国,开创"开皇盛世"。另一个怕老婆的历史名人是戚继光,戚继光的夫人王氏有一身武艺,性格也很强悍。王氏不允许戚继光纳妾,但王氏又是戚继光事业上的贤内助,抗倭练兵的好帮手,成就了戚大将军的赫赫威名。

在那个男权至上的旧时代,杨坚和戚继光都怕老婆,但都成就了大事业,他们都不是"小男人",而是大男人、伟男人。

如今新时代,什么样的男人是"小男人"? 什么样的男人是"大男人"? 笔者以为,像上海男人那样细致的、顾家的、能与女性共同承担家务事,甚至有点怕老婆的男人,即使事业上碌碌无为、毫无建树,也是"大男人"。而那些始终坚持"男主外,女主内",在家里饭来张口、衣来伸手,从不动手做家务,或者偶尔做点家务,也推三阻四、斤斤计较的男人,他们天天享受着家里女人做家务带给他的福利,但其思想还停留在黑暗的中世纪,骨子里根深蒂固地轻视女人。这样的男人,无论其事业多么成功,也只是"小男人"。

"小男人"还是"大男人",取决于其思想,而不是事业。

响一声

一个没有接听的电话,一次难以忘却的经历。

十年前的一天,我从外面办完事回到单位,有两人在大厅等我,他们出示证件,说是公安局刑警队的,让我到警队协助调查一个案子。我没说什么,便跟他们上了车,因为我知道,这时候多说无益。车上,两位警官向我解释,他们没有穿警服来,是顾及我在单位的影响。

一路上,我没有丝毫的忐忑和害怕。我仔细梳理自己四十年的人生历程,自问应该没有干过任何违法犯罪的事情,也没有在网络上发表过不当言论。我想警察传唤我,也许就是做个证人吧,但我又想不明白,自己会跟哪个案子有瓜葛呢?

到了警队,问询就在办公室进行,一位警察自我介绍姓王后,问询开始。王警官问我某一天的活动轨迹,因为时间相隔并不遥远,我略一回忆,便一一陈述。听我说完,王警官让我再仔细想想,有没有遗漏。我对他说,我记得很清楚,没有遗漏。

显然,警察不会轻易相信我的话,怀疑一切是他们办案的基本逻辑,既然找上我,就有怀疑我的足够理由。

王警官仍然不时提醒我继续想,有时我们都陷入沉默。

中间王警官出去了一次,回来问我跟某个女子是否认识,我说不认识。这时我意识到他们在调查几天前发生的一桩凶杀案,这是我已经听到过传闻的。我便问,这个女子是否被杀了?王警察没有否定,他在纸上写下一个手机号码,问我认不认识。我看了这号码,没印象,便说不认识。我问这号码是不是被害人的?王警官没吭声,等于默认。

警察亮出了证据,看来这个电话真的跟我有关系,我开动脑筋,努力搜寻记忆的痕迹。

好在我的脑子还好使，很快就想起来了。那是十天前的一个晚上，七点左右吧，在家里，我的手机响了几声，正当我准备接的时候，却停了，整个过程不过十余秒，一定就是它。那时流行"响一声"，骗子等着你回过去，我是不会上当的。这个"响一声"的电话，我还跟妻子说过，便随手删了。

我十分肯定地对王警官说，这个电话我没有接，你们从移动公司查得出来的。

王警官却说，我们查了你跟这个号码没有通话，但不能证明你跟这号码就没有关系。

然后他又出去了，我继续等待。王警官终于回来了，让我先回去，随时等候他们的传唤。

走出公安局的大门，看了看时间，整个问询大概用了两个小时。

尽管我心中的疑问已经消除，但我知道警察对我的怀疑并没有消除，最后交代的那句话，是留有尾巴的，除非他们找到真凶。

隔了一天的下午，刑警队又打来电话，让我再过去一趟。我赶到刑警队的时间是大约下午四点左右，还是那间办公室，问询的警察好像换了一个，重复上次的问讯。我有点激动地说，你们完全查得清我有没有跟她通过电话的。警察不理我的辩解，还是让我继续想。问了一会，他出去，再回来，再继续同样的话题。

这样，警察出去多次，大多时候把我一个人扔在办公室，目的就是要观察我的破绽。警队很忙碌，办案民警进进出出，他们在办公室的时间都很短。

我不会露出半点破绽的，我没有接这个电话，更不知道这个电话的主人是谁。俗话说：不做亏心事，不怕半夜鬼敲门。这个"响一声"，犹如天外来电，与我没有什么关系。

这次问讯持续到晚上八点多。终于，第一次带我来的那位王警官进来，对我说，没有我的事了，耽误了我吃饭，他们请客。饭后，警察说要送我回家，我说自己走走吧。

走在回家的路上，晚风拂过脸颊，心中生出一丝寒意。

此后，警察没有再找过我，也不知道案件破没破。我也不知道那个被害的女人是谁，因何被害。

又后来，媒体不断报道了佘祥林、赵作海、呼格、张氏叔侄等案件，我才感到有点后怕。我想，如果我当时碰到与他们那样的办案警察，我的命运会怎样？我不敢再想……

常言道：明天和意外，不知哪个先到。一个无端的电话，或许可能改变一个人的命运。十年前的我，走在法治进步的大道上，是幸运的。

雪,下在该下的地方

台州,背山面海的江南山海之地,北有括苍山阻挡住西伯利亚的寒流,东南吹拂着西太平洋过来的暖湿气流,即使在全国大范围遭受严重冰雪灾害天气的 2008 年,台州仅黄岩九峰方山顶上飘下几朵小小的雪花,第二天太阳一照就化无形。

从气候学的角度来讲,台州属亚热带海洋性季风气候,一年四季分明,且每个季节都在三个月上下,十分均等。在三四十年前,我的孩童时期,每年基本上都能见到下雪的日子,不过比北方下得晚,不是在小雪大雪节气下雪,通常下在大寒至立春前后,无雪的年份较少。近二三十年来,由于全球气候变暖,冬天的气温普遍上升,家乡下雪的日子,渐渐变得稀有、珍贵了。因此人们盼望下雪的心情,也就越发热切起来。

尽管如今出行方便,有些人选择冬天去北方旅游,真正感受千里冰封、万里雪飘的北国风光;本省有些地方也造起了人造滑雪场,让人不必走太远,就能享受滑雪的快乐。但总抵不过在家门口亲历大雪飘飘,尽情堆雪人、打雪仗的豪迈气氛。因此,每每天气预报显示有雪来临,就让许多人激动一阵子,无论是在社交平台、办公室,还是两人之间的电话里,都离不了下雪的话题。生活在江南温暖乡里的人们,太需要白雪公主的光顾了。

朔风猎猎,雪花飘飘,银装素裹,确实分外妖娆,难免会引发英雄人物的诸多豪情壮志。洁白无垠,一片苍茫,如童话般的世界,也给平民百姓带来欢乐和喜庆的吉兆。

俗话说:瑞雪兆丰年。冬天里的雪,铺在大地上,就像厚厚的棉絮,给庄稼农作物披上保暖的外衣,同时又能将危害农作物的害虫冻死冻僵,减低病虫害的危害,保障第二年农业有个好收成。这是下雪对人们有益的一面。

但是,任何事物都有两面性,下雪也不例外。厚重的积雪,就等于给我们的房顶压上成吨的压力,对于农民和农业来说,就是一场灾难。牛圈羊舍塌了,树木竹林折了,蔬菜大棚垮了,简陋的房屋也会被压垮。农作物受损失,牛羊受冻死亡,甚至人也可能被冻死。这是雪对农村的危害。

城市也会遭受雪灾,大雪造成道路封堵,物资运输中断;压断电线,使供电瘫痪,让城市陷入黑暗;更使供水管路断裂,让生命之源断路。2008年的冰雪灾害,给国家和人民财产造成巨大损失,给群众生命造成巨大威胁,给百姓生活造成巨大灾难。2024年春节前后的全国大范围雨雪冰冻天气,给返乡过年的人们带来了极大的困扰,许多自驾车堵在路上两三天不能动弹,许多动车组停运,高铁车站大量旅客滞留。这是下雪天气对人们危害的一面。

我国疆域辽阔,南北气候差异很大,广大北方地区,冬天长,气候严寒,对下雪天司空见惯,习以为常。因此北方地区的生产、生活设施,抗冰雪天气的等级高,人们抵御、适应严寒气候的能力,也远远强于南方。2008年那场冰雪灾害,受灾最严重的都是南方的省份,就是一个明证。

好在,台州黄椒路主城区自2010年下过一场雪后,连续十三年没有下雪,直到2024年年初的这场大雪。1月22日夜,我陪杭州客人吃饭,晚上八点返家时,天上飘着大片的雪花,地上已积雪积冰,不足一公里的路程,足足开了半小时。到了夜里十点,朋友圈传来消息,路泽太高架有上百辆车连环相撞,各地撞车的新闻也被频见报道。可见下雪带给人欣喜的同时,也可能带来巨大灾难。

第二天早上,能开车上路,车子能像蜗牛一样爬行前进,已经算是幸运,而在幸运的背后,是环卫工人、交通警察们大半夜的辛苦付出。

如果让雪飘过岭南,那让冬季也穿汗衫短袖的两广人们如何应对? 不知他们翻箱倒柜能找出几件棉衣棉裤?

不以雪喜,不以雪悲。让雪下在该下的地方吧!

芦苇

人是一根有思想的芦苇。

今年的夏天有点长，寒露过后第六天是重阳，那天气温仍在 30℃ 上坚挺。重阳后的第一个周六，终于迎来今年下半年的第一场冷空气，断崖式降温，宣告秋天的来临。猎猎凉风中，我捋起袖子，开始打理植物葳蕤、杂草丛生的露台，收割有心种植的土荆芥、紫苏等药用植物并晾晒，以备他日之需；清理马唐草、牛筋草、鬼针草等无用杂草。打理露台时，我陡然发现在那个微型湿地——直径约四十厘米的水培缸中，三枝细长的芦苇枝秆，各自都顶着一串穗状花穗。芦花开了！

这芦苇，是今年春季在永宁江边挖来的。那是一枝长三十几厘米的新芽，主根挖断了，只剩三条须根，我就把它种在这水缸里，本不太指望它成活。水缸原先已经有几个主人，最早的是水蜡烛，学名香蒲，种子不知是自己飞来的，还是鸟儿衔来的，反正它是最早落户的。第一年，那婀娜的细长枝叶上结出蜡烛样的柱状物，开始我不识，一查询，才知叫"水蜡烛"，蛮可爱的，就把它保留了下来，以后每年都会开出几朵蜡烛花来，如今已有十多个茎枝。

后来又从老家的河岸边挖来两枝菖蒲，种在水缸里。菖蒲和香蒲是近亲，形状相类，互相映衬。菖蒲新发枝叶，每年端午，我把它剪下几枝，挂在门框上，附迎风俗。今年第三个落户的是水柳，也是从永宁边迁来的。因见水柳身姿清秀俊朗，便剪了几枝叶，扦插成活，到夏天也开出几朵红红火火的穗花来。

有了前面三个先到者，水缸早已挤挤挨挨、密密匝匝，芦苇新客的加入，只能算作见缝插针。此后除每天浇水，便不大关注它们的生长。不想秋凉第一天，竟然给我送来三枝迎风摇曳的芦花，怎不令人欣喜，令人感慨？于是在社交平台分享了它们的风姿，并感慨说："蒹葭苍苍，人生秋凉。"诗人阿角纠正我说，是人世秋凉，人生总是热的。

人生总是热的。如这芦苇，刚种下时是那么弱小、稚嫩，在众多的水族兄弟姐妹中，见缝插针，艰难成长，不仅存活下来，而且一分为三，培养出了下一代子孙。虽然它的枝秆只有三四毫米的直径，却迎着阳光，迎着风雨，挺拔向上，扎根小小的水缸，吸收着有限的养分，竟也长到成年人一样的高度。它顶上的芦花之重，让其不得不有些弯曲，但依然弯而不折、挺而不屈。

人类与这纤弱的芦苇何其相似，作为万物之灵，这个星球上最高贵的生物，在宇宙大自然面前，仍然是非常渺小和不堪一击的。但人类历经数十万年进化、演变发展至今，不仅自身发展壮大，还创造出了灿烂的物质文明和精神文明，就是因为人类有别于其他生物的根本性的存在，那就是思想的光芒。

无论环境多么险恶，世界多么悲凉，人生永远是热的，我们要像这小小的芦苇一样坚强地生长。

劳动者是财神

　　春节期间，我的汽车驾驶座电动座椅按键发生故障，椅靠背只能前倾，不能后仰，因多次调试，座椅靠背已非常前倾，行驶时很有压迫感。考虑到过年长假，汽修店都关门放假，就一直忍着不开车不出门。但大年初七必须出门上高速，拖到初六，抱着试试看的心思到某4S店寻求修理。到了4S店，店中值班人员一大帮，有七八个之多，却没有一个人愿意干活，都表示他们只是值班的，不上班，对我提供不了帮助。

　　一个服务业的民营4S店，安排一众人员值班而不干活，要这么多值班人员何用？难道值班是为了看护店产？现在社会治安这么好，哪还有小偷光顾呢？何况店里摄像头遍布。既然不营业，不提供服务，何必安排那么多人员值班呢？只要一个门卫足矣。

　　值班只为做做样子，如此经营理念，又如何能为客户服务？不说4S店平时的修理费比其他汽修店贵许多倍，就凭这样的服务态度，又如何赢得客户的信赖？在竞争激烈的汽修业，其业务外流是必然的结果。

　　无奈悻悻而归。返回途中，在长塘，一家小汽修店，一间门面，一个人，店门开着，老板兼修理工在一辆丰田车底下干活，我上门求助。

　　凭着一支电笔、一把螺丝刀、一把剪刀、一个电瓶，小店汽修工查出了车子电动座椅故障的原因，因没有零件可换，他只能帮我把椅靠背扶正。就这一扶正，开车舒适了，驾驶位不再有压迫感。老板收我80元，他哪怕收180元或者280元，我也是很乐意给的。

　　大年初六，商店大多没开门，很正常；汽车修理店也大多没开门，也很正常。当大众都还沉浸在节日的欢乐中，小汽修店老板独自开店了，这是一个勤劳的人，值得敬佩的人。我不知道他叫什么，但知道他的店名叫"永合"，永远和合。

初六的前一天是大年初五,是民间传说中财神的生日,社交平台中满屏都是接财神的祈愿语,祈愿在新的一年里财源滚滚,幸福多多,是人们最朴素的美好愿望。

这让我重新思考一个老生常谈的问题,什么是财富?如何创造财富?哪有财神?小汽修店老板告诉了我答案:劳动创造财富,劳动者自己才是财神。

办公室的蚊子

　　早上，走进办公室，一阵"嗡嗡"声就已袭来，由远及近，环绕耳际。这种未见其影，先闻其声的高调，一定是蚊子的派头。稍不重视，就着了它的道。腿上、手臂上、脖子上，甚至脸面上就会起包，让你难堪，瘙痒连连。

　　一试得手的蚊子，更加肆无忌惮地从我面前掠过，像是展示其高超的飞行技艺，又像是向我示威。

　　不得不承认，这真是个飞行高手，忽左忽右，忽上忽下。在我身边上下翻飞的，是一只体形硕大的蚊子，超过一般蚊子的个头。黑色是它的主色调，长长的脚上和身体都有白色的斑纹，这就是我们俗称为"花蚊虫"的长脚蚊子，它的学名叫"白纹伊蚊"。

　　白纹伊蚊，有"亚洲虎蚊"之称。叮人凶猛，飞行能力强，飞行速度快，能随心所欲地做前后滚翻、俯冲、急转弯、突然加速或减速等高难度动作。我是真正领教了它的本事，姑且称我办公室的这只花蚊虫为花兄（凶）吧。

　　云南有民谚："草帽当锅盖，鸡蛋串起来卖，三个蚊子一盘菜。"比喻云南蚊子之大，虽略有夸张成分，但我办公室的这只花蚊子个头的确不小。

　　白纹伊蚊是疟疾、登革热的主要传播者。前些日子官方也发布信息，号召大家清除垃圾，倾倒房前屋后各种坛坛罐罐里的积水，消除蚊虫滋生的环境，消灭蚊虫，预防登革热。

　　从小生活在农村的我，经历过无数个夏夜蚊虫叮咬的漫长锻炼，一般是不大怕蚊虫的，即使被蚊虫咬，皮肤上起的包也很小，很快就会消去。但这个花蚊虫会传播登革热，还是小心提防为妙。于是我手脚联动,上下左右挥舞,欲将其驱逐出境。

没想到它并不怕我,也没打算自动离境,而是跟我玩起了套路。一忽儿飞到桌子底下脚边嗡嗡,一会儿飞到后背嗡嗡,再飞回到电脑屏幕前展翅亮相。

我见一时半会儿赶不走它,也就不再理会它。

它见我不再赶它,竟然放肆起来,停落在我的左手臂上,亲热起来。尽管我的两手手指在敲击电脑键盘,双眼盯在屏幕上,但我并没有放松警惕,暗暗地关注着它的一举一动。

它终于得意忘形,使劲地喝吸我的血液。这时我偷偷地举起右手,以迅雷不及掩耳之势,自右至左,自上而下,一个斜拍。它终于没有逃脱我正义的手掌,被当场拍死,跌落在办公桌面上。

这场人蚊决斗,以花兄以身殉职,壮烈牺牲而结束。我开始注视已默不作声躺在桌子上的花兄,它的身形应该说是非常优美的,白色的斑纹点缀其混黑的身躯,恰如其分,犹如黑美人般迷人。

据说有人用放大镜观看飞行中的蚊子,不禁为其曼妙的身姿、堪称完美绝伦的飞行姿势而赞叹不已。

蚊子家族有着庞大的族群,一般的蚊子都是晚上天黑或在阴暗的场所活动。而花兄所属的白纹伊蚊,却是不分白天黑夜都要出来活动,它们是真正的五加二、白加黑精神的践行者,它们天生具备这种精神。不像有些人类,需要不断地号召鼓动。

雄蚊子不吸血,它们吸植物的汁液,吸血的是雌蚊子,而雌蚊子吸血是为了繁殖后代。雌蚊子前赴后继,冒着被拍死的风险拼命吸食人和动物的血液,一切为了子孙后代。它们如果像雄蚊子一样食素,只吸食植物的汁液,它们的生命只能维持十到二十天的时间,就不能完成传宗接代的使命。

也许这就是动物世界里母性的光辉。这让我想到了我们自己,每个家庭中,如果母亲勤劳贤惠,总是能培养出有出息的子女。孟母三迁的故事,岳母刺字的故事,都证明了这样一个不争的事实。

花兄走了,办公室暂时安静了。当我第二天再走进办公室时,嗡嗡声再次而来,我知道这是花兄的同伴们的呐喊。它们不是来复仇的,它们踏着花兄的足迹而来,是为了履行它们的"人生使命"。

我又举起了右手,这次没有拍向它们,而是向它们致敬。

葫芦

每年初夏时分，天一忽儿晴一忽儿雨。急速升高的气温里，氤氲的水汽盈盈充溢在树枝上、草丛里、发梢间。即便是那皓首鹤颜的老妪干柴似的面皮，也显露出水润的状态。

我在自家屋顶露台上种的几棵葫芦秧，在泥土的怀抱里，在轻风的抚摸下，在晨露的滋润中，在鸟儿的歌唱声中，展现出旺盛的生命力。那藤蔓"窸窸窣窣"地不停地往上蹿，不出一个月瓜藤就爬上了阁楼的屋顶，长满整个落地窗前。

早晨，只见朵朵白花张扬地朝天开放，黄色的花蕊吐着芬芳，引来一只蜜蜂驻足亲吻，轻快地拍打着翅膀，"嗡嗡"地发出欢笑。在那白色花朵下，两个连体的小青珠羞涩地躲在后面，那是两个葫芦娃：哦，这是新的生命在孕育、在涌动。这小蜜蜂竟是传递爱情信息的红娘。

满月过后，一个个硕大的葫芦就已长成，就像母亲十月怀胎的肚子。《诗经·豳风·七月》中云："七月食瓜，八月断壶。"葫芦为葫芦科爬藤植物，果未成熟时可以食用。古有盘瓠氏，以培植食用葫芦为业，应为西南各少数民族的祖先。而彝族先民以葫芦为氏族图腾，彝族传说中，在远古洪水泛滥时代，伏羲兄妹躲在葫芦中逃生，两人结婚后生三子，即汉族、彝族和苗族的祖先。闻一多先生在其《伏羲考》中考证认为："伏羲"即葫芦，"女娲"即女葫芦。在原始图腾中，葫芦兼有生殖崇拜和逃生工具之意。

不知从何时起，葫芦又被赋予了正义的化身。传说中的葫芦七兄弟，伏魔降妖、勇敢无畏，他们为民除害的故事，在民间广为流传。以此故事拍摄的《葫芦兄弟》和续集《葫芦小金刚》是 20 世纪 80 年代著名的国产动画片，给那个年代的小朋友留下了深刻的印象，也使许多成年人至今难以忘怀。

　　十多年前，我曾去过云南丽江游览，走在古城街道上，随时随处会传来悠悠丝竹声，这就是用纳西族的民族乐器——葫芦丝吹奏出的乐曲。用葫芦丝吹奏的纳西山歌民曲，旋律流畅、悠扬柔美，让人如痴如醉。

　　俗话说："依葫芦画瓢。"瓢是单弧形的葫芦，是葫芦的变形种，在我曾经种植的葫芦中，既长出过葫芦瓜，也长出过瓢瓜，真是十分有趣的现象。"美酒酌悬瓢，真淳好相映"，古人常将风干的葫芦掏空用作盛酒的容器，称作"酒葫芦"，既轻便又不易碎。俗语中问"葫芦里装的什么药"，也体现了葫芦可用作游方郎中盛放配制药物的工具。

　　连续几年，我都在这屋顶上种植葫芦。夏天，绿油油的藤蔓正好爬满为其搭起的支架，遮挡住了强烈的阳光，是纯天然的遮阳网，给烈日烘烤的阁楼滤掉一份灼热，增添一丝阴凉。满藤的葫芦从枝头、从空中、从金色的光芒里悬挂下来，在轻风里摇荡。秋天，葫芦瓜成熟了，颜色由绿变黄，摘下来，或放在书架上，或搁在茶几上，给家里增添了几分灵动、几分艺术、几多温馨，再拿出几个送人，总迎来几声赞叹、几分谢意，由此生出一丝满足、一点成就感、一分喜悦。

为有暗香来

冬天里有阳光的日子,我喜欢午后在露台上晒晒心情。

露台上有一棵多年前栽的梅树,每年都会开出一树白灿灿的梅花,开花时节在三九寒冬。这就是梅花的性格,不够寒冷,绝不绽放。

今年又是满树的花蕾,先开出三两朵,试探空气里的温度,感觉满意,接着就会争先恐后地开放。如果持续低温晴朗,花期就会坚持一周左右,也有零星疏懒的花蕾,待大部分花谢后,仍在开放。

午后的阳光略微西斜,照在洁白的花朵上,映出晶莹的亮光。有光线从窗户的玻璃反射回来,也有从顶棚玻璃中折射过来的。直射的、折射的、反射的光线,汇聚到一起,闪烁着炫目的光晕。这时有几声"嗡嗡"声从耳边传来,注目一看,花丛中已多了几个客人。它们时而停留在花蕊中"吱吱"轻吻,时而绕着花朵在丛中追逐飞舞,时而飞到高处的晾衣竿上歇息。

冬天总是不缺风的。其实位于九峰山下的我的蜗居处,恰是个风口,一年到头没风的日子很少。有时候,深夜里那一阵紧过一阵的"呜呜""哗啦"声,有如千军万马行进时的号角声。

尽管露台西边有一堵倾斜的墙挡着,风还是爬过屋脊,顺着顶棚玻璃吹下来,摇晃着树枝。枝头的花朵,顿时花容失色,花枝乱颤,有些"扑簌簌"地掉落在地上,一地缤纷。伴随而来的,有丝丝的暗香浮动,钻入鼻息。

"墙角数枝梅,凌寒独自开。遥知不是雪,为有暗香来。"宋人王安石的这首《梅花》,道出了梅花的品格和芳华,为历代咏梅诗中的佳作。千百年来,梅花被赋予了太多的人文精神。梅花,经冬不朽、凌霜傲雪、独占争春的特性,成为代表冬季的花朵。梅花坚韧不拔、不屈不挠、奋勇当先、自强不息的精神品格,自然而然让梅花成为历代文人骚客、爱国志士借物言志的精神寄托。自魏晋南北朝始,文人墨客们偏爱以梅入诗,涌现了许多脍炙人口的咏梅诗。两宋之时,国弱而民富,外族入侵频仍,宋词是继唐诗以后的又一文学高峰,咏梅诗词创作也进入一个巅峰时期。纵观两宋时代,据统计有六百多人作了两千二百多首咏梅诗,而宋代咏梅诗人又以林逋、苏轼、陆游为最。

林逋,北宋著名隐逸诗人,长期隐居于西湖孤山,以植梅养鹤为乐,有"梅妻鹤子"的典故。"众芳摇落独暄妍,占尽风情向小园。疏影横斜水清浅,暗香浮动月黄昏。霜禽欲下先偷眼,粉蝶如知合断魂。幸有微吟可相狎,不须檀板共金樽。"他的这首《山园小梅》成为咏梅诗中的巅峰之作,为历代咏梅大家所推崇,特别是其中"疏影横斜水清浅,暗香浮动月黄昏"两句,将梅花超凡脱俗、飘逸隽幽的风骨气韵写得出神入化,更被后世叹为绝唱。欧阳修说:"前世咏梅者多矣,未有此句也。"

"园林尽摇落,冰霜独相宜。预报春消息,花中第一枝。"这是南宋王十朋创作的五言绝句《江梅》,诗中描写寒天冰封、千里萧瑟、万山尽枯中,江梅一枝独秀的风采,展现其斗霜傲雪、顽强报春的毅力。作者借物抒怀,流露出对历经严寒考验,冬天将尽,春意渐至的喜悦心情。

王十朋,字龟龄,号梅溪,南宋著名政治家、文学家。王十朋一生主张抗金,除在朝为官外,三分之二以上时间在家乡及浙闽各地设馆授徒办学,培养了大批后辈才俊,使浙、闽、赣等地学风鼎盛,英才辈出,教化之风为之一开。十朋自号梅溪,因其喜梅、种梅、咏梅,曾在其家乡乐清左原淡溪两岸种植梅花上千株,梅溪因此而得名,如今,其家乡梅溪村为了纪念王十朋,不仅建造了王十朋纪念馆,还建造了一个有一千七百多株梅花的梅园和梅花诗词碑林。

王十朋祖籍台州黄岩宁溪,据《宁溪王氏宗谱》记载,王十朋系宁溪王氏始祖、唐大理寺少卿王从德第十二世裔孙。其祖上迁居乐清左原已历五世。王十朋与黄岩螺洋余氏的余觌(余元卿)系表亲关系。早年王十朋家境贫困,时常得到表叔余觌的资助,因而其在乡野游学以及仕途期间,每当经过黄岩,必到螺洋的表叔家小住。王十朋在家乡创办梅溪书院时,余觌把三个儿子余谐(靖轩)、余壁(余星)、余如晦(子闲)送去读书。王十朋与三个表弟关系都非常密切。

绍兴二十七年（1157），王十朋被宋高宗擢为进士第一（状元），第一份职务是任绍兴府签判。上任之前，他来到螺洋表叔家，余谐、余壁、余如晦陪表兄游黄岩方山下十里梅林。王十朋在此行途中写下《过黄岩》诗："三日离家客，悠然觉路长。梅花十里眼，竹叶一杯肠。诗思贪佳境，眉头记故乡。江山看未足，回首隔沧浪。"

曾经的单位同事章容明先生善画梅，三十年前我结婚时，章先生送我一幅《红梅闹春图》，非常喜庆。后来我将这幅红梅画装裱，挂在书房，这是我迄今收藏的唯一画作。

黄岩不仅古时有十里梅林，如今黄岩梅庄盆景依然闻名全国。我不懂梅花，也不知道这棵随意而栽的梅花是何品种，有一次在九峰报春园观赏梅花盆景，看到有相似的，标牌上写着"江梅"，或许我的这棵梅就是江梅，王状元诗中的江梅。

节约粮食不只在餐饮

某日妻子下厨房,只见她拿起刨刀刨丝瓜,由于刨刀刃口与横杆的间隙较大,一刀下去,刨去了一大块丝瓜肉。我对她说,刨丝瓜用不着刨刀,用菜刀刮更好。她说,这样啊,我不知道啊!

是的,去丝瓜皮无需刨刀,就用菜刀。因为我们吃的丝瓜通常是白皮丝瓜,皮很嫩很薄,用菜刀不是斜着削,斜着削也要削去很多肉,而是将菜刀刃口与丝瓜皮呈垂直状,然后轻轻地刮,这样便只刮去薄薄的一层外衣。记得小时候,奶奶和母亲去丝瓜皮,甚至不用菜刀,而是用竹筷的大头四方形的棱角刮,这样刮掉的丝瓜皮更薄,这不就最大限度地减少了浪费吗?

在物资匮乏和生产力低下的年代,饥饿如影随形,少一分浪费,就能多填一分肚子。因此,不仅在餐饮时要节约,在食物加工环节减少浪费同样重要,前人为此想出许多可贵的方法,刮丝瓜皮就是其中之一。

记得旧时农村,每个生产队都有一个捣臼,既用来捣舂稻谷去壳,也用来捣年糕麻糍。捣臼还有一项功能,每当初夏土豆收获时,成为村民们给土豆脱皮的最佳工具。新鲜的土豆表皮松脆,用指甲也能刮掉,但大量去皮则需要提高效率,最简便的方法就是将洗掉泥巴的土豆倒在捣臼里,人赤脚进去踩,踩上几十下,土豆在与捣臼的摩擦中皮就脱掉了。捣臼里踩土豆,最好是半大不小的孩子,踩踏有力气,又没有脚臭,于是,十几岁的我经常被父母差遣干这活。而这时节的捣臼前,常常会排起长长的队伍。

不仅土豆这样去皮,新鲜的芋头也可以这样去皮。土豆存放久了,皮就紧实了,刮擦去皮的方法就不灵了,人们就将土豆带皮煮熟后再剥,仅剥去薄薄的外皮。曾经,人们想尽种种办法减少食物加工时的损耗。

改革开放后,国家富裕起来了,人们的生活水平日益提高,闹饥荒饿肚子的日子渐渐地少了,在一些富裕发达的地区,似乎饥饿的日子一去不复返了。于是,人们忘记了饥饿,不再讲究节约了,也不再对年轻一代进行节约粮食的教育了。以至于,曾几何时,在一些机关、企业、学校食堂,泔水桶里有大量的剩菜剩饭。人们下馆子吃饭变得越来越频繁,点菜时大手大脚,往往吃不完,剩下大量的菜肴被倒掉。据统计,每年因此而浪费的粮食数量是惊人的,由此引起了政府部门的重视。这几年,国家提倡节约,光盘行动被广泛宣传,并逐渐深入人心,餐饮环节的浪费现象因此得到有效遏制。

但是,粮食的浪费不只在餐饮环节,加工环节的浪费也是惊人的,却往往被忽视。同样由于富起来的原因,有些人在粮食消费上,不再接受粗粮,而倡导精细化。因为有市场存在,粮食加工企业投其所好,加工出大量的精白米、精白面,投放市场。精细化加工,往往流程越多,产率越低。如此累积下来,每年在加工环节的浪费数量十分惊人,是个天文数字。

所以,每一粒粮食都来之不易,提倡节约粮食,反对浪费,不仅要抓餐饮环节,更要抓加工环节。不仅要提倡家庭刮丝瓜皮、土豆皮用节约的加工方式,更要提高粮食加工企业的得米率、得粉率。

与众不同的台州节俗

春节后迎来的第一个节日是元宵节。全国各地的元宵节都在正月十五，月圆之夜，一家人赏花灯、观满月。元宵节的饮食小吃，大抵是北元宵南汤圆，而地处南方的台州人过元宵节，既不吃元宵也不吃汤圆，而是吃一种用红薯淀粉倒在沸水中搅拌而成的糊糊，俗名叫"糟羹"或"山粉糊"的东西。更为与众不同的是，台州的大部分地方吃糟羹过元宵节是在正月十四日夜，民间传说台州人提早一天过元宵节与戚继光抗倭有关。

据说某年正月十四这天有倭寇来犯，戚继光要带领将士们出征，台州百姓们纷纷将过年吃剩的有限菜肴拿出来一锅煮，再加入红薯淀粉，煮成一种叫"糟羹"的食物犒劳大军。此后为了纪念戚家军，正月十四吃糟羹过元宵的习俗便保留下来，延续至今。

无独有偶，另一个重要的节日中秋节，各地都是八月十五过中秋，台州人却在八月十六过中秋。同样地，中秋延后一天的习俗，民间也有传说跟戚继光有关，大概戚继光抗倭的故事，在台州民间太有影响力了。

关于台州的元宵十四过、中秋十六过的独特习俗，其他各种附会的传说还有很多，有说与方国珍有关，有说跟明朝状元临海人秦鸣雷有关，众说纷纭，不一而足。

于广大百姓、普通民众而言，远离战争，保全生命，安居乐业，是最大的期待。改朝换代后，早日结束战乱，休养生息，重建家园，是他们的迫切需求。百姓们未必都像官宦士大夫那样"思明""复明"，希望重启战争，过着流离失所、朝不保夕的日子。把正月十四过元宵、八月十六过中秋的习俗，与反清复明联系起来，只不过是某些文人学者的臆想罢了。

台州人元宵俗重十四,中秋俗重十六,究竟为什么呢? 这根本用不着考证,民间习俗就要从民间去找答案,其实就是个民间信仰问题。从小我们就知道,台州民间认为农历初一、十五是不吉利的日子,忌出行,忌操办一切庆典活动。初一、十五夜晚多野鬼出没,夜里更不宜出门,而元宵、中秋恰都是十五日夜,自然也不例外,故选择提前或延后过节。

台州人还有一个十分重视的传统节日,是俗称"鬼节"的中元节,时间是农历七月十五,台州人俗称"七月半"。这一天,家家户户都要做七月半祭祖,祭祀完要邀请亲友聚餐。但从小到大,我的乡人们没有一家选在七月十五这天过节祭祖的,要么提前,要么延后,就是为了避开十五日夜。

雅苑聽風

"吃亏是福"不励志

近日在一篇文章中读到:吃亏是福,是励志成语。该文并引用了他人一篇《吃亏是福》文章中的一段话:"吃亏是福,是品质,是境界,更是文化! 无论是在最困苦的日子,还是在最危急的时刻,总会有人挺身而出,愿意'吃亏'。""大禹治水,三过家门而不入;荆轲'风萧萧兮易水寒,壮士一去兮不复还';霍去病'匈奴未灭,何以家为';范仲淹'先天下之忧而忧,后天下之乐而乐';林则徐'苟利国家生死以,岂因祸福避趋之'"……

吃亏是福,真的励志吗? 我的观点是,完全错误。吃亏是福,论点错误,该《吃亏是福》一文引用的事例作为论据,也是错误的。

先来说说论据为什么错误。

根据司马迁《史记》的记载,大禹是夏朝以前三皇五帝时期尧舜时代的人物,尧当部落联盟首领时,发生了大洪水。尧任命禹的父亲鲧负责治水工作,鲧用堵的方法治水,治理了九年,不仅没有成效,反而到处洪水泛滥。到了舜当首领时,罢免了鲧,并将其流放,启用禹负责治水工作。禹采用疏的方法,开山凿河,治水十三年,洪水被治住了。十三年间,禹三过家门而不入,一心扑在事业上。因为禹的治水功绩,后来舜禅位于禹,禹成了部落首领。

大禹治水,是受舜的任命和指派,是使命,也是职责,成则受奖,败则如其父一样受罚。禹三过家门而不入,是为了早日完成治水使命,是责任担当,与吃不吃亏无关。完不成任务,受处罚,才是要吃大亏的。禹治住了洪水,立下大功,成了英雄,受禅当了首领,被载入史册,得到了应有的地位和荣誉,不吃亏。

荆轲是战国末期卫国人,一名剑客,游历到了燕国,被田光推荐给燕太子丹,受到太子丹的礼遇和赏识,从这一刻起,荆轲已经从侠客转变为太子丹的门客和死士。后来,太子丹派荆轲去刺杀秦王,失败被杀。当荆轲唱着"风萧萧兮易水寒,壮士一去兮不复还",踏上赴秦国之路,为的是报答太子丹的知遇之恩,也是为了实现他作为剑客的英雄之名,其实与吃不吃无关。荆轲如果不接受太子丹的指派,也就枉为剑客之名,将受世人耻笑,那才是吃亏。慷慨赴行,终使英名坐实,不吃亏。

霍去病,作为汉武帝的外甥,是大汉王朝的外戚,又被任命为骠骑大将军,与卫青一道领兵抗击匈奴。匈奴入侵,使中原百姓遭难,也严重威胁汉王朝的安危,霍去病作为大将军,抵抗匈奴是其职责所在,同时也为维护汉武帝的家天下服务,与吃不吃无关。匈奴坐大,一旦使王朝覆灭,一损俱损,哪里还有他的大将军可当?又何况,一将功成万骨枯,在抗击匈奴的战争中,有多少无名将士牺牲在疆场?在匈奴未灭时,有多少平民百姓无家可归?匈奴灭,霍去病建功立业,名垂青史,不吃亏。

范仲淹、林则徐,是读书人的典范,学而优则仕。一个官至参知政事,一个官至总督,为人民服务,为百姓谋幸福,在国家危难之际,挺身而出,担当重任,是他们作为国家公务人员的基本职责,最低要求,与吃不吃亏无关。他们没有失职渎职,没有当贪官庸官,而是不忘初心,践行使命有所为,受到后世的敬仰,不吃亏。

再来说说吃亏是福的论点为什么错误。

从人际关系来说,吃亏不是福。吃亏是福的观点,与公平公正的主流价值观不符。有吃亏,必有吃盈,利益的天平就会倾斜,而人们一直以来追求的社会公平就得不到保障。吃亏是福的观点,破坏法治正义。把吃亏当福,就会一味退让,软弱可欺,而吃了便宜的人,就会得寸进尺,更加嚣张,更加肆无忌惮,长此以往,正义得不到伸张,法律匍匐在恶人脚下。吃亏是福的观点,违背诚信为本的道德准则。奸邪之徒正好利用善良者的吃亏是福心态,弄虚作假,攫取非法利益,吃亏者却不敢声张,不敢揭露,不敢维权,反而以吃亏是福自我安慰,麻痹自身。如此一来,奸人更奸,善良者无形中助纣为虐,社会诚信便荡然无存。

从国际关系来说,吃亏不是福。太子丹派荆轲刺秦王,目的是削弱秦国,免遭灭国之祸,不是为了吃亏。霍去病抗击匈奴,林则徐虎门销烟,都是为了抵抗外族入侵,保家卫国,不是为了吃亏。从历史来看,历次外族入侵,晋末中原战乱;南宋灭国;鸦片战争后近一个世纪,中华民族沦为半封建半殖民地国家。国家支离破碎,积贫积弱,人民水深火热,民不聊生。我们吃了大亏,于国于民,都是祸不是福。历代仁人志士,奋起抵抗,抛头颅,洒热血,才换来今天的幸福和安宁,不是为了吃亏。

据说《吃亏是福》这篇文章,是一位校长在开学典礼上的演讲稿,这更要不得。吃亏是福的观点,培养不出有责任,勇担当,敢作为的下一代。只会让人变得虚伪、自私、软弱、不敢担当和不作为。吃亏是福的观点,于人无益,于国有害,于我们正待实现的强国梦贻害无穷。

吃亏是福,不是品质,也无境界,更无文化。它是一种自我麻醉的阿 Q 精神,是忽悠人至死的奴性精神的写照。

从"将军庙"到"水心草堂"

　　数年前，我写了篇介绍叶适与浙江台州渊源的文章，发在报刊上，引起了当地有关部门和文史研究者的关注，据说相关部门还组织专家学者专门就叶适对台州的影响进行学术研讨。

　　2019年，在台州路桥螺洋街道紧靠黄岩鉴洋湖湿地的水滨村，建起了一座叫"水心草堂"的文化综合体建筑，既像书店，又像阅览室，又具有文化礼堂的功能。一时间，四方游人、宾客云集，水心草堂迅速晋升为网红打卡地，成为乡村振兴的一座文化新地标。

　　宋代温州人叶适，永嘉学派的集大成者，官至礼部侍郎。有关叶适对台州文化的影响，是有官方及明文肯定的，《嘉定赤城志》及历代黄岩县志均有记载。叶适死后五年，黄岩县令赵汝駉建三贤祠，祀谢良佐、叶适、徐中行，叶适为三贤之一。

　　在台州路桥（旧属黄岩）螺洋民间，叶适被尊称为"叶大侯王"，其在螺洋的事迹，螺洋余氏宗谱和螺洋大岙应氏宗谱均有记载。明朝中叶，螺洋余氏宗祠内建有毓英庙，据说就是祭祀叶适的。笔者的那篇旧作，主要依据地方志和民间宗谱的记载而撰。

　　近日，一文史研究者发给笔者一篇考证文章。该文认为螺洋民间所谓的"叶大侯王"并非指叶适，而是另有所指；毓英庙是"将军庙"或"叶将军庙"演化而来；大岙应氏宗谱记载的应氏一世祖的外公祖也不是叶适，而是台州叶氏大族的叶应辅。该文由此推断"将军庙"或"叶将军庙"为叶氏家庙，该家庙祭祀的是五代吴越国时官至太傅的叶景泰及其家族成员。

　　文中"毓英庙"是"将军庙"演化的观点，给了我一个启发，假设这个观点成立，为何有此演化呢？

历史上的叶景泰是宁海人，据说在唐末五代时，担任过台州刺史杜雄主领的德化军右副使、诸军都指挥使兼知唐兴（今天台）县事，在杜雄死后实际控制台州全境。在吴越国兴起之际，叶景泰识时务，以保境安民为己任，主动投靠吴越国，得到吴越王钱镠的信任和倚重，官至太傅。五代末期，赵宋崛起，有统一中原之势，叶景泰又一次主动进谏吴越王纳土归宋。如此看来，叶景泰顺应历史潮流，以民生利益为重，是和平主义者，保护了一方平安，促进了社会的安宁稳定和进步发展。

作为永嘉事功学派的集大成者，叶适主张实用主义，与民谋利，为国立功，是伟大的思想家。同时，叶适也是一位爱国者，在宋金对峙的情况下，叶适虽主张抗金，反对议和，但他审时度势，认为应先富国强兵，不要轻启战争，不打无准备之仗。开禧年间，权相韩侂胄谋图北伐，叶适坚决反对，不为其草诏。韩侂胄没有采纳叶适建议。北伐失败后，叶适受命于危难，出任沿江制置使等职，处置得当，屡次挫败金兵的进攻，挽狂澜于既倒，表现出一个军事家的胆识和谋略。

无论是叶景泰，还是叶适，他们都有大局观，都具家国情怀，都以国家安宁、民生福祉为己任，代表了人类进步的力量。也许叶氏后人确在台州路桥一带建过"叶将军庙"作为家庙祭祀先人，这是叶氏家族的荣耀。但与叶景泰、叶适们保境安民、保家卫国的初心相比，显然不可同日而语。以武止戈，以战争制止战争，只是最后的手段。战端一开，玉石俱焚，生灵涂炭，百姓遭殃。和平才是广大百姓的终极追求，顺民心、合民意，教育兴国、科技强国，不战而屈人之兵，拒敌于国门之外，方为上策，乃善之善者。

从"将军庙"到"毓英庙"，再到"水心草堂"，不正代表了广大人民群众的意愿吗？"毓英庙"祭祀的"叶大侯王"，是叶适还是叶景泰，并不重要，重要的是他们都代表着社会主流价值观。无论是过去民间建毓英庙祀叶适，还是如今当地政府建水心草堂与叶适挂钩，都是为民谋利的举措，都是弘扬爱国主义、和平主义的光荣传统。

博尔赫斯说："天堂应该是图书馆的模样。"水心草堂这样的现代化书房，就是博尔赫斯说的天堂的模样，甚至比他心中的天堂更美好。

远离战争，拥抱和平，人间处处是天堂。

批评与针灸

　　与文友闲聊，他对我的写作提出了中肯的批评，希望对我有所帮助，使我能够找准方向，突破目前的瓶颈。对于文友的批评，我心里是全盘接受，毫无怨言的。但他怕我接受不了批评，又语重心长地对我说，批评不是毒药，是中药，不会伤人，是疗伤的。

　　我对他这句话，倒是保留了看法。我认为批评不是毒药是对的，但也不是中药，而是针灸疗法。批评能伤人，然后疗伤。如同针灸疗法，针刺人穴位，人是会痛的，对人体有轻微的伤害。但针灸刺激人体穴位，打通经络，激发人体自身免疫功能，通过自身免疫力抵御外邪内侵，从而达到治疗疾病的目的。批评也是如此，批评指出被批评者的缺点，让被批评者自尊心受伤，激发其自身的改进动力，修补不足，弥补缺点，从而臻于完美。针灸刺穴，要精、准、快，专业程度很高，需要专业的针灸师来操作。如果熟练程度不够，没有刺中穴位，反而刺伤肌肉和血管，刺出血来，不能疗伤，反而使病人更加受伤。批评也一样，批评者要找准被批评者的缺点，一针见血，一批而中，才能起到帮助人的作用。如果批错了要点，批错了方向，只能使被批评者委屈受伤，积郁难解，引起反作用。

　　针灸治疗要适度。针灸是通过激发自身机能来达到抗病治病目的的，人体机能来自自身的能量积蓄，是有限的，反复激发以后，能量会越来越低，长久激发，终究会将身体掏空。所以好的针灸师，不会让病人天天针灸、连续针灸，而是开始时间隔两三天针灸一次，频次稍高，之后针灸的间隔越来越长，频次越来越低，中间让病人能量得以补充。而庸医或只顾赚钱的针灸医生，如果给病人连续针灸，可能开始时疗效很好，到后来不仅没有疗效，反而使病情加重。批评也如此，批评要适度,如春风化雨,说到被批评者心坎里,才能起到批评指正的效果。如果批评过度,或反复批评,则会损伤被批评者的自尊,引起抵触情绪,导致破罐子破摔,自然起不到帮助人改进提高的作用。

善批评者,如高明的针灸师。

厨房装修补遗

房屋装修，家之大事。

厨房，作为家居房屋中，与卧室、卫生间同等重要，不可或缺的组成部分，其装修也是家装中最重要、最费思量的。

厨房作为人生能量的加油站，一日三餐食物的加工场，最突出的功能就是实用性和可操作性。厨房无论大小，其基本结构组成包括操作台、洗菜洗碗槽、灶具、油烟机、碗柜、什物柜等。厨房装修，无论根据自身经验、参照他人，或者设计师设计，都有比较成熟的结构安排和合理布局，本文不作赘述。本文要讲述的是在厨房装修中容易被忽视的两个方面。

一是要给空调留个位置。厨房是用火的地方，不怕冷，就怕热。冬天入厨房，除去油烟因素，可以取暖，是惬意的。夏天入厨房，不用开火，如入烤箱、蒸笼，尚未做饭，人就被烤个半晕，与鱼虾同命运，让人怀疑人生。汗流浃背地饭菜做好了，食欲没了，因此对于做饭者实在是意志力的考验。

我曾搬过三次家，也就是说有过三次装修。第一次装修在上世纪九十年代中期，那时空调尚是奢侈品，有心无力，家中一台空调也没安装，更别提厨房装空调，夏天靠电风扇和蒲扇度过。好在那时住一楼，不是很热。第二次搬家是二十世纪末年，空调虽开始普及，但我家仅半装修，厨房与餐厅、客厅连通，无任何隔断，南北通透，打开窗子，风声紧，自然凉，所以厨房就没装空调。第三次搬家在2003年，这次全精装，搬家前，客厅、书房、餐厅都没装空调，首先把厨房装了空调。

厨房装空调的好处是，在夏天给做饭者一个清凉的操作环境，既享受了做饭的乐趣，又保持了旺盛的食欲。另一个好处是，厨房闭门操作,可以免除油烟和饭菜味飘满小屋。

当然,厨房是油腻之地,要给空调加个柜子,采用上翻式柜门,用时上翻,不用时闭合。

二是洗碗水龙头一定要接上热水。与装空调的使用季正好相反,厨房热水主要在冬季使用。洗碗是许多家庭主男不原意干的,特别是冬天,油腻腻的碗筷更不愿意洗。厨房龙头接了热水,既能快速洗掉油污,又让双手不致受冻,洗碗的活便变得轻松。许多人习惯冬天里用锅烧水洗碗,但我要说,用锅烧水一来麻烦,二不见得省煤气,而且一次烧水量有限,不如龙头热水洗得畅快。

厨房龙头接热水,一定要接在洗澡用的大容量热水器上,如果距离较远,管路较长,可专门为厨房安装一个中等容量的电热水器,以保证一餐的热水用量。尽量不要装那种只有几升的小容量电热水器,那样跟用锅烧水一样,是不爽的。更不要用电热水龙头,这类产品使用寿命有限,理由就不多说了,实践出真知。

我的三次装修,厨房水龙头都是接上热水器的,因此,无论窗外多么寒冷,冬天洗碗的活,都是我长包的,好男人就这么练成了。用热水洗碗,我习惯用长流水,一次洗净,又快又好。也许有人说,这样挺浪费水的,其实这是误区。如果水槽蓄水洗,第一遍去油污,第二遍漂洗,第三遍再精洗,几轮下来,不见得能节水的。

关注细节,让生活更加美好。

摄影师阿高

摄影师阿高在九峰河畔的绿荫下，紧邻东城街道办公旧址处，开着一间摄影工作室。这里绿树成荫，溪水叮咚，鸟鸣声声，环境清幽。

阿高是个转业军人，经历了那场中越边境的自卫战，与战斗英雄黄仲虎、一等功臣杨启良都是战友。虽没有直接上战场，但在某次非战斗事件中，阿高受了伤，成了残疾军人。转业后，阿高被安置在国营企业农药厂。在市场经济的大潮中，农药厂转制，阿高凭着自学的摄影手艺，自主创业谋生。

阿高的摄影室在这里开了将近三十年，起先开在河对岸，挪到这边后就没再挪过地方。房子是台州科技职业学院的，一幢独立的三间铺面二层楼的房子。早先阿高夫妻俩一起经营工作室，夫唱妇随，生意一度蛮红火，聘请的帮手也有两三个。如今岁月变迁，摄影装备日新月异，阿高有点跟不上时代脚步，生意渐趋冷清。随着第三代的出世，阿高嫂给女儿带小孩去了，摄影工作室由阿高独自打理着。

说起阿高女儿，夫妇俩培养了一个高才生，他女儿曾经是黄中的"学霸"，担任过学生会主席，在东北师范大学读本科，后在北京师范大学硕士毕业。

阿高老父早些年已去世，三年前，阿高老母也去世了，阿高从此成为"孤儿"。阿高有个弟弟，也是残疾人，脑子不大灵光，有时会犯糊涂。以前阿高弟弟在妹妹的瓜田农场干活，前年生了场病，不能干活了，阿高便把他收留在摄影室内，让他做些力所能及的扫地、做饭之事。毕竟一母同胞，手足情深。

阿高如今的摄影工作，无关艺术，无关时尚。阿高的摄影风格是工作风，拍人们的工作照、证件照；是怀旧复古风，翻拍退休老人们的旧照片，并打印成册；是纪念风，拍老同学、老战友聚会集体照。

认识阿高是个意外事情，是认识阿正时顺便认识的。几年前，阿正因为法律问题咨询于我，我们此前并不认识，他向国忠表弟要了我的电话，我们约定在九峰景区的烟雨湖边见面，还约定了碰头时的标志。我像地下工作者那样来到九峰景区赴约，在烟雨湖边的一张茶桌上，我看到了与阿正约定的标志，一本杂志，和桌前坐着的一个人。我以为那人就是阿正，但那人站起来自我介绍说他是阿高，阿正忘了带资料，回去拿去了。就这样，我认识了阿高，而且比认识阿正早了十几分钟。

这些年，我上班必经过阿高店门口，有时踱进店去，与阿高聊聊家常。阿高摄影工作忙碌之余，也与旧日战友一起去山野采风、小酒怡情、K歌抒情。但阿高娱乐有度，始终以摄影室工作为核心，不忘初心。

其实，我与阿高很早就是邻居。二十多年前，我住的宏兴花园陋室，就在阿高摄影工作室后面，一墙之隔，直线距离不足五十米。站在阿高店门口，可以看见我曾经的家门。那时候，我也常经过阿高店门口，但那时摄影店都开在大街闹市处，如此清幽之地的摄影工作室，我想必定是高雅之舍，故望而却步，不敢涉足，从而错过了认识阿高的机会。

再往前追溯四十几年，我与阿高的老家，都在鉴洋湖畔，两家的距离也仅千余米，我们都是喝鉴洋湖水长大的。阿高常提起年轻时去螺洋街、路桥市场，要从我村里经过。其实阿高走过的村里那条路，就在我家后门，但我们那时无缘碰见。也许我曾站在后门，见过匆匆走过的阿高，但阿高脑门上没有写明"我是你四十年后的朋友阿高"，因此我们又错过了几十年。四十几年前，我们如何能料到今天的样子呢？犹如今天的我们，不能预料到十年二十年后的样子。

摄影师阿高，一如既往地打理工作室，打理平庸的日子。

小处不可随便

从单位南小门出柏树巷,若贴墙走常能闻到一股尿骚味,想必是某些尿急者随地小便之故。

从前在乡下,农人在田间劳作之间尿急,在田头旮旯小解是常有的。农田干活都是男人的事,彼此无尴尬,背个身即可,无伤大雅,而人粪尿即肥料,土地有强大的容纳和吸收力。

进城之初,常见有人在街道旁的墙根处、树根下随地小便,那时城区公共厕所难觅,一些进城务工者、临时进城的人,一时找不到如厕之处,只能就地解决。曾听人说过笑话,上世纪八九十年代,上海涌入大量外地农民工和生意人,上海那时虽有随处可见的公厕,但都是收费的,有人为了节省那五毛、一元的小解费,便找墙角随地解之。为了维护公共卫生,街道居委会派出戴红袖章的大爷大妈罚款整治。若刚解裤带准备作业,突然杀出戴红袖章大妈大声说罚款 50,被逮者有乖乖认罚的,也有狡黠的,慢条斯理地说,我看看自己的东西不行吗? 闹得红袖章大妈满脸彤红尴尬不已。

我上大学那会,寒暑假往返都是坐火车,火车上总是人头攒动,拥挤不堪,特别是湖南株洲到浙江金华义乌段,客流量十分惊人,常把过道、厕所等都挤满。一次暑假返家,湖南的同学在株洲下了,空出的位置被几个广州转车过来温州商人占领,温州商人阔绰,一上车便掏出鸡腿、猪蹄、啤酒大吃大喝起来,此情此景,我们只有咽咽口水,舔舔嘴唇的份。

俗话说:吃多拉多。那几个温州人大吃大喝,喝多要小便,此时过道尽是人,厕所也被人占领了。其中一人灵机一动,准备将小便拉在空啤酒瓶里,看到周围都是人,又不好意思,虽面向座椅靠背,他把啤酒瓶塞入裤裆,暗箱操作撒尿。暗操作事故多,大概瓶口没对牢,撒在了裤裆里。当他感觉裤裆湿漉漉、热乎乎,赶紧意念控制暂停。消息自他口中而出,引得哄堂大笑。

如今三十几年过去,城市基础设施早已十分完善,公共厕所遍布街巷,而且早已免费,许多商场、酒店、银行等公共场所都有厕所供人使用,如厕难已不存在。但仍有些人尿急选择随地小便,就是个人素质问题。

据说民国时期,于右任先生的住处院子附近有不少人不讲斯文,随处小便,弄得臭气熏天,于右任一怒之下写了"不可随处小便"的字条贴在墙角,警示人们。于右任是书法大家,其墨宝很受欢迎,有人将这警示语偷偷揭去,将字拆开重新排列装裱成"小处不可随便",竟成深刻的警世语。

是啊! 随处小便虽属小事小节,但反映出一个人的素质问题,以小见大,更影响到一个城市的文明程度。小便,事虽小,小处亦不可随便!

后记

　　尽管我从小就一直喜欢文学，初中时写的作文还曾被老师当作范文在班上宣读，高二参加学校作文竞赛得过三等奖，但在我工作以后的很长一段时间，没有写过任何一篇文章，也没有动过写文章的念头，我认为自己就是一个文章的阅读者。直到认识了阿正先生，才有所改变。

　　阿正与我同乡、邻村，我们两家老屋相距不过三里，在他因为家中老屋被征收拆迁，找到我咨询相关法律问题前，我们并不认识，生活中也无交集。

　　准确地说，阿正是在2014年11月的某一天找到我的，我们通了电话以后，相约在九峰公园的烟雨湖边见面。见面也富有戏剧性，像地下党接头，这次接头情形后来常被摄影师阿高提起。

　　认识阿正以后，因为共同的老屋拆迁困惑，我们接触比较频繁。阿正是一位本土资深作家，虽然作协会员级别不高，其文章却常在国家级报刊发表。这时宁溪糟烧酒厂在搞一个有奖征文活动，阿正将他的一篇与宁溪糟烧有关的文章发给我阅读。我不知写文章的章法，看到阿正文中有些对糟烧酒定义的错误，就回复了几点糟烧酒的常识性意见，供他参考。他就鼓动我也写一篇参加征文，于是我才试着写了平生第一篇真正意义上的文章《有灵魂的酒》，按照阿正提供的邮箱投出去，当然结果是没有获奖。

　　2015年春节回到老家，老家的老屋本来在2008年的时候，就因为104国道高架桥建设需要被征收拆迁，但补偿没有达成协议。大概我的老屋太矮了，这时高架桥已经通车了，是从老屋顶上一角跨过去的，老屋不用拆了，我就把老屋修葺了一下。

　　坐在老屋里，看着门前的高架桥像一条长龙掠过，看看白发父母佝着背在老屋下为我们准备年夜饭,儿时的往事如泉水般涌上我的心头,于是在手机上写下了我的第二篇文章《老屋记忆》,并发给阿正,请他提提意见,阿正将题目改为《老屋琐记》,替我投给《今日路桥报》和《台州晚报》。2015年的4月1日是愚人节,阿正告诉我《今日路桥报》刊登了这篇文章,原来消息是真实的,接着4月11日,《台州晚报》再次刊登这篇文章。

受到鼓励,接下来我又写了一些回忆往事、回忆乡土的文章,陆陆续续地上了《今日黄岩报》《台州日报》等报纸,从此一直坚持写下来。虽然我的文章被一些报刊录用,但我知道,我的文字是肤浅的,都是叙事性的文字,不擅长抒情。没有深刻的思想性,无非是回忆往事,记录生活的点滴,记录走过的足迹,与文学的距离还十分遥远。所以我把我的文字定义为叙事文字。

没承想,临老学裹脚。这一写,就停不下来,至今快九年了,每年也有五六万字的文章在公开的报刊发表,在《台州日报》竟搞了三个专栏连载,《水浒谈》《野菜记》《儒林人物》连载后,让一些读者记住了我,《台州日报》几任副刊责编及副总编赵宗彪先生都给予我极大的支持。

编入这部集子的九十篇文章,是我九年来陆续写就的散文随笔,百分之九十五以上在报刊公开发表过。本来早想出这本随笔集,但机缘错会,倒是杂文集《水浒谈》先出版了,也收获了小小的好评。如今又想着出版这本随笔集。

《诗经》有风、雅、颂三个体例,我居住的小区叫雅士苑,九峰山就在我房屋开门可见之处,平日里听听风、听听雨,将所思所想记录下来,汇集成册,故书名定为《雅苑听风》。

关于本书的结集以及九年来的业余写作中,要感谢的文友师长很多,其中不得不提的有老庄、阿角、何林辉、赵宗彪、翁赋、郭建生、王珍等诸先生,真诚感谢他们在我写作道路上的支持、鼓励、帮助、提携。

阿角先生、何林辉先生为本书写来了序言,项春晖、赫大龄、何常曦、钟艺、孙连忠、毕雪锋、陈卫兵等诸先生为本书题字或题写书名,为本书增辉添彩,在此一并致以谢忱!

甲辰年正月于黄城柏树巷

雅苑聽風

癸卯夏月 志暉書

雅苑聽風
甲辰仲夏東宜河畔
何常羲書

雅苑聽風

畢日鋒

敬書